Grenzen überwinden
Textwerke zum Thema Flucht und Migration

Herausgeber: StadtLesen GmbH | Sebastian Mettler
www.stadtlesen.com

Verlag: myMorawa von Dataform Media GmbH, Wien
www.mymorawa.com

ISBN:
978-3-99129-102-2 Paperback
978-3-99129-100-8 Hardcover
978-3-99129-101-5 E-Book

StadtLesen GmbH

Grenzen überwinden

Textwerke zum Thema Flucht und Migration

StadtLesen Schreibwettbewerb 2020

Die 81 Siegertexe werden in der eingesandten Originalfassung abgedruckt. Damit werden Sinn und Inhalt unverfälscht wiedergegeben.

Für

all jene die den Weg
durch ihr Ende
nicht beenden konnten.

Aus Verbal-LeserInnen Real-LeserInnen werden zu lassen, war und ist Ziel der Leseförderaktion StadtLesen. Vielmals verkümmert, entschwindet sozusagen die Phantasiefähigkeit der Menschen. Wir wollen mit StadtLesen diese wieder schenken. Lesen ist das Rezept, StadtLesen die Medizin. Denn unweigerlich eröffnen Bücher auch Phantasie in den Köpfen der RezipientInnen. Mit StadtLesen eröffnen wir den BesucherInnen die Heilkraft der Bücher, eine Heilkraft, die der Entphantasierung entgegenwirkt, die Genuss und Glück bringt.

Denn:
Lesen bringt keine Welt in den Kopf, Lesen ist eine Welt im Kopf!

Nun haben wir unser Tun um eine Facette erweitert. Der StadtLesen Schreibwettbewerb gibt Menschen, die oft keine Bühne für ihre Geschichten und Gedanken vorfinden, eine ebensolche: Schreiberinnen und Schreibern, die schlussendlich diese eine Welt, die wir haben, ein bisschen lebens- und liebenswerter für alle Individuen machen; denn eines ist sicher: Die Welt braucht uns nicht, wir sie aber doch. Zumindest wenn wir uns so wichtig nehmen, als Spezies leben und überleben wollen. Das geschriebene und gelesene Wort trägt wesentlich dazu bei, unser Hiersein in eine gute Zukunft zu bringen. Warum? Menschen, deren Horizont sich im „Wischen und Klicken" erschöpft, degenerieren zu willen- und phantasielosen Wesen, die lenk- und leitbar in fremdgewollte Richtungen schreiten, die Empathie verlieren oder nie erlernen.
Ich erfreue mich an einer Welt, die selbstbestimmt und selbstdenkend wirkt und ist. Dazu trägt die Vielfalt des geschriebenen Wortes maßgeblich bei.
So danke ich den vielen Einsenderinnen und Einsendern für ihre Beiträge

zum Stadtlesen Schreibwettbewerb „Grenzen überwinden – Textewerke zum Thema Flucht und Migration“. Jede und jeder einzelne hat einen wertvollen Beitrag zur Vielfalt geleistet, für sich und für die Leserinnen und Leser der Texte.
Mit diesem Buch dürfen wir die 81 Siegertexte einer breiten Öffentlichkeit zugänglich machen und so einen Beitrag zur Vielfalt und Buntheit geschriebener Wörter präsentieren, meint Ihr

Sebastian Mettler

Initiator und Erdenker von StadtLesen

„Die Grenzen meiner Sprache bedeuten die Grenzen meiner Welt."
Ludwig Wittgenstein, Philosoph

Grenzen überwinden, die eigene Sprache (wieder-)finden, anderen von Erfahrungen auf der Flucht erzählen: Hierzu wollten wir mit unserem Schreibwettbewerb einladen. Die Resonanz war beeindruckend: 675 Einreichungen aus 27 Städten haben uns erreicht, die die Willkürlichkeit von Vorurteilen, die Auswirkungen von Grenzziehungen, die Mühen und die psychischen Folgen von Grenzüberwindungen zeigen. Die Einreichenden nutzen ihre Sprache und ihre Stimme, um ihre Eindrücke und Perspektiven aufzufächern. Sie lehren uns offen zu bleiben, denn ein jeder Mensch hat seine Geschichte.
Für jede Stadt bewertete eine lokale fünfköpfige Jury, die sich aus Personen des öffentlichen Lebens, Literaten, Zivilgesellschaft und Volkswagen Mitarbeitern zusammensetzt, die Einreichungen und prämierte die besten drei Verfasser. Die Volkswagen Konzern Flüchtlingshilfe bedankt sich für das Vertrauen, die Kreativität sowie für das Aufzeigen vielfältiger Erlebnisse und Facetten von Flucht und Migration. Wir beglückwünschen alle in diesem Buch versammelten Gewinner!

Ariane Kilian,
Volkswagen AG, Leiterin Kommunikation der Konzern Komponente,
ehemalige Leiterin der Konzern Flüchtlingshilfe und
Schirmherrin des Schreibwettbewerbs

Berlin

Die Jahre der Asche

Munir Alubaidi

Eine Hinrichtung ist nicht grausamer als Einzelhaft.
Die Einzelhaft ist viel grausamer als die Hinrichtung. Hinrichtung ist ein Moment, Einzelhaft ist Ewigkeit. Ich habe den Film „Papillon" gesehen, war aber nicht drin, ich war eher am Rand der Leidenschaft, ein Beobachter; da ich wusste, dass draußen eine parallele Welt existiert, eine echte Welt: heitere Tage, Sonne, Geselligkeit ... Alle diese Dinge hinderten mich wahrzunehmen, wie schrecklich das Leben in der Einzelzelle ist.
Als ich dieses Ereignis erlebte, als ich Zeit in Einzelhaft verbracht hatte, habe ich die Bedeutung von „Einzelhaft" real wahrgenommen.
Der Gefangene in Isolationshaft will Änderung haben, selbst wenn diese zum Tode führt. Er will ein Wort hören, ein Wort, um ihn fühlen zu lassen, dass er ein Mensch ist. Selbst wenn das Wort beleidigend ist.
„Endlich hörten sie auf, mich zu foltern. Nächte wie Blei sind schwer und grau vergangen. Jede Änderung ist willkommen. Egal, ob sie zur Exekution, zu anderem Gefängnis oder zur Freiheit führt!"
An einem Abend im August eines Jahres des vorigen Jahrhunderts sind Personen des Geheimdienstes zu meiner Einzelzelle gekommen, haben mir die Augen verbunden, Handfesseln angelegt und mich aus der Zelle heraus zu einem kleinen Lastwagen geführt. Zwei Personen haben mir geholfen, auf die Ladefläche des Lastwagens zu steigen. Jemand drückte meine Schultern herunter und schob mich auf einen Sitzplatz. Ich fühlte, dass ich nicht allein war. Im Gefängnis durften wir mit niemandem reden. Ich habe keine Stimme gehört. Trotzdem fühlte ich, dass andere Gefangene auch da waren.

Das Atmen und die Körperbewegungen waren hörbar. Riechbar waren auch die langen nicht gewaschenen Körper.
Da habe ich mich gefragt: „Ist Yousif gerade mit uns?"
Vor ein paar Monaten haben wir uns neben der Bagdad - Messe getroffen, Yousif, der Parteiorganisationsvorsitzende und ich. Nachdem das Treffen beendet war, gingen wir verschiedene Wege. Als ich einen kleinen Garten im Viertel Alyarmuk erreichte, wurde ich von 3 Personen angegriffen, gekidnappt und zu einem unbekannten Gebäude geführt. „Sie haben gewartet. bis sich unsere Wege getrennt hatten. Vielleicht wurde Yousif auch festgenommen, vielleicht sitzt er gerade neben mir."
Es war nicht so schrecklich damals, wie es jetzt scheint. Manchmal ist etwas zu erinnern schrecklicher, als es zu erleben. Ein Gefangener, der regelmäßig gefoltert und gedemütigt wird, befindet sich in einem Zustand, in dem seine Gedanken und Gefühle sehr chaotisch sind. Das führt dazu, dass es ihm egal ist, ob er lebt oder tot ist. Er will ein Ende seines Leidens erleben, egal welches. Er verliert die Fähigkeit, seine Situation zu bewerten oder seine Wünsche wahrzunehmen.
Das Auto bewegte sich. Am Anfang sah ich durch den Augenverband Lichter. Lichter unterschiedlicher Farben und Stärke blitzten entgegen der Fahrtrichtung. Je schneller das Auto fuhr, umso schneller flohen die Lichter. Sie haben meine Augen in mehrere horizontalen Schichten geschnitten. „Jetzt fahren wir schneller zu unseren Schicksalen!", habe ich mir gedacht. Dann, als die Lichter verschwunden waren, wusste ich, dass wir die Stadt Bagdad verlassen hatten. Als Versuch, unsere Richtung zu definieren, folgte ich meinen Vermutungen: oben, unten, starke oder milde Wendungen...
Nach einer Weile hüllten uns wieder Lichter ein. Wir hatten eine große Stadt erreicht. Das Auto wendete sich nach rechts und ich spürte einen leichten Anstieg. Es war eine Brücke. Dann ging es erst nach links, dann rechts und das Auto wurde langsamer. Es schien, als ob wir in ein Gebäude fahren würden. Ich fragte mich: „Sind wir im Geheimdiensthauptquartier in Baquba?"
Die letzten Lichter waren die der Stadt Baquba. Der kurze An- und Abstieg bedeutete, dass wir über die Brücke, die zum Zentrum der Stadt führte, gefahren waren. Die Wendung nach links brachte uns zur Al-dhubbat Straße. Die Wende nach rechts war ein Zugang zum hinteren Eingang des Geheimdiensthauptquartiers.

Wir übernachteten unter freiem Himmel im hinteren Hof des Hauptquartiers. „Freier Himmel!“ Naja, unter uns Opfern und Henkern war nur der Himmel frei. Selbst das Geheimdienstpersonal war es nicht.
Einst erzählte mir einer von ihnen: „Ein Gefangener wie du wird eines Tages freigelassen. Ich bin aber ein Gefangener bis zum Ende meines Lebens. Auch wenn ich im Ruhestand bin, kann ich keine Freiheit genießen. Wir haben immer Geheimnisse, die wir unter keinen Umständen verraten dürfen, sonst werden wir mit schwerwiegenden Konsequenzen rechnen müssen. Wir brauchen besondere Zulassungen, um ins Ausland zu reisen, wenn wir das überhaupt dürfen. Wir müssen den Geheimdienst informieren, falls wir etwas kennen, das die Regierung gefährden könnte.“
Von einer vorherigen Festnahme habe ich den Platz gut gekannt. Ich ließ mein Gedächtnis den Platz rundum inspizieren. „Da befanden sich ein Parkplatz, zwei oder drei Dattelpalmen, ein kleiner Laden und Toiletten.“
Als ich im Gefängnis in Bagdad war, fand ein Aufstand der Islamisten gegen die Regierung statt. Die Regierung wollte nicht an zwei Fronten kämpfen. Sie betrachtete die linke Fraktion, zu der ich und meine Genossen gehörten, als nicht so gefährlich wie die Islamisten. Tausende Islamisten wurden festgenommen. „Es gibt zwei Möglichkeiten, die Gefängnisse zu säubern: die Gefangenen frei zu lassen oder sie zu liquidieren.“ Ich war müde, wollte schlafen. Der Augenverband ließ mich gar nichts sehen. Die Handfesseln banden immer noch meine Hände eng zusammen. Ich schlief auf der linken Seite meines Körpers und streckte meine Arme vor, die Hände übereinander. Während des Schlafes habe ich meine Hände voneinander getrennt. Die neu importierten Handfesseln hatten weitere Sicherheitsmaßnahmen. Jede Bewegung drehte das Sperrad und verengte die Ringe um meine Handgelenke. Es war schmerzhaft. Ich konnte nicht weiterschlafen.
„Hallo …
Hallo, ist jemand da?“
Eine aggressive Stimme antwortete mir: „Ja, was willst du?“
„Können Sie vielleicht die Handfesseln ein bisschen lockern? Sie drücken sehr an meinen Handgelenken. Ich kann nicht schlafen.“
Er hat jemanden gefragt und ich hörte ihn sagen: „Nein, auf keinem Fall, er versuchte schon mal zu flehen. Egal, ob er schläft oder nicht.“
Trotzdem habe ich dann noch geschlafen und geträumt:

Ich lief eine Straße entlang bis ich den Fluss Khuraisan erreichte. Mit meinen Freunden bin ich oft auf dieser Straße, parallel zum Fluss, spazieren gegangen. Ich sah das Kinogebäude, das sein Baujahr groß an der Fassade anzeigte. Das Kino und ich sind im gleichen Jahr geboren, 1949. Ich sah auch die Apotheke, Dr. Bashirs Praxis und mehrere andere Plätze der Stadt. Ich habe das Herz der Stadt besucht. Karim habe ich getroffen. Er fragte mich: „Wurdest du freigelassen?"
Mit Vergnügen antwortete ich: „Ja."
Ich habe von der Freiheit geträumt.
Als ein Hahn den neuen Tag ankündigte, bin ich aus dem Schlaf erwacht. Die erfrischende Morgenbrise berührte mein Gesicht und bewegte die Wedel der Dattelpalmen. Wieder hatte ich das Gefühl des Lebens. Ich fühlte, wie schön die Freiheit ist. Ich konnte hören, wie das tägliche Leben begann. Wie das Blut in den Adern der Stadt floss. Ich lebte lange mit Augenverband, konnte nichts sehen. Wenn ich zur Toilette oder zur Untersuchung gehen musste, wurden meine Augen verbunden. Ich durfte niemanden sehen. Sie nahmen mir meine Augen, als ich sie brauchte. Sie gaben sie mir zurück, wenn ich nichts zu sehen hatte, wenn ich in meiner Einzelzelle war, wo die Augen nutzlos waren. Wenn ein Sinn geraubt wird, wird der Körper andere Sinne als Ersatz verstärken. Meine Ohren haben die Aufgaben meiner Augen übernommen. Ich sah mit meinen Ohren. Jede Stimme wandelte sich zu einem Bild. Die Stimme des Hahnes wandelte sich zu dem Bild eines Hahnes in Buntfarben im Sonnenlicht.
Als ich auf die Toilette musste, nahm eine Person vom Geheimdienst meine Hand und führte mich. Er fragte mich: „Munir, was denkst du. Wo sind wir gerade?"
„Im Geheimdienstamt in Baquba."
„Quatsch!"
Seit langem hatte ich mit niemandem gesprochen. Er hatte „Quatsch" in einem freundlichen Ton gesprochen. Ich brauchte es, eine menschliche Stimme zu hören, selbst wenn es die Stimme eines Feindes war.
Vor einigen Jahren habe ich ein vierjähriges Studium an der Universität Bagdad abgeschlossen. Damals musste ich fünfmal pro Woche nach Bagdad und zurückfahren. Zuerst gab es nur eine Hauptstraße, die die zwei Städten Baquba, wo ich wohne, und Bagdad, die Hauptstadt, verband. Danach wurde

eine neue Straße gebaut. Die Leute nannten sie die alte und die neue Straße. Ich kenne die beiden Straßen sehr gut, auch wenn ich während der Fahrt die Augen verbunden hatte. Ich folgte dem Straßenverlauf und wusste, dass wir auf der alten Straße transportiert wurden. „Höchstwahrscheinlich sind wir gerade in Baquba. Genauer im Hauptquartier des Geheimdiensts."
Jetzt wagte ich, ihn zu fragen: „Als wir von Bagdad zu diesem Platz transportiert wurden, waren Sie bei uns?"
„Ja."
„Dann lass mich sagen, wir sind im Geheimdienstamt in Baquba und über die alte, nicht die neue Straße gekommen."
„…"
Er legte für eine Weile seine Hand auf meine Schulter. Meine Ohren konnten sehen, wie er mein Gesicht anschaute und lächelte.
Er sagte plötzlich: „Warte!"
Nach Minuten kam er zurück zu mir. Ich fühlte eine Flasche in meiner Hand und hörte ihn sagen: „Trink."
Ich blieb Sekunden still und schwieg.
„Trink! Hab keine Angst. Wenn wir dich vergiften wollten, dann hätten wir es längst getan."
Ich habe getrunken und dachte: „Er hat recht!"

Warten auf Nachricht

Albertine Lukilian

Amir starrt auf die Bilder auf seinem Handy. Facebook. Twitter. Instagram. WhatsApp. Seit Tagen sitzt er in seinem Wohnheimzimmer und ruft ein Video nach dem anderen auf. Schutt. Asche. Schreie. Verzweiflung.
Er sucht nach bekannten Gesichtern und hat zugleich Angst, auch nur eines zu entdecken. Seit zwei Tagen keine Nachricht von seiner Familie. Zweiundvierzig Stunden und zwölf Minuten. Bestimmt konnten sie sich rechtzeitig in Sicherheit bringen. Bestimmt ist nur der Akku alle.
Das Stromnetz gekappt. Das Internet funktioniert nicht. Streubomben. Detonationen. Staubwolken. Straßen, Häuser, Märkte, Krankenhäuser. Alles zerstört. Er muss diese Bilder aus dem Kopf kriegen. Amir sieht auf die Uhr. Der Termin. Er muss los. Hätte längst losgehen müssen. Er steht auf und fühlt sich wie ein alter Mann, alle Knochen tun ihm weh. Er steckt das Handy in die Hosentasche und geht los. Bestimmt ist alles gut.

Jobcenter. Dritte Etage. Zimmer 346.
Vor der Tür schaut er noch einmal auf sein Handy. Nichts.
Er klopft an und tritt ein.
Nicht Frau Lafour, sondern eine andere Sachbearbeiterin sitzt heute hinter dem Schreibtisch. Über den Rand ihrer grüngerahmten Brille hinweg sieht sie ihn mürrisch an.
„Herr Al-Manaf?“
Er nickt.
Sie rückt die Uhr neben ihrem Namensschild demonstrativ zurecht.

Tanja Berg.
„Ihr Termin war um neun Uhr. Jetzt ist es zwanzig nach."
„Tut mir leid. Wo ist Frau Lafour?"
„In Rente gegangen. Ich bin ihre Nachfolgerin."
Pling.
Amir holt sein Handy heraus, schaut schnell aufs Display.
Ibrahim. Ich habe Post bekommen, aber ich verstehe den Brief nicht. Kannst du vorbeikommen?
„Herr Al-Manaf. Bitte. Ich habe noch mehr Kunden als nur Sie." Frau Berg deutet mit einer ungeduldigen Handbewegung auf den Stuhl vor ihrem Schreibtisch.
Amir behält das Handy in der Hand und setzt sich.
„Haben Sie Ihr B2-Zeugnis dabei?"
„Nein. Ich habe die Prüfung doch erst letzte Woche gemacht."
„Ja, eben. Dann müssten Sie ja wohl inzwischen das Ergebnis haben."
Amir seufzt. Wann kapieren die hier endlich, dass es jedes Mal Wochen dauert, bis man erfährt, ob man seine Deutsch-Prüfung bestanden hat.
Alle wissen das, nur die Leute beim Jobcenter nicht.
„Ich nehme an, es kommt bald", sagt er.
Frau Berg verzieht den Mund, rückt ihre Brille zurecht und wendet sich ihrem Computerbildschirm zu. „Dann sollten wir jetzt überlegen, wie wir Sie in den Arbeitsmarkt integriert kriegen. Ich habe hier einige sehr schöne Angebote in der Altenpflege."
Pling. Abu Khaled. Kannst du mir nachher eine Dose Kichererbsen mitbringen?
„Altenpflege? Nein, bitte. Ich würde lieber-"
„Das ist hier kein Wunschkonzert, Herr Al-Manaf. Was haben Sie denn früher, in Ihrem Heimatland gemacht?" Frau Berg schiebt hektisch die Maus hin und her.
„In Syrien war ich Journalist", sagt Amir. Vor seinen Augen tauchen Bilder auf, wie sie in sein Haus stürmten, erst seinen Computer zertrümmerten, dann seinen Arm. Nur seinen Willen, Unerträgliches beim Namen zu nennen, den konnten sie nicht brechen.
„Und jetzt wollen Sie hier weiter in diesem Beruf arbeiten?"
Als Journalist? Hier? Was denkt die Frau sich? Er gibt sich ja alle Mühe

Deutsch zu lernen, geht regelmäßig zu seinen Sprachkursen, macht seine Hausaufgaben, liest, was immer er in die Finger bekommt und manchmal ist er regelrecht erstaunt, dass er fast alles versteht, wenn er Gespräche im Bus oder in der U-Bahn mithört. Aber er ist noch so weit davon entfernt, seine Gedanken aufs Papier bringen zu können, das geht erst, wenn man alle Feinheiten dieser komplizierten Sprache beherrscht.

„Zeitung? Fernsehen? Radio? Was schwebt Ihnen vor?“ Frau Bergs Stimme klingt drängend. Ungeduldig.

Was für ein absurdes Gespräch denkt Amir und sagt ganz langsam, „Als eine Journalist man brauchen perfekt Deutschsprache.“ Genau diesen Satz hat vor vier Wochen schon einmal gesagt. Da saß er auch hier. Frau Lafour war in schallendes Gelächter ausgebrochen und hatte erwidert, „Herr Al-Manaf, es würde mich nicht wundern, wenn Ihnen das gelingt, Sie sind auf dem besten Wege dahin. Wir müssen Ihnen nur noch ein bisschen Zeit verschaffen.“

Frau Berg aber wirft ihm jetzt nur einen irritierten Blick zu und wedelt unwirsch mit der Hand durch die Luft. „Was wollen Sie? Dass ich Ihnen noch einen Sprachkurs genehmige? Das geht nicht, wir müssen irgendwie weiterkommen. Sie müssen sich endlich um eine Arbeit kümmern.“

Pling. Rami. Kommst du mit? Ich geh mit Abu Fauzi und Ahmad ins Fitnessstudio.

„Gut, machen wir es so. Ich schicke Sie erst einmal zu einer Maßnahme. Ein Praktikum im Seniorenheim. Danach sehen wir weiter.“

Pling. Sein Onkel. Wir mussten Deine Frau und die Kinder ins Krankenhaus bringen. Wir sind bei ihnen.

Amir starrt auf die Nachricht, das Blut rauscht in seinen Ohren, er vergisst zu atmen.

„Herr Al-Manaf?“ Die Sachbearbeiterin klopft mit den Knöcheln auf den Tisch. „Ich rede mit Ihnen.“

Pling. Sein Onkel. Bomben, nichts als Bomben, es endet nie mehr.

Pling. Das Krankenhaus. Alles zerstört. Ich bin doch nur kurz rausgegangen, um einen Kaffee zu trinken-

Amir steht auf. Schwarzer Nebel umhüllt ihn, wird dichter, fester, schnürt ihm die Luft ab. Er wankt aus dem Zimmer.

Frau Bergs Stimme folgt ihm. „Sehen Sie es doch mal so, als Altenpfleger haben Sie beste Zukunftsaussichten.“

Husky

Anonym

Eines Tages kommt ein Mann oder eine Frau nach zehn Jahren, mehr oder weniger in der Heimat zurück. Die Heimatstadt liegt an einer Grenze, an drei Seiten umgeben von langen und höchsten Mauern, die bereits mehr als hundert Jahre existiert. Dieser Person löste eine riesige Veränderung im allem aus, nicht nur das Leben der Stadtleute, sondern auch die Stimmung der Stadt. Ich hab diese Erzählung von den Stadtbewohnern gehört aber ich muss zugeben, es klingt mir eher wie ein Märchen als eine Wahrgeschichte. Ich glaube, die Versager, ihre Träume wurden nicht wahr geworden, oder ihre Wünsche sind nicht in der Erfüllung gegangen, um sich zu rechtfertigen und ihr Nichtstun, ihr Bleiben, nicht einmal eine andere Welt auf der anderen Seite den Mauern erleben könnten, werfen ihre Schuld an den anderen, an dem Rückkehrer; der nach zehn Jahren, mehr oder wenige, zurückkehrt ist, begleitet von einem Serbien Husky, der gar keine Kongruenz mit der tropischen Stadt hatte, genau wie sein Besitzer, der keine mehr Zugehörigkeit zur Heimat und den Landsleute hatte.

Hier, in diesem Land braucht man eine Ausreisgenehmigung, legal Mauern überzuspringen. Man muss zunächst viele Formulare ausfüllen, einen Antrag einreichen und dann ... dann nur abwarten. Namen den Antragstellern stehen auf einer Liste, die längste als Mauern erschient. Ich würde sagen, als ich die Liste schaute, es kam mir vor, als wären alle ganze Stadtbewohnern auf die Liste. Ich hab die Warteliste der anderen Städte nie gesehen aber ich vermute, die Leute in den anderen Städten so viel nach Ausreisen lechzen. Es mag einen Grund dafür geben, dass Mauern und die Grenzen genau vor

ihren Augen stehen und die Entfernung von der anderen Welt sind nur ein paar Schritte. So erzählt man, viele Fremden von anderen Städten treten häufig in diese Stadt ein, die Meisten werden verhaftet und die Reste werden verschwunden, deswegen muss ich hier als ein Fremd den schrägen Blick ertragen. So behauptet man hier, bis heute hat keiner von diesen Stadtbewohnern versucht, illegal Mauern überzuspringen. Sie wachen jeden Tag mit der Hoffnung auf, ein Post von der Ausreisbehörde zu bekommen und laut zu schreien: Heute bin ich daran. Ich hab manche Leute begegnet, die über sieben Jahre Lebenslange abwarten.
Die Hoffnung und das Warten verursachen, dass Antragstellern ihre Wohnung nicht mehr renovieren lassen und sich keinen Gedanken über die Löcher im Dach machen, die immer mehr vergrößern oder die Wände, die immer mehr muffig werden. Unklare Wartezeit löst es aus, im Kühlschrank und Lebensmittelschrank nur für einen oder zwei Tage was zum Essen oder zum Trinken zureichen. Alle die wartenden Jahre bringen ihnen den Verzicht bei, soweit sie seit dem Antrag vermeiden eine Beziehung anzufangen oder wenn sie einen Partner haben, verzichten Kinder zu bekommen. Sie haben jedes Hindernis mit dem Ausreisen überwunden, die Ehe sind nicht mehr eine echte Ehe, jeder hat seinen eigenen Antrag individuell gestellt, weil es möglich wäre, eine Person von der Familie die Genehmigung bekommt und die andere nicht, oder an der Zeit zum Ausreisen überkamen eine Person Zweifel. Sie haben alles vorausgesehen, eins zu eins, alle Möglichkeiten, alle mögliche Hindernisse, was ihnen vom Verlassen des Lands verhindert könnte. Die Meisten, mit dem ich unter verdächtigem Blick spreche, haben keinen Arbeitsvertrag und kommen mit einer Stundenarbeit schwer aus. Ihre Wohnungen sehen aus wie eine, die man am nächsten Tag ausziehen sollte, viele Möbel wurden verkauft, und die Übrige ist ziemlich eingepackt. Einige Koffer sind aber noch offen, in den jeden Tag noch etwas gesteckt wird oder auf eine Sache verzichtet wird und aus dem Koffer raus. Sie sind bereit... vollkommen bereit, als würden sie keine Sekunde nachdem Empfang der Genehmigung verloren, als könnte die Ausreisbehörde ihre Meinung ändern oder die Regel des Ausreise anderes werden können und die Genehmigung nicht mehr gültig sein würde. Und ... was noch seltsamste ich gestoßen habe, ihr Verhältnis... ja ...sie haben sich allmählich von ihrer Familie, Verwandten und Freunden distanziert, da sie gehört haben, aus der emotionalen Abhängigkeit

und Heimweh man halte schwer das Laben im Ausland aus. Dann fingen sie an, genau wie ein Bergsteiger, der von seinem Steigen harte Training treibt, sich zu vorbereiten, in dem sie alle Verbindung zur Erinnerungen, zur Kindheit, zur Stadt und Familie ganz abgebrochen, Fotos und Alben gebrannt und alle Leidenschaft und Emotional abgekühlt haben. Die Leute in dieser Stadt sind ziemlich wie ein Schatten, die Straßenseite wechseln wird, um sich nicht begegnet zu werden und im Weg nach Hause, wenn sie ihre Nachbar auf der Straße sehen, sie versteckten sich in einem Winkel. Sie feiern nicht mehr Silvester oder andere Festen zusammen und am Wochenende eingesperrt sind sie in den eigenen vier Wände und mit dem süßen Träumen von der Welt auf der anderen Seite den Mauern schlafen sie ein. Bis diese Person, ein Mann oder eine Frau, begleitet von einem Husky, nach ein paar Fragen-Antworte von dem Grenzpolizisten in die Stadt hereinkam. Nach ihrer Auftaucht kamen die Leute vom Schatten raus, versammelten abends auf einem Hauptplatz in einer Bar und plauderten stundenlang von dem Rückkehrer.
Was bringt dieser Person nach zehn Jahre, mehr oder wenige, zur Hölle?
Es kam nie in dieser Stadt vor, ein Verlassener kehrt einen Tag zurück. Sie wollen ja nicht bestimmt in ihrer Heimat begraben werden. Wer geht fort, schaut sich nicht mehr seinen Rücken an. Die Verlassenen rufen nie ihre Familie an. Manche schreiben selten einen kurzen Brief, „Alles ist hier gut. Ich wünsche ihnen, dass sie einen Tag die Welt auf dieser Seite den Mauern sehen können. Ich hoffe, alle werden sofort gerettet." Ich hab den Briefen gesehen. Deswegen als die Leute dem Rückkehrer, ein Mann oder eine Frau mit einem Husky, begegneten, fragten ihn ohne Begrüßen, warum bist du zurück? Und schauten ihn verdächtig an.

- Ich bin zurück, meine Vaterwohnung zu renovieren.
- Ich bin zurück, mein Restleben mit meinen Landsleuten verleben, mit dem ich gemeinsame Erinnerungen, gemeinsame Sorgen, Gedanken, dieselbe Muttersprache habe.
-Ich bin zurück, da ich kaum Heimweh ausgehalten habe.
-Was ist so seltsam daran? Warum sollte ich nicht zurück.

Ich wurde hier geboren, aufgewachsen…Je mehr diese Person ihre Rückkehr verteidigte, desto mehr verdächtig wurde sie. Sie ahnten, dass diese Person aus Misstrauen so sinnlose auf die Frage reagierte und gleichzeitig waren sie ja sicher, eine solche Erklärung hatte sie gewiss für den Anfrage des Grenzpolizisten vorbereitet und wiederholte sie immer wieder. Schließlich haben sie nach viele Diskussionen und Wiederständen herausbekommen, diese Person nicht mehr nach den Rückkehrzielen gefragt zu werden. Sie meinten, dass der seltsame Rückkehrer wahrscheinlich Angst hatte, dass seine Wahre Gründe verratet würde und er müsste deswegen sein Leben im Gefängnis beenden. So wurden Fragen geändert. Sie fragten immer nach verlorenem Paradies, wir nennen es beispielweise „New York", wo diese Person, zehn Jahre, mehr oder wenige, lebte. Dieses verlorene Paradies kennen wir alle nur aus Filme und unsere Träumen.

- New York? Aber es ist nicht so, wie im Filmen geschildert sind. In New York gibt es auch engen und dunkeln Gassen, in dem Mann schwer atmet.

In einige Viertel traut man sich nicht, nach 18 Uhr darauf einzutreten. Unter Brücken wimmelt es von Obdachlosen, Betrunkenen und/

Aber sie wollten nicht was von dem Elend oder der Armut im Ausland zu hören. Nach der schönen und faszinierten Erzählung von der anderen Seite den Mauern lechzen sie. Vom Abenteuer den Ausländern, das sie nie in ihrer Heimat erlebt haben, von dem Karneval oder dem Weinfest, das sie nur in der Zeitung gelesen haben, von dem Leidenschaft und glückliches Leben im Ausland, vor allem in New York, eine solche Erzählung erwarten sie...

- Stimmt! Das Tempo ist hundertmal hoch im Vergleich zu hier und überall tummeln sich Leute, die alle ineinander verschlingen und schwitzen und man wird einfach unbemerkt in Mengen verloren, ohne/

- Da gibt es auch keine Freiheit. Alle Länder haben ihre eigenen politischen Konflikte. Naja... Einschränkung und Strafe wirken nicht wie hier aber da darf man seine Meinung auch nicht einfach äußern.

- Stimmt! Da gibt es tolle Metro mit vielfachen Linien ... ja ist gewiss unvergleichbar zu hier aber abends enthüllt der Bahnhof viele Betrunkenen, die schreiend Flaschen ins Gesicht einander aufbrechen. Die Arbeitslosen, ihnen die Armut zur Verrücktheit bracht und sie reden mit sich selbst, beschimpfen sich, schlagen sich selbst ins Gesicht und es wäre/

Und die Stadtbewohner träumen von einem Leben irgendwo, in einem finstern Dorf, in engen Gassen, in der Armut, unter Brücke, irgendwo aber auf der anderen Seite den Mauern, irgendwo außer ihrer Heimat. In ihrem Träumen wären sie auf einer Pflasterstraße in New York gelaufen, saufend vom Regengeruch und reizend von Riesengebäude wachen sie morgen auf, warten auf den Post ab und am nächsten Tag wieder süße Träumen, abwarten, noch am nächsten Tag und am nächsten... Und diese Person, ein Mann oder eine Frau lag den Finger immer wieder in die offene Wunde und erzählte immer schlimmste vom Ausland, vor allem von New York, als ob sie nichts außer von der Einsamkeit, getrennter Welt, abgetrennten Identität, Isolation und Elend in der anderen Welt erlebt.

- Doch wurde ich vielmehr zur Party und Festen eingeladen aber jede Einladung jagte mir immer Angst ein, da mir ausländischer Geschmäcke trotz zehn Jahrelang Leben bei ihnen nicht klar gekommen war und ich wusste nicht, bei, jeden Fast was ich schenken oder mitbringen sollte. Ihr Tanz ödete mich an und haute deswegen immer rasend ab.

Diese Person, wie sie behauptete, konnte sich bei keinem Gespräch oder Diskutieren im Ausland richtig aktiv werden, sich in eine Gruppe beibringen, da Redenthemen ihm immer banal und hohl erschien ...in New York oder in anderen Städte. Er hatte sich viel Mühe gegeben, die Welt aus den Augen den Ausländern zu sehen... aber die Leute murmelte: Diese Person verdiente das Paradies gar nicht und jeder dachte sich, als ich in ihre Stelle wäre...

Und der Rückkehrer, als er aus ihren Ausdruck keine einfühlsame Reaktion empfindete, wechselte das Thema und mochte lieber von der Heimat, der Kindheit, von ihren gemeinsamen Erinnerungen hören, was die Stadtbewohner vor Jahren verbrannten oder versuchten immer noch, die zu vergessen. Ohnehin blieb der Rückkehrer immer aus, sowieso wurde jedes Gespräch zum Feindschaft, jeder Blick zum Missverständnis; jedes Wort zum Missinterpretieren. Leute interpretierten seine Erzählungen und Geschichte vom Ausland so, dass der Rückkehrer versuchte, ihnen irgendwie vom Fortgehen abzubringen. Wie sie mir erzählten, diese Person knallte ihnen vor den Kopf, dass sie viel Winde über die Heimat machen.

- Sie mussten sich dankbar sein, dass es so wenig Armut und Obdachlose im Land gibt, dass man einfach eine Arbeitsstelle im Land kriegt und ich bitte euch darum, zusammen die Stadt zu renovieren und die Heimat vom Elend und Finstern zu retten.

So wurde die Neugier zum Zorn, der Verdacht zum Abscheu, Abscheu von dieser Person, die ihre Träume zerstört beabsichtigte. In ihren Augen war diese Person schlimmster als die Ausreisbehörde, die sagten nicht, genau wann sie die Genehmigung geben aber wenigsten versuchten nicht, Antrag-

steller vom Verlassen abzubringen. Dann sind die Leute wieder im Schatten zurück, versammelten sich nicht mehr in der Bar und entmutig eingesperrt werden sie sich wieder in den eigenen vier Wände. Aber der Rückkehrer hat nicht aufgegeben, als die Leute wieder Schatten geworden sind, ihm auswichen und die Begegnung mit ihm vermieden, er bracht eine Weinfalsche mit und besuchte die Leute in ihren Wohnungen. Vom ersten Moment vom Auftaucht an, suchte diese Person nach Fotos, die schon lange von Wänden verschwunden sind, nach Alben, die vor Jahren vernichtet wurden. Die Person versuchte sie zu überzeugen, Koffern auszupacken. Sie gab ihnen Tippen, wie beispielweise ein neues Zimmer in ihrer Wohnung zu bauen, mit grünen Wänden oder eine andere Idee. Sie besorgte ihnen verschiedene Pflanzen, im ihre eigenen Garten zu haben.
Wahrscheinlich dauerte es lang bis diese Person, ein Mann oder eine Frau damit klar gekommen ist, dass sie keine gemeinsame Sache mit den Heimatsleuten hatte. Im Laufe zehn Jahre verändern sich die Leute genau wie die Stadt. Sie sind nicht mehr in der Stimmung zu pflanzen oder bebauen wie früher. Zum Besuch bringt man nicht mehr in dieser Stadt eine Weinflasche, wenn ihm möglich wäre, Kaffee oder Käse, sagte mir eine mit Grinsen im Gesicht. Der Rückkehrer hatte lange im Ausland gelebt, wohl oder übel hatte er auch eine andere Kultur, eine andere Gewohnheit und Lebensstil bei sich. Der hatte ein Husky mit, ein Hundefutter kostet genau wie die Nahrungen für eine Woche eines Stadtbewohners. Der hat so viel Geld dabei, die Vaterwohnung zu renovieren, es reicht wahrscheinlich fünffache der Monatlichen Miete einer kleinen Wohnung in New York aus, aber in dieser Stadt kommt man einfach fünf Jahre mit diesem Geld aus . So wurde er wieder allein genau wie im Ausland aber dachte sich. “ Allerdings ist hier meine Heimat, meine Familie ist in dem Friedhof auf dem Hügel. Jedes Mal wenn ich entlang dem Fluss spaziere gehe, rufen meine Erinnerungen an meinem Vater in mir wach, dass ich als Kind mit ihm geangelt hatte und es recht mir.“, das hatte er zu einem gesagt, der ihm batet, zu New York zurückzugehen. Aber die Person hielt durch und fing an, ganz allein, die Vaterwohnung instand zu setzen.
Die Wohnung ist ganz groß, aber hatte nichts außer einigen stehenden Säulen und ein paar Wände. Ein großer Garten mit dem Blick auf den Fluss, in dem damalig Obstbäumen bepflanzt und auch und Bienenstock aufgestellt wurden. Diese Person stellte die ruinierte Wände und Böden wiederher,

pflanzte wieder Obstbäumen, stellte Bienenstock auf und versuchte die Vergangenheit, eins zu eins zu rekonstruieren. Der Rückkehrer scheute sichtbar keine Kosten und Mühsam. Gemusterte buntfarbige Fenstergläser, die azurblaue Fassade sind alle gerade vor meinen Augen, die alle allmählich von den Stadtbewohnern reuniert werden.

Jedenfalls wurde die Wohnung nach zwei Monaten fertig und diese Person, ein Mann oder eine Frau, beabsichtigte mit Stadtbewohnern um jeden Preis zu versöhnen. Sie lud Leute persönlich zu ihrer Wohnung ein, um die Renovierung der Vaterwohnung zusammen zu feiern. Der Rückkehrer versprach, kein Wort über den Ausland oder die Entscheidung für Verlassen zu sagen aber die Einladung wurde trotzdem abgesagt. Diese Person fuhr zurück nach Hause, alleine mit ihren einzigen Freund, Husky in der großen öden Vaterwohnung und nach einer Weile kam sie zu Leuten mit einem neuen Vorschlag. Integrationskurs. Englischsprache, Ausland-Gesetze, die nüchterne Erfahrungen von der Anpassung zur anderen Kultur. Aus ihrer Insistenz und hartnäckige Allgegenwart sammelten sich die Leute wieder auf einem Hauptplatz, in der Bar, eine Entscheidung zu treffen. Diese Person, ein Mann oder eine Frau, der Husky, die renovierte Wohnung mit der azurblauen Fassade, die alles waren ihnen wie ein Dorn im Auge. Die herrliche buntfarbige Wohnung erinnerte sie daran, in dieser Stadt noch was schön gibt, und der Husky raubte ihnen den Letzten Nerv, mit einem Blick auf ihn stiegen sie sich in die frustrierende Sehnsucht nach vielen unbekannten Orten in der Welt hinein. Nach einem drastischen Gespräch kamen sie darauf, der ausländische Reisepass ist eines von dem, was diese Person von anderen unterscheidet und macht sie ungewöhnlich, damit sie freiwillig ohne Genehmigung Mauern überspringen konnte. Und wie darauf reagierte diese Person? Einfach hat den Pass zerrissen. Sie wollte nicht mehr die Mauern durchgehen. Das erwarteten Leute nicht, ohne Widerstand, ohne Zögern verzichtet diese Person auf der Ausreise. Sie hatten das Gefühl, etwas stimmte noch nicht. Der Husky. Der ließ nicht diese Person eine von ihnen sein. Deswegen haben Stadtbewohner gesagt, sie nahmen die Einladung an, falls diese Person, ein Mann oder eine Frau, den Kopf des Huskys auf die Party vor den Augen aller abschneidet. Diesmal zögerte diese Person und gab sich die Zeit und ohne Rede ging nach Hause.

Ich kann mir gut vorstellen, dass die Einsamkeit in der Heimat, Zuhause ist viel schlimmer und quälend als es im Ausland. Wenn ich in ihre Stelle wäre ... ich weiß noch nicht... ich frage mich immer noch ...sitzend auf dem Hügel und schauend die Vaterwohnung, die allmählich reuniert wird...Willkommen von den Stadtleute oder halten den Husky, der Jahren sie begleitet. Warum hat diese Person sich nicht aufgegeben? Sie ... sie konnte nicht wieder ohne Pass in New York zurück ... sie brach alle Brücken hinter ihr ab... es könnte einen Grund dazu sein... Deshalb fügte diese Person sich in ihrem Verlang und gab auf, der Husky zu opfern. Und die Stadtbewohner? Erstaunt waren sie aber fühlten sich wie ein Sieger, stark, stolz ...diese verdammten Versager. Dann kam der Tag, an dem es kein Zurück mehr gab. Sie stallen Tischen neben dem Fluss, vor der Vaterwohnung. Wie in alten Zeiten brach jeder was zum Essen oder ein Getränk mit und alles würde zum Feiern auf dem Tisch eingerichtet. Dann hat diese Person, ein Mann oder eine Frau, dem Husky vier Beine mit den Stricken gebunden und in einem Baum gehängt. Manche sagen, diese Person wäre nicht eine Frau, solche grausame Haltung kann keine Frau ertragen und einige meinen, der Rückkehrer war bestimmt eine Frau, eine hübsche im Ledermantel. Diese Person taucht in der Erinnerung ein Teil den Leute als eine magere blondhaarige Frau und im Gedächtnis den anderes als ein dicker braunhaariger Mann. Einer behaupte war diese Person etwa 35 jährig und ein anderer lachte und meinte, alt... fast alt über 50 Jahre alt... Jeder beschrieb diese Person fast unterschiedlich als wäre sie nur in ihrem Traum, um an ihr ihre Schuld, ihr Nichtstun und Abwarten zu werfen. Aber der Husky mit verschiedenfarbigen Augen beschreiben alle ihn gleich. Allerdings kletterte diese Person auf dem Tisch und verabschiedete den stöhnenden, brummten Hund und schnitt den Kopf mit einem Schlag ab. Sie jubelten, stießen sich Gläser und nahmen diese Person freundlich auf. Die Leidenschaft bereitete sich rasend aus. Diese Person sang ein altes Lied, das von ihrem Vater gelernt hatte und sie tanzten nach Jahren wieder zusammen. Auf einmal verdarb ein Sturm den Geschmack des Festes und fing an zu hageln. Der Sturm riss Bäumen aus der Erde, etwas an sich rissen und der große Tisch wurde abgebrochen. Alle fürchteten sich und flohen in der Vaterwohnung, dieselbe Wohnung, die ihnen wie ein Dorn am Auge ist. Als alles vorbei wurde, machen sie die Tür auf und konfrontieren im Garten mit einigen Leichen, mit den deformierten Gesichtern und angeschwollene Leiber. Beängstigend sprangen sie auf die Leichen und verlassen verhängniswolle Wohnung, so genannt wird heutzutage diese Wohnung. Und als sie nach Hause zurück, starren stundenlang gelähmt auf alles Übrigen von ihren Wohnungen, die kein Dach mehr hatten und einige nichts außer Säulen. Ruine.

Wie gesagt, dieses Ereignis, der Rückkehrer mit dem geopferten Husky, klingt mir eher wie ein Märchen als eine Wahrgeschichte. Das einzige, das alle Stadtbewohner ziemlich ähnlich erzählen, ist der Sturm, Leichen, Ruinen. Sie haben sich gezwungen gesehen, ihre Wohnungen unmotiviert und nicht richtig zu renovieren. Sie können in den noch eine Weile wohnen. Als sie die Vaterwohnung verlassen haben, neben dem Fluss auf dem großen abgebrochen Tisch lagen einigen Leichen aber, das seltsamste Geschehen, die Leiche des Husky war verschwunden, weder keine Leiche noch keinen Kopf vom Husky, den sie unter dem Baum nach dem Tanz begraben hatten aber der Baum steht noch bleiben. Und noch seltsamste... das Schicksal des Rückkehrers, ihn niemand nach dem Sturm gesehen hat. Der Rückkehrer ist wie weggeblasen. Manche vermuten, diese Person, ein Mann oder eine Frau, hatte sich im Fluss umgebracht, denn ihre Koffer und Geld sind in der Wohnung gefunden. Aber die anderen meinen, sie wurde verhaftet, wegen der Leichen, die der Sturm vom Fluss ausgeworfen sind, als hätte irgendwer absichtlich viele Leichen im Fluss geworfen. Warum musste die Regierung einen Beweis von seinem Kriminie... Niemand weiß, wie die Leiche durch den Sturm im ganzen Land ausbereitet sind aber die Stadtbewohner behaupten, diese Person steht auf jedenfalls unter Verdacht, denn alles geschah nach ihrer Rückkehr und sie hat keine überzeugende Begründung für die Rückkehrziel gegeben.

Und ich? Ich bin ein ... ein normaler Mensch, der sein Tagesbuch schreibe. Ich bin keinen Schriftsteller, wollte niemals einen Verdammten sein und diese Erzählung ist einfach eine Erzählung, suchen Sie nicht nach irgendwelchen metaphorischen Bedeutungen... wie gesagt, das wurde mir genauso erzählt ich hab es ohne kleine Änderung geschrieben. Ich lebe in einer Stadt, am Nord, und ganz zufällig befand ich mich hier...ich wollte nicht hier bleiben, es gibt keine Sehenswürdigkeit in dieser Stadt, kein Meer, keine Berg, kein Museum. Sie ist öde, finstern, frustriert, ruiniert... Aber als ich gesehen habe, wie Leute diese wunderbare Wohnung mit der azurblauen Fassade, die scheinbar vor paar Monaten renoviert sind, in den Ruin trieben, hab beschlossen noch mehr hier bleiben und eine sachliche Ruinierung anschauen, die Bienen und ihre Häuschen, die Obstbäumen, Pflanzen, die Wände, Gemusterte buntfarbige Fenstergläser, wie alles Stück für Stück zerstört wird. Stadtbewohnern glauben, solang diese verhängniswolle Wohnung stehenbleibe, keiner könnte die Mauern überspringen. Seit dem Auftaucht dieser Person erhielt Niemand den Post von der Ausreisbehörde, das ihnen Kopfzerbrechen bereitet. Tatsächlich würde ich hier bleiben, als ein Fremder, der die Mauer nicht überschreiten möchte, obwohl der die Welt auf der anderen Seite den Mauern nicht einmal erlebt. Ehrlich gesagt, hab keine Motivation auszureisen oder vielleicht hab Angst, Angst von einer solchen großen Veränderung. Denken an der Rückkehr und Reue vom Ausreise jagt mir echt angst ein, dass ich nicht Heimweh durchhalten könnte, dass ich herausfinden würde, die Welt auf der anderen Seite wäre nicht viel besser als hier und ich wäre deswegen zurück zu hier, zur Hölle. Ich würde lieber mein süßer Traum von dem verlorenen Paradies behalten und kein Bild von der Armut, von den engen Gassen im Ausland.

Köln

Träume

Elizaveta Khan

Wir alle haben einen Traum
Manch einer träumt vielleicht von einem anderen Leben
Manch anderer lebt seinen Traum
Und führt ein traumhaftes Leben.

Wir alle hatten einst auch einen Traum
Einen Traum
Von einem Leben
für das
es sich lohnte alles zu geben.

Ich hatte auch den einen Traum.
Den Traum
mein Leben sinnvoll zu gestalten,
mich in alle Richtungen zu entfalten –

und
noch so vieles,
noch
so
vieles
mehr.

Das war mein Traum,
Doch er rückt immer weiter,
immer weiter in die Ferne,
so dass ich mich fragen muss
war das mein Traum?
Und er wird so wie ich selbst
zu einer immer weiter verblassenden Erinnerung
an ein anderes Leben
an ein vergangenes ich.

Und ich weiß nur eins,
ich will niemals
dass mich der eine Alptraum weckt
und fragt, was wäre wenn
es den einen Traum deines Lebens noch gäbe.

Es gibt Gräber für Menschen,
und für Träume.

So musste auch ich meinen Traum begraben –
denn für mich Fliehende gibt es keinen Platz,
für meine Träume keine Räume
so wie es für mich
auch keine Heimat mehr gibt.

Denn mein Traum,
er ist liegen geblieben,
auf der Strecke
zu diesem einen
neuen
Leben.

Und es gibt so Viele,
die die Grenzen Europas nicht überleben.
Und nicht wenige,

die ihre Träume verlieren,
auf dem Weg,
auf dem Weg hierhin.

Und hier - hier
im Reich der Niemanden,
da haben Träume ihre Traumhaftigkeit abgegeben
haben sich aufgelöst
– statt ihrer
sind nur Dinge der Unmöglichkeit geblieben.

Jetzt im Nirgendwo
bin ich ein Niemand
und im Nichts
da haben Träume keine
Daseinsberechtigung.

Jetzt träumen andere an meiner Stelle.
Dass ich so werde wie all die anderen,
Nicht mehr auffalle,
als Fremde.

Und jeden Tag
kann ich sehen,
wie sie mich von der Seite anstarren,
denn ich bin anders.

Jeden Tag, an dem über mich gesprochen wird, höre ich sie sagen: „Du gehörst nicht zu uns, du bist anders“.

Jeden Tag, an dem der Terror wieder zuschlägt, spüre ich die Angst, den Hass. Denn ich bin die Anderen.

Jeden Tag, an dem ich morgens aufwache,
und mich

an keinen Traum erinnern mag,
merke ich,
ich bin eine Andere.

Aber ich will keine Andere sein,
ich will nicht die Andere sein,
ich will ich sein.

ich will
einen neuen Traum träumen.
Den Traum,
kein Problem mehr zu sein, das aus der Welt geschafft werden muss.

Ich bin keine Fremde, keine Geflüchtete, keine Andere
– ich bin wie ihr
anderen.

Ein jeder von uns hatte sein eigenes Leben
seine Heimat,
Freunde,
Familie,
und seinen eigenen Traum.

Wir alle haben einen Traum.
Ich habe den Traum, wieder jemand zu sein.
Ich will wieder jemand sein,
der seine Träume leben kann.

Zwischen den Welten

Sarah-Djamila El Desoke

Sagt mir, Wo bin ich daheim?
In mir zwei Welten, zwei Sprachen,
ein Herz.

Kann mich nicht entschieden, welche der beiden fühle ich am meisten?
In meinem Haus riecht es nach Heimat, in meinem Schrank, das orientalische Kleid.
An der Wand, ein Bild vom Dorf meiner Oma,
backe Brot, Musik läuft.

Salamo Alaikom, ruft die Welt meines Vaters, er gab sie mir als ein Schatz.
Ich passte darauf auf.
Sie wurde Teil von mir.
Ich, wurde Teil von ihr.

Guten Tag ruft sie, die Welt meiner Mutter, sie gab sie mir mit, auf dass ich immer grade bleib.
Ich gehe raus, kenne jede Straße auf der ich lauf.
Kindheit, Jugend, lernen, Schule.
Meine Geschichte, hier öffnete ich meine Augen, bin gewachsen, hier, bin ich.
Sie ist ein Teil von mir, ich wurde groß in ihr.

Zwischen den Welten
Sagt, was bin ich mehr, deutsch oder arabisch?
Sagt, wo ist der Ort, an dem ich zuhause bin?
Zwischen zwei Welten, und doch bin ich in beiden fremd.
Hier, Hintergrund Migration,
in der anderen eine Europäerin.
Keiner der beiden, kann mich Ganz akzeptieren.

Zwischen den Welten
Du musst dich entscheiden.
Eines von beiden!
Ich sage NEIN!.
Ihr müsstet mich teilen, ich bin aber keine halbe, keine halbe von beiden.

Sie sind überall in mir.
Präagen mein denken, prägen mein handeln, sie sind wer ich bin, ich bin durch sie.
Das Ergebnis einer Lieber zweier Menschen.
Warum dieses Wunder bloß trennen?
Nochmal, ich wiederhole es,
ich bin das Ergebnis einer **LIEBE** zweier Menschen.
Sie war der Anfang, ja der Anfang meiner Welten.
Kann sie nicht trennen, denn nur durch Sie bin ich, ich.
Zwischen den Welten
Ich muss mich entschieden,
ich bin einfach beides! Beides Leb ich, beides lieb ich, beides unteilbar,
so wie mein Herz, einig.

Das Wrack des großen Wagens

Kerstin Meixner

Der Mann steht mitten im Zimmer und ist verärgert. Es ist keine Emotion, die ihm besonders vertraut ist, deswegen wirkt er beinahe unbeholfen. »Warum hast du das getan?«, fragt er zum wiederholten Mal. Das Mädchen zuckt mit den Schultern. »Weil es schön ist.« Sie betrachtet den Spiegel, der auf der mittleren Tür des Kleiderschranks angebracht ist. Es fällt ihr schwer, sich selbst in dem Bild zu erkennen, das die glatte Fläche ihr zeigt. Sie hat gehört, dass sie Fremde sind. Sie spürt es täglich. Auf der Straße, wenn die Menschen langsam mit ihr reden, was wenigstens hilfreich ist, und laut, was überhaupt nichts hilft. In der Schule, wenn sie andere Arbeitsblätter bekommt als die restlichen Kinder der Klasse. Auf dem Spielplatz, wenn sie die Abzählreime nachsingt, die ihr nichts bedeuten. Aber sie hat nicht gewusst, dass es so weit um sich greifen würde, dass man sich selbst im Spiegel ansieht und man ist sich vollkommen fremd.

Maria ist die einzige Freundin, die sie bisher gefunden hat. Maria heißt mit Nachnamen Meyer, lebt in einer schönen Wohnung in einem eigenen Zimmer und hat einen Sternenhimmel, der in der Nacht leuchtet. Fluoreszierend heiße das, hat Marias Vater ihnen erklärt. Die Mädchen haben die vorgestanzten weißen Sterne von der Folie abgezogen und Herr Meyer hat in grünen Socken auf dem Kinderbett gestanden, sie an die Decke geklebt und ihnen dabei die Sternbilder erklärt.
Am selben Abend hat sie bei Maria übernachten dürfen. Sie haben nebeneinander im Bett gelegen und zusammen die Sterne gezählt, aber sie hat

gewusst, dass es eigentlich sehr viel mehr waren, als an der Zimmerdecke zu glänzen begonnen hatten. Maria hat das nicht gewusst, denn der Himmel über der großen Stadt, den man vom Fenster ihres Kinderzimmers aus in Augenschein nehmen kann, ist auch mitten in der Nacht so hell beleuchtet, dass das Licht die Sicht nach oben behindert. Aber Maria hat ihr sofort geglaubt, als sie ihr erzählt hat, dass sie in den Nächten, in denen sie mit ihrer Familie unterwegs gewesen war, so viele Sterne über sich gesehen hatte, dass man sie nicht hätte zählen können, selbst wenn man die ganze Nacht nicht hätte schlafen müssen, und Maria hatte sich gewünscht, dabei gewesen zu sein, so schön war die Vorstellung, die sie sich von dem Firmament machte, das ihre Freundin ihr schilderte. Sie wusste nicht, dass Unterwegssein eine Umschreibung dafür war, alles zurückzulassen.

»Dass es schön ist, sehe ich auch«, sagt der Mann mitleidig, »aber der Schrank gehört uns nicht. Den müssen wir zurückgeben, wenn wir hier ausziehen.« Der Blick des Mädchens wandert von seinem eigenen Abbild hinauf in die obere Ecke des Spiegels. Herr Meyer hatte noch sieben Sterne übriggehabt und ihr geschenkt. Nun kleben sie in der Form des großen Wagens auf der glatten Fläche, denn der große Wagen ist ihr Lieblingssternbild. »Du musst den Schrank gut behandeln, du willst doch nicht undankbar sein«, sagt ihr Vater und holt einen Putzlappen und eine Flasche Spülmittel. Er reibt die grüne, zähflüssige Flüssigkeit auf die farblosen Sterne. »Es tut mir leid, Dana, aber wenn sie ihn wieder abholen, dann soll er noch so aussehen wie an dem Tag, an dem sie ihn uns gegeben haben. Das verstehst du doch sicher, du bist ja unser großes Mädchen.« Aber sie will es nicht verstehen.

Zu Hause hatte sie ein Leben wie Maria geführt. In einer schönen Wohnung gelebt. Ein eigenes Zimmer gehabt. Und wenn sie sich Sterne gewünscht hätte, wäre ihr Vater in grünen Socken auf ihr Kinderbett gestiegen, um sie an die Decke zu kleben. Nun steht sie hier in dieser fremden Stadt und soll dankbar für einen Schrank sein, der ihr nicht einmal gehört, und der gefüllt ist mit Sachen, die andere nicht mehr hatten haben wollen und ihr Vater wischt über die kleinen, bedeutungslosen Sterne oben rechts in der Ecke der Türe, als hinge seine Menschenwürde davon ab. »Ein Schatten wird bleiben«, stellt er am Ende seiner Arbeit resigniert fest, »aber wenn man es nicht weiß, dann sieht man es gar nicht.« Dana steht neben ihm und findet, dass das Mädchen im Spiegel mit seinen Augen voller trauriger Erinnerungen ihr nun doch ähnlichsieht und sie ist ihrem Vater dankbar, dass er die glänzenden Sterne vom Spiegel gewischt hat, denn es ist passend, dass ein solches Mädchen nur unter dem Wrack des großen Wagens steht.

Ingelheim am Rhein

Von Kugelmenschen und Muskeltieren

Anonym

Ich spüre ihn. Ich spüre den Hauch des Atems, einen Hauch der nicht Liebe und Zärtlichkeit verheißt. Zärtlichkeit, die ich noch in der vergangenen Woche verspürte. Vergangene Woche, als ich noch in meinen eigenen vier Wänden lebte. In Wänden die nicht mehr existieren, niedergebrannt, zerfetzt. Zerfetzt durch eine Bombe, die, wie mir Josef berichtete, ein Irrtum war. Ein Irrläufer, der eigentlich den großen Bunker treffen hätte sollen, den Bunker mit den Herrschenden und Entrechteten in ihm. Einem Bunker der sich aufbläht, ob der Orgien die in ihm gefeiert werden, gefeiert zu Lasten eines Volkes das hungert, gefeiert mit Frauen und Männern die aus Lagern gestohlen und gepeinigt in ihm verlöschen, nicht aber bevor sie gegeben was verlangt wurde. Verlangt von Herrschenden die längst Herrschaft verloren haben, aber noch herrschend genug sind um den großen Bunker zu befüllen, zu befüllen mit dem gesamten Ekel der übergebenen Kreaturen, deren Existenz ausgelöscht ist, sobald sie im Monstrum verschwinden. Abgeholt, geraubt durch Schergen die sich, als für das Gute kämpfende wähnen, nicht wissend, dass sie für Verrat rauben und vergewaltigen. Sie füttern den Schlund des Monstrums mit frischem Fleisch und nähren so den Untergang, der die eigene Endlichkeit, nah vorhandene Endlichkeit, nicht zu begreifen vermag und nicht begreifen will.

Nicht Hedonismus, nein, die unendlich übersteigerte Gier nach Macht und Unterwerfung ist Antrieb, ein Antrieb der maschinengleich vernichtet.

Josef, der einzig jemals zurück Gekehrte, berichtet von Kugelmenschen, die bewegungslos in der Unmöglichkeit der Bewegung verharrten, da als einzige

Bewegungsmöglichkeit eine rollende möglich zu sein schien, diese aber wiederum durch Arme und Beine, in der Anmutung viel zu kurz geraten, gestört wurde. Von der Art der Kugelmenschen gab es im Bunker viele, praktisch alle waren sie so, als ob eine neue Spezies sich erfunden hätte. Einziges Streben der Kugelmenschen war es zu fressen, Unmengen von Fleisch wurden vertilgt. Zu diesem Zweck wurden im Bunker eigene Fleischdepots angelegt und befüllt. Einziges weiteres Streben war es zu trinken, Unmengen von Alkohol wurde vertilgt, aus einem Reservoir aus den besten Kellern. Nicht zu vergessen sei auch das Speeddepot, regelmäßig befüllt, brachte es Kugelmenschen in Fahrt. Und dann gibt es da noch die „Muskeltiere". Ihre Aufgabe ist es Kugelmenschen durch die Vorführung menschlicher Pein zur Ekstase zu bringen. Muskeltiere sind menschliche Muskelmassen, die robotergleich Frauen wie Männer rauben und dieben, um sie für die Ekstase der Kugelmenschen bereit zu machen bis sie im Sinn des Wortes ausgelöscht sind.
Ich spüre den Hauch, drehe mich um. erinnere Josef, und werde fortgetragen. Was ich noch spüre ist die mächtige Kraft die mich forträgt, eine Kraft die Widerstand nicht möglich macht, die ohnmächtig macht. Ich ergebe mich dieser Kraft, öffne die Augen und sehe Josef vor mir. Seine Hand zum Stopp ausgestreckt, die andere mich ergreifend und aus der Kraft entziehend. Wo Bunker stattfindet, wo Bunker zu finden ist, zu zerstören ist: überall wo Enge, wo Kleingeist regiert; überall wo Menschen ihrer Herkunft, ihrer ethnischen Entstammung wegen als ungleich und unwürdig bezeichnet werden, andere aber aus denselben Gründen als gleich und würdig.

Macht hoch die Tür

Anonym

„Macht hoch die Tür die Tor macht weit", so schallt es in meinen Ohren und dröhnt in meinem Hirn, so weit sind die Arme geöffnet, erzählt das Lied, doch so geschlossen findet sie ein Kommender vor. ,,Dabei war es doch auch bei uns so, dass Menschen aus anderen Ländern kamen. Wir haben sie aufgenommen, nicht immer als gute Freunde und nicht immer mit großer Freude, aber wir haben Sie aufgenommen, da wir Leid in ihren Augen sahen", erzählt mir Einer der Glück hatte. Er kam aus einem Land und durfte bleiben. Den Preis für das Bleiben zahlte er bereits sechs Monate vor dem Bleiberecht. Einen Preis der Folter und Gewalt brachte -und unwürdiges, unmenschliches Abkanzeln durch scheinbar Gerechte. Später ebbte sie ab, die Flüchtlingswelle. Sie ebbte ab, aber nur in Europa. Geboren wurde das Abebben durch strikte Vorgehensweisen, durch das Schließen von Grenzen, durch das Verrecken lassen VOR der Haustür. Dabei wäre es doch so einfach: Hilfe dort, wo Menschen zur Flucht gezwungen werden und wenn Flucht notwendig ist, Hilfe dort wo Menschen ankommen. Wenn wir nicht aus Menschlichkeit handeln, so könnte doch auch der Ansatz der günstigeren Ökonomie uns dazu verleiten. Endlich ist es günstiger und billiger, wenn auch der Gedanke daran schändlich ist, Menschen im Fluchtland zu halten und die Möglichkeit dafür zu schaffen, als die Kosten für den „Rest" zu tragen. Die Aufnahme von einigen wenigen Kindern ist nicht herrlich, sondern selbstherrlich und erhöhend wo erniedrigend und beschämend das richtige Wort wäre. Politik mit dem Schicksal von Menschen zu machen ist beschämend, zeugt von Menschen-

verachtung, zeigt wahre Gesichter und erinnert - und das ist ebenso Furcht einflößend - an Zeiten, die wir zwar gerne vergessen, die aber zu unserer Geschichte gehören und unvergessen bleiben, weil untrennbar mit ihr verbunden. Nicht altruistische Weltanschauung und vordergründig gezeigtes Wollen ist Thema, sondern entschlossenes und menschliches Handeln.
Warten wir es ab, eben gerade zeigt uns ein kleines Virus wie schnell unsere heilgeile Welt aus den Fugen geraten kann, eine Welt die es uns ermöglicht hat auf Andere, auf Kommende ver-und beurteilende Blicke zu werfen.
Es geht schnell und wir sind die Unteren, die Vergewaltigten die gefügig Gemachten, die Leidenden, diejenigen, die krepieren als Gnade empfinden, weil Sein unerträglicher ist.

Heimat

Michael Landgraf

Heimat.
Ich zucke,
dass wer meinen könnte,
ich singe von schwarz-braunen
Haselnüssen und blonden Mädchen,
heimatfilmberauscht.

Heimat.
Ich grüble
über Vertriebene aus der Ferne,
die übers Land und übers Meer
fliehen und heimatlos werden,
wegen Kriegen und Not.

Heimat.
Ich erinnere mich
an Getriebene aus meiner Heimat,
die übers Land und übers Meer,
sich eine neue suchen mussten,
wegen Kriegen und Not.

Heimat.
Ich wundere mich,
dass Heimatschützer meinen,
sie sei abschirmbar,
ein abgeschotteter Raum
nur für Auserwählte.

Heimat.
Ich spüre,
eine Bindung zu Land und Leuten,
ein Dahin- und Dazugehören
bis zum Zungenschlag,
und dennoch grenzenlos.

Heimat.
Ich weiß,
dass ich nicht stillhalten will,
wenn es um Menschen geht,
die ohne sie leben müssen,
eine Heimat.

Koblenz

Grenzen überwinden

Ahmad Alik

Ich werde – im Gegensatz zu dem, was ich im Deutschunterricht in meinem Gymnasium mache – nicht zwei Stunden über die Bedeutung und die Herkunft des Wortes diskutieren. Es gibt keine „Grenzen", wenn es dazu kommt, das eine oder andere Wort zu definieren. Wenn man „Grenzen" hört, müsste einem viel mehr einfallen als jener Zaun, der zwei Länder voneinander trennt. Es gibt viele „Grenzen" in der Welt, insbesondere wenn man über das Thema Kultur diskutiert. Mittlerweile bin ich seit vier Jahren hier in Deutschland. Es gibt vieles, was sich währenddessen geändert hat, unter anderem etwas Tolles, nämlich: Die Sprache, mit der ich diesen Text schreibe – die deutsche Sprache. „Die Grenzen meiner Sprache sind die Grenzen meiner Welt" sagte der österreichische Philosoph Ludwig Wittgenstein.
Aus meiner Erfahrung kann ich diesen Satz nur bestätigen. Die Sprache ist ein Teil der Kultur und wenn man sie beherrscht, ist man „bis zu einer gewissen Grenze" ebenfalls ein Teil dieser Kultur. Ich könnte diesbezüglich viel mehr ausführen, doch interessanter für die Mehrheit ist die Frage:
„Wie bist du hierhergekommen?".
Ich gebe es zu, dass ich anderen Menschen, persönlich, davon ungern erzählt habe. Über solchen Erfahrungen diskutiert man ungern; hierdurch könnte aber denen, die unter nichts Schlimmes haben leiden müssen, eine Lektion erteilt werden. Ich komme aus Aleppo, aus einer Stadt, die weltweit berühmt ist. Ich war dort bis zum Anfang der achten Klasse in die Schule gegangen und danach habe ich die Schule abgebrochen. Nicht weil ich es nicht wollte oder aus finanziellen Gründen; die Granaten und Geschosse, die auf dem

Schulhof eingeschlagen sind, waren der Grund. Wir haben Aleppo verlassen und haben uns in unserem Dorf im Norden bei unseren Verwandten für ein paar Wochen aufgehalten. In der Idee, in die Türkei zu fliehen, sahen wir Sinn, denn im Dorf gab es nichts, womit wir uns hätten beschäftigen können und besaßen sowieso nichts. Ein ‚Schmuggler' hat uns mit einer Menschengruppe über die Grenze gebracht; danach sind wir mit dem Geld, das wir hatten, mit einem Bus nach Istanbul gefahren. Istanbul ist eine sehr schöne Stadt, aber um dort leben zu können, muss man arbeiten, und zwar richtig hart – insbesondere, wenn man dort fremd ist. Ich musste mit meinen älteren Geschwistern arbeiten, sonst hätten wir uns keine Wohnung mieten können.

Im Oktober 2015 haben meine Mutter, meine zwei jüngeren Schwestern und ich die Türkei verlassen. Der Weg bis hierhin war ziemlich ermüdend. Mit meiner Familie habe ich gefühlt die Hälfte der europäischen Grenzen hinter mir gelassen, um hierherzukommen. Wir sind sechs Kinder in der Familie, zwei Jungen und vier Mädchen. Drei Schwestern sind mit mir hier in Deutschland, die vierte ist in Österreich und mein Bruder ist in Schweden. Die beiden waren vor uns aus der Türkei ausgereist. Wir hatten zu dem Zeitpunkt im Jahr 2015 kein Geld gehabt, um alle ausreisen zu können, ansonsten wären wir hier alle zusammen. Wir sind übers Ikarische Meer mit einem Boot mit einer Menschengruppe nach Griechenland gefahren.
Es war für mich schwierig; man blickt nach vorne und sieht die Insel, ein Teil von Europa, eine Welt, die einem Vieles zu versprechen scheint, man blickt jedoch auch nach unten und sieht das Gegenteil: Eine Welt, in der das, was einer erwarten kann, unklar ist. Die Griechen hatten uns aufgenommen und uns in ein Camp geschickt, wo wir ohne Papiere nichts hätten bekommen können; hiermit meine ich insbesondere die Decken, die wir am Anfang nicht bekommen haben und ohne die wären wir fast erfroren (Ende Oktober 2015). In Mazedonien war das auch der Fall. Hier haben wir auch unter ähnlichen Bedingungen wie in Griechenland leiden müssen und dazu mussten wir am Anfang mit meiner jüngsten Schwester, die jetzt in die dritte Klasse geht, und unseren Sachen, die ziemlich schwer wogen, ca. fünf Kilometer laufen. Der Stress, mit dem wir in den Zug, mit dem wir nach Serbien fuhren, eingestiegen sind, ist nicht in Worte zu fassen. Man konnte schlecht atmen, weil

die Menschen in dem alten Zug dicht beieinanderstanden. Ab den serbischen Grenzen ging es uns besser, was die Fahrt mit den Zügen und vor allem Hilfe angeht.

Gegen Ende November 2015 waren wir in Österreich, bei meiner Schwester, die dort verheiratet ist. Wir hatten da einen Entscheidungskonflikt, ob wir bei ihr in Österreich bleiben oder doch nach Deutschland weiterfahren. Es hieß damals, dass Deutschland in Bezug auf das Asylverfahren besser sei (womit wir aber später Probleme hatten).
Im Dezember 2015 sind wir in Deutschland angekommen; der Wind hat uns von einer Stadt zur anderen Stadt getrieben und wir sind am Ende hier gelandet, in Neuwied. Wir sind nach Deutschland gekommen, um einen Traum zu erfüllen – ich meine jenen Traum, den unsere Verwandten zu erfüllen versprochen haben – und zwar vor zehn oder zwölf Jahren. Diese Hoffnung bestand bei uns – und besteht, trotz der Schwierigkeiten, immer noch – weil wir die Schule verehren und nach einer guten und vernünftigen Zukunft streben. Ich bin dankbar dafür, dass ich hier in die Schule gehen und meinem Traum nachgehen kann. „Grenzen" zu überwinden ist nicht immer einfach, sowohl auf der physischen, als auch auf der psychischen Ebene. Am Ende zählt bei diesem Thema, aus der Perspektive eines Immigranten, bloß die Tatsache, dass man seiner größtenteils negativen Vergangenheit entkommen konnte. Klar hat man im Ort, wo man geboren ist, etwas Schönes erlebt, aber – je nachdem, wie die Person denkt – man kann durchaus auch von einem anderen Ort auch überzeugt sein. Man sagt, dass das Reisen und Besuchen vieler Orte zur Selbstentfaltung, die, meiner Auffassung nach, nichts Anderes als das Überwinden der „eigenen Grenzen" ist, beiträgt. So viele Orte habe ich zwar nicht besucht, aber: Mein Aufenthalt in Deutschland hat zu meiner Selbstentfaltung beigetragen. Hier darf ich über alles reden. Hier darf ich mich zu jedem Thema äußern, wenn ich will. Hier habe ich viel mehr Möglichkeiten, egal in welchem Bereich. Dank der Toleranz, der Offenheit und der Hilfsbereitschaft der Menschen ist man hier nicht im Stich gelassen und auf die Hilfe anderer Menschen, die dafür etwas wollen, nicht angewiesen.
Wie überall auf der Welt, gibt es hier auch Menschen, mit denen man nichts anfangen kann; hiermit meine ich jene Menschen, die, ohne die Person kennenzulernen, aus ihrer Herkunft negative Schlüsse ziehen. Wenn diese

Menschen überhaupt Menschen sind, dann würden sie all die Geschehnisse und Geschichten der Menschen, die hierhergekommen sind, berühren.
Die Menschen sollen auf ihre Herzen, nicht auf solche giftigen Mentalitäten hören. Ich sehe in der Unfähigkeit gewisser ‚Menschen', die „sozialen Grenzen" zu überwinden, ein elementares Problem. Auf diese Art und Weise reißt man sein eigenes Haus mit seinen eigenen Händen ein.
Hoffentlich werden die Erfahrungen, die ich mit meiner Familie – so wie viele anderen Menschen über die Jahrzehnte – gemacht habe, zu einer Geschichte, an die man sich nicht mehr zu erinnern braucht. Am Ende des Tages lernt man nicht nur von der Schule, sondern auch von den Erfahrungen anderer…

Migrieren in die eigene Heimat

Atra Noruzi

Geboren und aufgewachsen in Deutschland. Was heißt das heutzutage schon? Zu Hause bin ich Ausländerin und in der „Heimat" auch.
Mit der Morphologie einer Perserin, der Denkweise einer Deutschen und der Kultur beider Staaten lässt man sich in keine Schublade stecken. Obwohl ich beide Sprachen beherrsche und mich äußerlich anpasse, treffe ich auf Widerstand und werde in die Schublade mit der Aufschrift „Ausländer" eingeordnet. Widerstand gegen ein Land. Widerstand gegen eine Nation. Widerstand gegen eine Bevölkerung. Widerstand gegen eine Kultur. Widerstand gegen eine Hautfarbe. Widerstand gegen mich.
Provokation in einer Warteschlange, abfällige Bemerkungen im Aufzug, Beleidigungen in der Öffentlichkeit, Beschimpfungen in der Schule, Diskriminierung mit nur einem Blick - Widerstand in all seinen Formen.
Widerstand wird von Menschen gesetzt. Widerstand der Menschen voneinander trennt. Widerstand der Grenzen setzt. Grenzen gegen Länder, Nationen, Bevölkerungsgruppen, Kulturen, Menschen. Grenzen gegen Menschen wie du und ich.
Würden sie die eigen gebauten Grenzen überwinden, würden sie erfahren, dass ich die einzige in meiner Klasse mit Migrationshintergrund war, aber auch zu den Besten gehörte, dass ich engagiert und Schulsprecherin war, dass ich ehrenamtlich arbeitete und hier zu Hause bin.
Aber was spielt das schon für eine Rolle. Würden sie die Grenzen von Hass und Verachtung überwinden, würden sie den Menschen in mir und Millionen anderer sehen. Millionen anderer, die mit ihren Eltern, Geschwistern

Geboren und aufgewachsen in Deutschland. Was heißt das heutzutage schon? Zu Hause bin ich Ausländerin und in der „Heimat“ auch.
Mit der Morphologie einer Perserin, der Denkweise einer Deutschen und der Kultur beider Staaten lässt man sich in keine Schublade stecken. Obwohl ich beide Sprachen beherrsche und mich äußerlich anpasse, treffe ich auf Widerstand und werde in die Schublade mit der Aufschrift „Ausländer“ eingeordnet. Widerstand gegen ein Land. Widerstand gegen eine Nation. Widerstand gegen eine Bevölkerung. Widerstand gegen eine Kultur. Widerstand gegen eine Hautfarbe. Widerstand gegen mich.
Provokation in einer Warteschlange, abfällige Bemerkungen im Aufzug, Beleidigungen in der Öffentlichkeit, Beschimpfungen in der Schule, Diskriminierung mit nur einem Blick - Widerstand in all seinen Formen.
Widerstand wird von Menschen gesetzt. Widerstand der Menschen voneinander trennt. Widerstand der Grenzen setzt. Grenzen gegen Länder, Nationen, Bevölkerungsgruppen, Kulturen, Menschen. Grenzen gegen Menschen wie du und ich.
Würden sie die eigen gebauten Grenzen überwinden, würden sie erfahren, dass ich die einzige in meiner Klasse mit Migrationshintergrund war, aber auch zu den Besten gehörte, dass ich engagiert und Schulsprecherin war, dass ich ehrenamtlich arbeitete und hier zu Hause bin.
Aber was spielt das schon für eine Rolle. Würden sie die Grenzen von Hass und Verachtung überwinden, würden sie den Menschen in mir und Millionen anderer sehen. Millionen anderer, die mit ihren Eltern, Geschwistern und Kindern Landesgrenzen überwunden haben, alles was sie sich aufgebaut haben aufgeben mussten, um ihren Kindern, Kindern wie mir, die Zukunft zu bieten, die andere für selbstverständlich erachten.
Also überwindet die Grenzen die von euch selbst gesetzt wurden und geht auf Menschen zu, nicht auf „Ausländer“, „Flüchtlinge“, „Bedürftige“, „ Arme“. Denn vielleicht werdet ihr euch selbst mal in einer solchen Situation wiederfinden.

Wenn ich die Augen schließe

Thora

„Wenn ich die Augen schließe, seh' ich Tote im Tränenmeer.
Der Fels aus Krieg an der Hoffnung zieht sie hinunter,
Was Licht war, sieht niemand mehr.
Wenn ich die Augen schließe, seh' ich Menschen in Flammen stehen.
Das ist die Welt, die wir wählen. Das ist die Welt, die wir quälen."
(THORA – Tränenmeer: https://www.youtube.com/watch?v=flYXVWGAlug)

2011

Der Krieg in Syrien beginnt. Die Revolution beginnt.

...

2014

Ich bin 18 Jahre alt. In dem Café International unserer Kleinstadt lerne ich zum ersten Mal Menschen kennen, die aus Syrien geflohen sind. Ohne viele Worte verstehen wir uns und freunden uns an.
Häufig bin ich die einzige deutsche Muttersprachlerin und beginne, die ersten arabischen Wörter zu lernen.

مرحبا. انا اسمي تورا.

2015

Flüchtlingskrise. Es wird ein großes politisches Thema, die gesellschaftliche Stimmung ist gereizt. Offene Grenzen schließen sich.

Rechtsextremismus. Rassismus. Menschenfeindlichkeit. - Solidarität. Empathie. Refugees Welcome.

Ich sitze bei Freund*innen. Zum Frühstück gibt es Hummus und Foul.
Wir trinken Mate und hören Fairouz – dabei reden und lachen wir viel.
Nur in Momenten der Stille schweifen Blicke in die Ferne.

Syrien wird zu meinem Thema. Krieg wird zu meinem Thema.

Weihnachten. Ich verliebe mich in einen Syrer; er kommt aus Homs.
Liebe kennt keine Grenzen.

2016

Ich diskutiere und streite viel. Über die Rolle der Frau, Religion und Eifersucht.

Freiheit bekommt für mich eine neue Bedeutung. Ich lasse mir das arabische Wort dafür auf den Arm tätowieren. الحرية

Nach meinem Abitur packe ich meine Sachen und fliege für mehrere Wochen nach Griechenland in ein militärisch geführtes Camp für Geflüchtete. Wir sind die erste Organisation vor Ort und werden mit offenen Armen begrüßt.

Als wir abends das Camp verlassen, um in unsere Unterkunft zu fahren, laufen die Kinder unserem Wagen hinterher bis zum Ausgang. Sie rufen.
„Tomorrow, my friend? Tomorrow?“.
Ja, wir kommen morgen wieder. Erleichterung.

Vier Kampfjets fliegen dicht über dem Camp entlang. Auf dem Vorplatz spielten vorher dutzende Kinder. Sie rennen schreiend und weinend zu den Zelten und suchen ihre Eltern. Einige der Erwachsenen lachen darüber, ihre Augen sind leer.

Ein Kind kommt zu mir und weint. Ich frage das Mädchen „وين امك؟“
– wo ist deine Mutter. Sie zeigt in den Himmel.

Da mein Arabisch mittlerweile ganz okay ist, lerne ich schnell viele Leute kennen. Sie laden mich in ihre Zelte ein und erzählen mir von ihrem Leben. Sie zeigen mir das Camp und die Natur in der Umgebung. Ein junger Mann, mit dem ich mich angefreundet habe, möchte mich seiner Frau vorstellen. Er bringt mich in sein Zelt, wo seine schwangere Frau sitzt. Sie ist so alt wie ich. Wir reden, gehen spazieren und machen Fotos.

Der Rückflug tut weh. Nicht nur, weil ich viele Menschen zurücklasse, sondern weil es so wahnsinnig einfach ist. Mit einem deutschen Pass sind viele Grenzen bedeutungslos; andere brauchen Jahre, um diese zu überwinden. Ich nur Stunden. Ich behalte viele Erinnerungen, viele Bilder in meinem Kopf.

2017

Ich fliege erneut nach Griechenland. In dasselbe Camp. Diesmal mit meiner Mutter.

Es ist merkwürdig. Ich komme und gehe, die Menschen im Camp sind geblieben; einige mittlerweile fast zwei Jahre. Dafür wurden die Zelte durch Container ausgetauscht und das Relocation-Programm beginnt.

Wir treffen meine Freundin wieder, zu der ich – wie auch zu vielen – den Kontakt gehalten habe. Ihr Kind kam an meinem Geburtstag auf die Welt. Sie heißt Lava.

Ein weiteres Mal verlasse ich das Camp und nehme einen Straßenhund mit. Viele machen Witze darüber, wie einfach es ist, einen Pass für einen Hund zu bekommen.

Während meiner Zeit in Griechenland haben sich meine Gedanken neu sortiert. Ich breche mein bisheriges Studium ab, ziehe zurück zu meinen Eltern und schreibe mich für ein Studium der Sozialen Arbeit an der Hochschule in Koblenz ein. Ich möchte professionelle humanitäre Hilfe zu meinem Beruf machen.

2018
Es ist nicht mehr nur mein Thema. Es ist mein Leben geworden.
Ich verliere mich in Kriegsbildern und -videos, in Nachrichten und Gedanken.
Weltschmerz. Pessimismus. Hoffnungslosigkeit. Sinnlosigkeit.

Ich fühle mich nicht als Deutsche und bin auch keine Syrerin. Ich habe Krieg in meinem Kopf, aber noch nie erlebt. Ich habe Heimweh nach einem Land, das ich nie gesehen habe. Wer bin ich?

Und wieso ist die ganze Welt bestürzt über 17 Kinder einer Fußballmannschaft, die in einer Höhle in Thailand feststecken – aber sieben Jahre Syrienkrieg interessieren kaum jemanden? Wieso berichten Medien im Stundentakt über Rettungsversuche, aber dass jeden Tag im Schnitt sechs Menschen im Mittelmeer sterben, bleiben nur Zahlen.

Mama Merkel wird zum vierten Mal zur Bundeskanzlerin gewählt.
Seehofer spricht von Migration als die Mutter aller Probleme.
Ich schreibe das Lied Tränenmeer: „Das ist die Ruhe vor dem Sturm, die so laut schreit. Wir sind umzingelt von Lärm und nur Stille kann uns befreien. Doch sie liegt begraben unter Schutt".

2019
Ich mache ein Praxissemester in einem Schutzhaus für Frauen. Für einen Monat besuche ich die Partnerorganisation in Kenia. Zwangsprostitution, Zwangsverheiratung, Genitalverstümmelung.

Viele europäische Männer in Bars, die umgerechnet gerade mal einen Euro dafür bezahlen, mit minderjährigen Mädchen zu schlafen. Ein Mädchen in dem Schutzhaus, sie ist acht Jahre alt als sie sich zum ersten Mal prostituiert. Erst vier Jahre später kommt sie dort raus. Sie ist kein Einzelfall.

Ich verinnerliche, dass Soziale Arbeit in der Flüchtlingshilfe (und vielen anderen Bereichen) nichts bedeutet und nichts verändert, wenn Konfliktursachen bestehen bleiben. Meine Gedanken ordnen sich neu: Nicht mehr humanitäre Hilfe ist mein Ziel, sondern Friedens- und Konfliktforschung. Die wissenschaftliche Auseinandersetzung mit diesen Themen lassen meine Gefühle in den Hintergrund rücken.

Idlib. Erdogans Militäroffensive in Nordsyrien.

2020
Ich sitze im Bett als ich die Nachricht lese, dass Erdogan die Grenzen geöffnet hat. Ich verbringe Stunden vor verschiedenen Nachrichtendiensten, bevor ich schlafen gehe. „Das ist die Ruhe vor dem Sturm…“.

Die Situation eskaliert. Türkei. Griechenland. Europa. Tote.

Ich trage viel Hass in mir, so viel Wut. An guten Tagen ist es eine gleichgültige Leere.

Covid-19. Die Pandemie überschattet alle weiteren Ereignisse. Grenzen schließen.

Verschwörungstheorien. Egoismus. Angst. Sonnenschein.
Jetzt.

Es zerstört mich. Ich schlafe schlecht. Wenn ich die Augen schließe, sehe ich Menschen in Flammen stehen. Menschen unter Trümmern. Explosionen. Blut. Einzelne Körperteile. Tote im Mittelmeer. Ich höre Kinder schreien und weinen.
Auch ich weine. Nichts davon habe ich wirklich erlebt.

Wie muss es dann sein, jahrelang hinter Grenzen und in Kriegen gefangen zu sein?

Ist das die Welt, die wir wählen? Ist das die Welt, die wir wählen?

Ich wünsche mir, dass es irgendwann aufhört.
Ich wünsche mir, Lava und ihre Familie dieses Jahr in Schweden zu besuchen.
Ich wünsche mir, irgendwann Syrien zu sehen.

Offenbach am Main

Schmuckstück

Kathrin Gögele

Eigentlich bin ich ein Niemand,
der planlos verplant durch die Welt rennt, den Müll sorgfältig trennt und am Morgen gerne mal verpennt.
Bin manchmal verträumt, manchmal unaufgeräumt leergeräumt.
Ich mag die Magie und die Phantasie. Ich mag Ehrlichkeit, Zärtlichkeit und die Unendlichkeit. Bin langweilig und gegenteilig unheilig. Bin bescheiden, mag es mich in schwarz zu kleiden, obwohl ich das bunte liebe und mich jeden Tag aufs Neue in alle Farben der Welt verliebe.
Bin chaotisch und kompliziert,
fürs Autofahren nicht qualifiziert und doch hochmotiviert und goldverziert.

Ein Schmuckstück.

Und ich habe der Menschheit vertraut,
wurde dennoch meiner Heimat beraubt und habe schon so oft an eine bessere und glückliche Zukunft geglaubt.
Ahnungslos und angsterfüllt.
Von unvorstellbaren Schmerz umhüllt und ausgefüllt. Schmetterlinge fliegen, sich mit der Vernunft bekriegen, Grauzonen mit Sprengstoffkanonen mein Leben betonen. Angst alles zu verlieren und einen Rückschlag zu kassieren, der mein Leben zerstört und meine Familie verstört.
Mit Schmutz und Staub behaftet.
Die Erinnerungen kaum verkraftet - bleibe ich stumm, verstumm, wie eine

Rarität im Antiquariat, verstaubt, schüchtern und schön.
Ich wurde gehasst und verstoßen von all den Großen dieser Welt –
dabei hab ich doch nur Glück und Liebe in meinem Gebet bestellt, das ein Leben in Harmonie sicherstellt.
Die Frage nach dem „Warum“,
habe ich mich nie getraut zu stellen.
Den Sinn des Krieges
konnte ich noch nicht feststellen.
Was ich weiß ist,
ich bin jetzt hier und
lebe.
Gebe mir Mühe und hoffe dass ich aufblühe und
all der Schmerz im Abendrot verglühe.
Denke ich an all das Erlebte, die Momente und Erinnerungen zurück,
weiß ich, in mir steckt immer noch ein Schmuckstück.

Ein Neuanfang

Talia Bumin

Ich hoffe nur noch, dass es nicht noch einmal passiert. Jedes Mal, wenn ich aufstehe, habe ich Angst, meine Augen zu öffnen. Ich habe Angst vor dem rauen und ängstlichen Schreien meiner Mutter.

Ich war 7 Jahre alt und erinnere mich jeden Tag an diesen Moment. Es war Sonntag und ich freute mich auf das Frühstück mit meiner ganzen Familie. Jeden Sonntag war es bei uns Tradition, zusammen am Tisch zu sitzen, zu reden und zusammen zu sein. Ich liebte die Sonntage sehr, denn sie gaben mir das Gefühl von Zusammenhalt, Liebe und Glück. Doch jetzt möchte ich vor den Sonntagen fliehen.

Am Samstagabend schlief ich extra früh ein, um am Morgen mit meiner ganzen Familie zusammen zu frühstücken. Doch was am Morgen passierte, war einfach nur schrecklich. Ich wachte auf und die Sonne strahlte warm auf mein Gesicht. Ich war gerade davon überzeugt, dass das einer meiner schönsten Sonntage wird, bis ich das raue, ängstliche Schreien meiner Mutter und darauf einen Schuss hörte. Ich sprang aus meinem Bett direkt zu meiner Mutter. Sie stand vor der Tür meines Vaters. Das Einzige was ich sah – Blut – Blut überall. Als ich in sein Zimmer eilte, schubsten mich zwei schwarz gekleidete Männer weg und rannten so schnell wie möglich aus dem Haus. Ich konnte ihre Gesichter nicht erkennen. Dafür waren sie zu schnell.

Meine Augen voller Tränen. Ich sah alles nicht klar, sondern nur sehr verschwommen. Ich rannte in das Zimmer meines Vaters. Von der schmutzigen Wand bis zur kaputten und rissigen Decke alles voller Blut. Ich schaute auf ihn und konnte ihn nicht richtig erkennen, doch er war es. Mein Vater.

Ich hoffe nur noch, dass es nicht noch einmal passiert. Jedes Mal, wenn ich aufstehe, habe ich Angst, meine Augen zu öffnen. Ich habe Angst vor dem rauen und ängstlichen Schreien meiner Mutter.
Ich war 7 Jahre alt und erinnere mich jeden Tag an diesen Moment. Es war Sonntag und ich freute mich auf das Frühstück mit meiner ganzen Familie. Jeden Sonntag war es bei uns Tradition, zusammen am Tisch zu sitzen, zu reden und zusammen zu sein. Ich liebte die Sonntage sehr, denn sie gaben mir das Gefühl von Zusammenhalt, Liebe und Glück. Doch jetzt möchte ich vor den Sonntagen fliehen.
Am Samstagabend schlief ich extra früh ein, um am Morgen mit meiner ganzen Familie zusammen zu frühstücken. Doch was am Morgen passierte, war einfach nur schrecklich. Ich wachte auf und die Sonne strahlte warm auf mein Gesicht. Ich war gerade davon überzeugt, dass das einer meiner schönsten Sonntage wird, bis ich das raue, ängstliche Schreien meiner Mutter und darauf einen Schuss hörte. Ich sprang aus meinem Bett direkt zu meiner Mutter. Sie stand vor der Tür meines Vaters. Das Einzige was ich sah – Blut – Blut überall. Als ich in sein Zimmer eilte, schubsten mich zwei schwarz gekleidete Männer weg und rannten so schnell wie möglich aus dem Haus. Ich konnte ihre Gesichter nicht erkennen. Dafür waren sie zu schnell.
Meine Augen voller Tränen. Ich sah alles nicht klar, sondern nur sehr verschwommen. Ich rannte in das Zimmer meines Vaters. Von der schmutzigen Wand bis zur kaputten und rissigen Decke alles voller Blut. Ich schaute auf ihn und konnte ihn nicht richtig erkennen, doch er war es. Mein Vater.
Ach, mein Vater, er war nie für mich da. Ja, er musste viel arbeiten, aber wenn er dann nachhause kam, war er schon betrunken und sehr aggressiv. Jeden Tag, wenn ich meinen Vater so sah, versprach ich mir zwei Sachen: Ich werde niemals so einen Mann wie ihn heiraten und ich werde niemals Alkohol trinken wie er.
Mein Vater hatte viele Schulden. Wir hatten wenig Geld und nur er arbeitete. Ich sah ihn nur abends. Immer wenn ich den Schlüssel in der Tür hörte, rannte ich direkt in mein Zimmer. Ich hatte Angst vor ihm, schreckliche Angst. Ich hatte jeden Tag aufs Neue das Gefühl, dass er mich gar nicht lieb hatte. Er gab mir jeden Tag ein Gefühl von Hass und Erniedrigung. Ich fühlte mich in seiner Nähe überflüssig. Ich habe sehr viele tiefe Narben von meinem Vater. Wenn ich es an manchen Tagen nicht rechtzeitig in mein Zimmer schaff-

te oder den Schlüssel nicht hörte, konnte ich nicht mehr vor ihm fliehen. Er riss mich an meinen Haaren zu sich und schlug mich, bis ich blutete. Meine Mutter wollte mir immer helfen, doch dann wurde es nur noch schlimmer. Ich verstand ihn nicht. Ich verstand ihn nie.
An diesem Tag, als ich meinen Vater voller Blut in seinem rostigen, alten Bett liegen sah, hatte ich ein sehr komisches Gefühl. Ich war mir nicht sicher, was es war. Trauer? Erleichterung? Ich weiß es nicht. Meine Mutter eilte direkt nach mir mit blutroten Augen in das Zimmer von meinem Vater. Sie schrie und weinte gleichzeitig.
Ich hatte sie oft so traurig gesehen. Und trotz das er mich Misshandelte, hatte sie ihn mehr als alles andere lieb. Manchmal kam es mir auch so vor als würde sie ihn mehr als mich lieben. In dem Moment, als ich mit meiner Mutter zusammen vor seinem Bett kniete, war mir klar, dass sich alles verändern wird. Mein Leben würde heller werden, ich würde keine Angst mehr haben, ich würde frei sein.
Ein paar Tage später fand die Beerdigung statt. Wir mussten uns alle schwarz kleiden. Ich hatte so etwas noch nie erlebt. Ein Tod. Wie ist es eigentlich, Papa? Wie fühlt es sich an? Ich weiß es nicht. Ich weiß nur, wie es sich anfühlt, nachdem man jemanden verloren hat, mit dem man seine ersten 7 Jahre mit Gewalt verbracht hat. Es wurden viele, lange Gebete gesprochen und mir taten schon vom ganzen Stehen die Beine weh.
Nach diesem Tag war es schwer, schwer für meine Mutter, eine gute Mutter für mich zu sein. Sie suchte sich Arbeit, dadurch sah ich sie kaum. Sie arbeitete von morgens bis abends durch, doch bekam wenig Geld. Mittags ging ich dann meistens zu meinen Cousins oder meinem Onkel. Meine Familie wohnte zum Glück nur ein paar Häuser von uns entfernt. Zum Schlafen kam ich wieder nach Hause. Als ich 10 Jahre alt wurde, hielt es meine Mutter alleine nicht mehr aus sich um mich zu kümmern. Sie war eine sehr faule Frau, doch sie gab alles, damit es mir gut ging. Doch am Ende hat es dann doch nicht mehr gereicht. Ich lernte mit 10 Jahren meine Mutter ganz anders kennen. Ich kannte von ihr nur ihre Faulheit. Doch jetzt, was war nur mit ihr passiert? Ich versuchte sie immer wieder auf die Beine zu bringen, ihr mit ihren Problemen zu helfen. Ich hörte sie jeden Abend weinen und wusste nicht, was ich tun könnte. Ich hatte nur noch sie. Ich wollte, dass es ihr gutging, doch am nächsten Tag lernte ich dann eine ganz andere Seite von ihr kennen.

Sie kam mir nicht mehr vor wie meine Mutter, sondern wie eine Hexe.
Sie brachte mich an den Flughafen. Ein sehr großer, voller und dunkler Ort.
Sie setzte mich neben eine junge und hübsche Frau, die ich nicht kannte.
Meine Mutter kannte sie aus unserer Stadt und bezahlte sie, damit sie mit mir fliegt. Meine Mutter ging, damit ich mich daran gewöhne, ohne sie zu leben. Es fiel ihr sehr schwer. Sie drehte sich oft um, um nach mir zu schauen und irgendwann war sie dann ganz weg und ich weinte ihr lange hinterher. Warum tat sie das? Ich war doch das Einzige, was sie hatte? Wohin ging ich? Ganz alleine? Ich war 10 Jahre alt und hatte niemanden mehr. Mit 10 Jahren wusste ich, wie es sich anfühlt, wenn man von seinen Liebsten im Stich gelassen wird. Ich war am Flughafen, mit einer Frau, die mir fremd war.
Ich schaute mich um, es waren sehr viele am Flughafen. Danach ging ich mit der fremden Frau zu einer Passkontrolle. Dort sollte ich meinen rosafarbigen Rucksack, mit Blümchen drauf, abgeben. Mein Kuscheltier durfte ich zum Glück behalten.
Viele lange Stunden später stieg ich dann in das große und laute Flugzeug ein. Ich wusste nicht, wohin und auch nicht zu wem ich fliegen sollte. Ich setzte mich hin, meine Augen blutrot, mein Kuscheltier fest in der Hand an das Fenster gelehnt. Das war mir alles sehr neu. Ich hatte noch nie in einem Flugzeug gesessen. Ich kannte es nur von Bildern.
Viele Stunden später, die ich nicht sehr wahrgenommen habe, da ich geschlafen hatte, kam ich endlich an. Ich ging meiner Begleitung nach. Ich hatte Angst. Um mich herum dunkel gekleidete Männer, Männer die mich an meinen Vater erinnerten. Ich bekam noch mehr Angst. Mein Körper fing an zu schwitzen und mir wurde ganz warm. Um mich herum waren viele Menschen. Ich versuchte mich an ihnen vorbei zu drängeln und sie zu verstehen, doch ich verstand nichts. Ich hatte noch nie zuvor diese Wörter gehört. Wo war ich? Welche Sprache sprachen die Menschen hier? Ich ging mit meiner Begleitung zur Gepäckausgabe und nahm meinen blumigen Rucksack. Die Fremde zog mich an meinem Arm zu einem dunklen Auto. Ich saß im Auto mit der Hoffnung, dass ich jemand bekannten auftreffe. Jemand Familiäres.
Ich kam an einem sehr großen Haus mit sehr schönen Fenstern an. Ich hatte so etwas noch nie gesehen. In meiner Heimat gab es nur alte, durchlöcherte Hütten, die wir uns leisten konnten. Diese waren sehr klein und wir hatten kaum Platz. Wir wohnten in einer sehr armen Gegend mit meiner Familie

zusammen. Die Hütten kaputt und die Straßen uneben und bestaubt. Aber dieses Haus war wie in meinen Schulbüchern, wie ein Prinzessinnenhaus. Ich trat ein, alles war sehr hell und beleuchtet und der Boden glänzte.
Vor mir stand eine alte Frau, die ich nie zuvor gesehen hatte. Sie war mir fremd, doch lächelte mich an. Ich fragte sie, wer sie sei, und sie erzählte mir sehr viel. Sie sei meine Oma. Als ich das hörte, riss ich meine Augen sehr weit auf. Ich kannte sie nur von Erzählungen meiner Mutter. Sie soll eine sehr tapfere, starke und erfolgreiche Frau gewesen sein, die nach ihrer Eheschließung nach Deutschland kam, um ein besseres Leben als in ihrer Kindheit zu leben. Sie hatte auch ihren Mann verloren, doch sie hatte nie aufgegeben.
Ich versprach mir, dass ich auch nie aufgeben würde, dass ich nie wie meine Eltern sein würde. Ich würde besser als sie sein. Erfolgreicher.
Eine Woche nach meiner Anreise hier in Deutschland ging ich in einen Intensivkurs, um Deutsch zu lernen. In meinem Kurs hatte ich viele, mit denen ich mich gut verstand. Als ich nun einigermaßen gut sprechen konnte, fing ich hier mit der Schule an. Ich freute mich sehr darauf, neue Freunde zu finden und zu lernen.
Ich wurde nach vorne zu meiner Klasse gerufen. Der Saal voller Menschen. Ich kannte niemanden. Ich schaute um mich um und es war niemand da, der aus einem anderen Land kam. Ich ging in meine Klasse und wusste nicht, zu wem ich gehen sollte. Jeder war mit seinen Freunden zusammengekommen, außer mir. Ich kannte niemanden. Ich wollte nachhause zu meiner Oma, doch ich durfte nicht. Jeder sollte eine Geschichte von sich erzählen, doch ich weigerte mich. Ich wollte meine Vergangenheit hinter mir lassen und nicht mehr daran denken. Nach dieser Entscheidung wandten sich alle von mir ab. Niemand schaute mich mehr an, niemand redete mit mir. Als wir dann die Sitzordnung festlegten, saß ich neben einem Mädchen und einem Jungen, doch sie wandten sich beide direkt ab und redeten mit ihren Freunden. Ich saß in der großen, kalten Klasse und fühlte mich alleine. Ich wollte weg von hier. Zu meiner Familie, zu meiner Oma. Zuhause war ich immer im Mittelpunkt ich war die Jüngste von all meinen Cousins. Meine Verwandtschaft hatte immer ein Auge auf mich. Hier redete nicht einer ein Wort mit mir.
Ich fühlte mich nutzlos. Die Klasse gab mir das Gefühl, das mir mein Vater früher jeden Tag gab. Das Gefühl von Hass und Erniedrigung.

Koffer im Kind

Özlem Bumin

Der junge Mann sitzt vor mir. Er ist pünktlich zu seinem Termin erschienen. Sehr höflich, aber auch sehr zurückhaltend, vermeidet jedoch den Blickkontakt zu mir. Er erzählt, dass er vor drei Jahren in die Bundesrepublik eingereist ist. Als 16-jähriger, alleine, ohne Familie, aus einem Land, dass meinem Land sehr fremd ist. Die Sprache, die Kultur, die Religion, die Schrift und auch der Umgang. Als er von seinem Leben in seinem Land berichtet, sehe ich in seinen Augen die Freude, das Glück, das Licht, seinen Traum. Es sprudelt in ihm... Dass er die deutsche Sprache nicht so gut beherrscht, fällt ihm gar nicht ein. Erst als er sich an seine Ankunft in Deutschland erinnert, fügt er hinzu, dass er nicht so gut Deutsch spricht. Ich sage ihm jedoch, dass ich ihn sehr gut verstehe. Während er seine Flucht und sein Leben in Deutschland erzählt, sehe ich wie schwer es ihm fällt. Er tut sich schwer, ihm fehlen die Worte das Erlebte auszusprechen. Seine Augen verblassen. Sie schauen in ein „Nichts"; ins Leere. Komisch – in mir erscheint das Bild von meiner Heimat. Meine Kindheit rast wie ein Film an mir vorbei. Die Sehnsucht nach meiner Heimat, die ich nur in den Sommerferien besuchen kann. Wenn ich an meine Heimat denke, spüre ich in mir diese Wärme, diese innere Ruhe, diese Anerkennung. Zurück in Deutschland spüre ich diese Leere. Alles ist grau... manchmal auch schwarz!

Er hatte sein Abitur erfolgreich bestanden und wollte Elektrotechnik studieren. Er hatte auch bereits einen Studienplatz bis die Bombe explodierte. Seine Familie lag in dem zertrümmerten Haus, alle! Alle, außer er.

Er war beim Bäcker, Brot kaufen. Sein Körper überlebte, seine Seele starb. Noch immer weiß er nicht, wo sie begraben wurden. Er wurde mit einer Gruppe von Jugendlichen nach Deutschland eingeschleust. Ihm wurden Papiere mitgegeben. Erst wurde er in Gießen aufgenommen und danach kam er nach Wiesbaden. Das Leben, alles um ihn herum kann er nicht begreifen. Er sagt, er fühle sich wie neben einer Rolltreppe. Alle um ihn herum leben weiter, Tag für Tag. Er schaut nur zu. Er kam in eine Schule um die deutsche Sprache zu erlernen. Was sind das für Zeichen? Was für Laute? Was möchten die Menschen von mir? Was sagen sie? Wie reden sie? Wie sind sie gekleidet? Wieso gibt es hier keine Plumpsklos mit Wasserspülung wie zu Hause? Die Hocksitzhaltung ist doch viel gesünder, wissen dass die Deutschen denn nicht? Es sind zu viele Fragen, auf die er nach Antworten suchen wollte, jedoch nicht die Kraft besaß. Seine Mutter, sein Vater und sein älterer Bruder konnte er nicht mehr fragen. Nachts träume er von seiner Familie. Seinem Geburtsort, seinem Haus, seine Freunde und sein Zimmer, all das sah er in seinen Träumen. Immer, wenn sich seine Augen öffneten, kniff er seine Augen wieder zu. Er wollte nicht in dieser Welt leben. Er wollte zurück. Ich blickte in seine Augen. Trauer, nichts als Trauer sah ich in seinen Augen. Plötzlich raste mein Puls. Seine Erinnerungen erinnerte mich an meinen Vater. Meinem lieben Vater. Als ich mit sechs Jahren meine Oma und meine Tante verlassen, um nach Deutschland zu meinen Eltern und Geschwistern ziehen musste. In meinen Träumen bin ich immer in dem kleinen Ort, in dem kleinen Häuschen bei meiner Oma. Spät nachmittags kam meine Tante mit einem Riegel Schokolade von der Arbeit nach Hause. Wir kochten und aßen gemeinsam. Dann waren wir immer unterwegs. Bei den Freunden meiner Tante, im Kino oder im Dorf, wo meine Tante den Kranken eine Spritze verabreichte. Mit sechs Jahren, rausgerissen aus dem Leben, nach Deutschland eingereist, lernte ich meine Eltern kennen und auch, dass ich noch zwei jüngere Geschwister hatte.
Als Gastarbeiter mussten meine Eltern arbeiten und hatten keine Wohnung. Sie wohnten in Heimen. Kinder wurden nach der Geburt zur Familie in die Türkei verschickt. Nicht nur ich, sondern auch andere in meinem Alter haben so eine Vorgeschichte. Jedoch zählte ich zu den Personen, die Glück hatten und eine tolle Kindheit verbrachten. Vor kurzem las ich über die Kofferkinder und erfuhr, dass ich auch eines von diesen Kofferkindern war...

Mein Vater fuhr uns immer in den Sommerferien mit dem Auto zu meiner Oma und meiner Tante. Daher dankte ich ihn und liebte ihn. Bevor ich meinen Vater jedoch kennenlernen durfte, starb er an Krebs. Ich war doch erst 12 Jahre alt! Warum? Wieso ich? Wiese mein Vater? Wer fährt mich jetzt zu Oma und Tante?

Er erzählte weiter. Sein Klassenlehrer, ein junger Mann, kam aus dem gleichen Land wie er. Er habe eine Ähnlichkeit mit seinem Bruder, seinem verstorbenen Bruder. Von diesem jungen Mann lernte er die deutsche Sprache und die deutsche Kultur kennen. Mit ihm redete er über das Erlebte. Der Lehrer gab ihm die Kraft und die Stärke hier Fuß zu fassen. Er motiviere ihn. Er war sein Vorbild. Er durfte auch eine Zeitlang bei ihm wohnen. Rechtsradikale schossen mit einer Druckluftwaffe auf seine Unterkunft. Alle Bewohner der Gemeinschaftsunterkunft schliefen, als es in der Nacht neun Mal knallte. Zum Glück wurde niemand getroffen, jedoch hatte er Angst. Angst... Was wollten die Personen von ihm? Er hat doch niemandem etwas getan. Wieso schießen sie auf seine Unterkunft? Wird es wie in seinem Land Krieg geben? Muss ich wieder flüchten? Kann ich mich frei auf der Straße bewegen? Sind die auch hinter mir her? Nachdem zwei Tatverdächtige festgenommen wurde, konnte er wieder zurück in seine Unterkunft und war etwas erleichtert.
Ich blickte zum Fenster. Ich weiß wovon er sprach! Vor 30 Jahren erlebte ich auch diese Angst. Skinheads waren hinter den Ausländern her. Ich wusste nicht, dass ich auch zu den Ausländern zählte. Ich war schockiert, als ich aus meinem Kinderzimmerfenster nach außen an der Wand der Tiefgarage las „Raus mit den Ausländern". Wohin sollte ich denn gehen? Mein Vater war doch verstorben und meine Mutter musste doch arbeiten. Warum nannte man mich Ausländer und was sind Skinheads? Was wollten sie von mir, ich war doch noch ein Kind, erst 13 Jahre! Die Polizeieskorte begleitete uns von der Schule bis zur S-Bahn Haltestelle. Zum Glück wohnte ich direkt vor der Haltestelle, so dass ich sofort nach Hause rennen konnte. Ich spüre immer noch die Herzklopfen, wenn ich an den Tag denke, an dem ich zu Hause ankam, die Türe zuknallte und mich an die Türe anlehnt. Mein Herz bebte. So fühlte sich also Angst an. Was musste die Familie in Solingen erleiden? Ein Brandanschlag! Die eigenen Kinder tot! Verbrannt! Was ist das für ein Hass? Warum? Nur wegen der Herkunft? Woher nehmen sich die Personen das

Recht andere zu verbrennen, zu töten, zu ermorden, zu erschrecken? Man sucht sich die Familie, deren Herkunft und Religion doch nicht aus! Man wird in diese Familie hineingeboren. Wie fühlen sich Personen mit einer anderen Hautfarbe fühlen, mit einer Verletzung im Gesicht, mit einer auffallenden Behinderung, mit einem Aussehen, was anderen fremd ist…

Er fragt an, ob er eine eigene Wohnung anmieten kann. Ob er finanzielle Unterstützung erhält und auch für die Erstausstattung ein Darlehen beantragen kann. Er würde auch arbeiten, nach der Schule, sogar am Wochenende. Ich frage ihn, warum er nicht warten kann, bis er die Ausbildung beendet. Er erzählt, dass er Nachts nicht schlafen kann. Die Bewohner der Gemeinschaftsunterkunft sind sehr laut. Einige sind traumatisiert und schreien nachts im Traum. Außerdem fürchtet er einige seiner Mitbewohner, denn die haben etwas gegen Muslime. Der Streit wegen der Religion in seinem Land wird hier weitergeführt. Dabei ist seine Familie nicht streng gläubig gewesen. Sein Vater hat ihm immer gesagt, lies und versuche zu verstehen. Doch wie kann er Personen, die jemanden wegen seiner Religion, seiner Herkunft oder seines Aussehens hassen, verstehen? Welches Buch kann dies erläutern? Was kann er dafür, dass er in diese Familie geboren wurde und somit deren Religion und Kultur angenommen hat? Wäre er ein Haus weiter geboren, dann hätte er vielleicht den christlichen Glauben. Es gibt doch nur einen Gott und verschiedene Auslebungen vom Beten. Der Eine kniet sich vor Gott, der andere betet 5 mal am Tag und ein weitere macht Yoga. Es wird sich nichts ändern, denke ich!
Am ersten Schultag meines Sohnes war ich auch schockiert über den Einschulungsgottesdienst. Warum wurden Kinder am ersten Schultag getrennt? Die einen gehen vor der Einschulung in die Kirche zum Gottesdienst, die anderen warten auf dem Schulhof, da in ihre Gemeinde kein Einschulungsgottesdienst stattfindet. Ich saß in der Kirche mit meiner Familie und mein Sohn, als einziger Moslem, stand oben auf der Bühne unter den christlichen Kindern und dem Pfarrer und dem Priester. Warum war mein Glaube hier nicht vertreten? Fast 50% der Einwohner dieses Wohnortes haben doch den muslimischen Glauben. Warum wird das nicht berücksichtigt? Also ging ich nach dem Einschulungsgottesdienst zum Pfarrer und sagte ihm, wie weh es mir getan hat. Ich bin nicht streng muslimisch. Meine Kinder besuchten

jedes Jahr die Kirche, jedoch nie ein Moschee. Ich nahm an allen Festen mit meinen Kindern teil: Ostern, Weihnachten, Sankt Martin. Ich bin doch integriert, aber warum wurden die Muslime oder Andersgläubige am Einschulungsgottesdienst assimiliert? Ich war innerlich am Kochen! Also bat ich den Pfarrer nächstes Jahr zur Einschulung meiner Tochter einen Imam zu organisieren. Nach langem hin und her erhielt ich erst in den Sommerferien, als ich am Strand in der Türkei lag, den lang ersehnten Anruf des Pfarrers. Er habe die Zusage aus Limburg erhalten, somit sollte ich einen Imam, der die deutsche Sprache beherrscht, aufsuchen. Zu meinem Erstaunen musste ich jedoch feststellen, dass es in Frankfurt gar nicht so viele Imame gibt, die die deutsche Sprache beherrschten. Ich war erschrocken darüber. Was hat das alles für Folgen? Die Sprache, die Brücken bauen kann! Die das Fremde Nah werden lassen kann. Natürlich können Christen und Muslime sich nicht kennenlernen. Natürlich können die Kirche und die Moschee keine Brücken bauen. Das sprachliche Defizit führt dazu, dass der Hass auf Muslime nicht aufhört. Wenn Kirche und Moschee sich öffnen, erklären und präsentieren so kann dadurch der Reichtum der eigenen Tradition entdeckt, Vorurteile gegenüber dem anderen überwunden und trotz aller Unterschiedlichkeit Gemeinsamkeiten hinter anfangs noch fremden Formen wahrgenommen werden. Schließlich fand ich einen Imam, der an dem Einschulungsgottesdienst meiner Tochter teilnahm. Ich war innerlich sehr berührt, den Priester, den Pfarrer und den Iman auf der Bühne mit Kindern der drei Religionen zu sehen. Es war ein sehr schöner Tag.

Ihm wurden alle benötigten Unterlagen ausgehändigt. Ich fragte ihn, ob er sein Zeugnis in Deutschland anerkennen lassen habe. Er verneinte. Ich schaute auf sein Zeugnis. Mir fiel auf, dass er Praktika gemacht hat, aber in unterschwelligen Berufen. Als Küchenhelfer! Er hat doch ein Abitur! Warum um Himmels willen, sollte er hier als Koch eine Ausbildung starten? Wieso wurde er nicht aufgeklärt über seine Möglichkeiten hier in Deutschland. Er hätte sogar die Möglichkeit nach der Anerkennung seines Abschlusses zu studieren.
Genau wie bei meinem Vater, der als studierter Gastarbeiter nach Deutschland kam und in einer Fabrik landete...

Der junge Mann verabschiedet sich; bedankt sich mehrmals für das Gespräch. Die Tür fällt zu. Ich schaue aus dem Fenster. Ein Hund bellt eine Katze an... Solange die Katze nichts unternimmt, sich vor ihm fürchtet und wegrennt, wird der Hund immer bellen!
...wie das Leben und Miteinander von Ausländern und Deutschen in Deutschland...

Schweinfurt

Krieg und seine Schäden

Amal Akrah

lch wurde euch gerne das Leben von einer 3 jährigen Mädchen erzählen , dass in Frieden lebte . Bis an einem Tag als ihr Leben sich veränderte , an dem Tag als Bomben von der Himmel fielen oder an dem Tag wo sie jede Nacht hoffte , dass sie am nächsten Tag noch lebt . Nach drei Jahren als die Schule von eine Bombe getroffen wurde und als der Arbeitsplatz ihrer Vater auch getroffen wurde , verstanden sie , dass sie sich in Sicherheit bringen müssen , sie sind nach einer Stadt geflüchtet wo es sicherer wäre . Doch Schulen waren alle geschlossen und dass Geld war knapp . Sie flüchteten mit Mühe nach der Türkei . In der Türkei war alles anders , die Schulen , die Sprache und viele andere Dinge . In drei Monate , nach viel anstrengung konnte sie schon Türkisch , für sie war das ein Vortschritt . Aber das reichte ihr nicht , ein Monat später war sie Klassenbeste und sie musste ein Klasse überspringen . Sie hatte ein Ziel , sie wollte ihre Traumberuf als Ärtztin ermöglichen .

Nach sechs Monate , nach der Schule meinte die Mutter , dass es eine Möglichkeit gäbe , nach Deutschland zu reisen . Das Mädchen war überglücklich , weil sie genau wusste , dass in Deutschland bessere Changen gäbe . Aber sie hatte Angst , es nicht zu schaffen wieder von anfang anzufangen . Als sie in Deutschland ankam füllte sie sich wohl nach drei Tage ging sie zur Schule , viele Kinder und besonders die Lehrerinen waren nett . Es gab manche die sie wegen ihre Sprache geärgert haben , dass ärgerte sie nicht sondern motivierte sie , um schneller deutsch zu lernen . Aber manche haben sie geärgert , weil sie eine Ausläder ist , es hat ihr weh getan daran zu denken wie sie grausame Dinge erlebte , aber dannach war sie stolz darauf , dass sie nach sechs

Jahren im Krieg lebend , gesund und unverletzt rausgekommen ist .
Ende der vierte Klasse wusste sie das es“ Realschule und Gymnasium „ gibt . Sie wusste aber genau , dass ihre Noten für Gymnasium nicht reichen , aber es machte ihr nichts aus ins Mittelschule zu gehen , denn sie konnte mehr deutsch üben und dannach will sie sofort ins Gymnasium . Das Mädchen die das alles erlebt hat wurde ich gerne vorstellen , das Mädchen bin ich , Amal Akrah Meine Geschichte hat eine gute Ende , das verdanke ich die Leute die mich geholfen haben und ich hoffe , dass Ausländer akzeptiert werden auch, wenn sie kein deutsch können , Kopftuch tragen oder dunkle Hautfarbe haben.

Mit starken Willen, ist alles möglich!

Amira Akrah

Flucht und Migration? Diese zwei Wörter haben sehr viele Bedeutungen, denn für viele Menschen sind diese Wörter mit Schnmerz, Erinnerung oder sogar Glück verbunden. Die Frage ist nur welche Einstellung man hat, ob man bereit ist, alles wieder von null an, anzufangen. Um die Grenzen Grenzen der Flucht zu überwinden, braucht man mehr als Kraft und starken Willen, sondern auch Unterstützung von der Gesellschaft.

Den Ziel erreichen

Ich will euch ein positives Beispiel zeigen , meine eigene Erfahrung weitergeben und beweisen, dass das Unmögliche, möglich wird, wenn man dafür kämpft. Ich bin Amira und komme aus Syrien. Seit ich sechs Jahre alt bin, bin ich auf der Flucht und das ist meine Geschichte. Mein Ziel war eine sehr gute Bindung zu machen. In Syrien war ich immer die beste Schülerin der Schule, ich wollte immer besser werden, bis an diese Tag, als sich der Feuer des Krieges entzündete, die Syrien erbarmungslos Syrien verbrannte. Ich habe sehr schlimme Tage erlebt Hunger, Durst und Krankheit, doch trotz allem wollten wir unser Heimatland nicht in Stich lassen. Wir Wir hatten kein Essen oder Trinken oder sogar Medizin,doch wir hielten alles aus. Die Todesgefahr, die uns androhte, haben wir auch ausgehalten,nur weil die Schulen noch nicht geschlossen waren. Es dauerte nicht lange bis die Schulen durch Bombenanschläge zerstört wurden, da haben wir verstanden, dass wir Syrien verlassen mussten, um in ein sicheres Land zu flüchten. Wir haben all die Schmerzen erduldet, nach der Suche nach Weiterbildung, aber nach der Zerstörung der Schulen, tauchte die Angst, die Furcht und die Panik in unseren Herzen.

Darum beschlossen wir in ein anderes Ort zu verreisen, welches mir die Möglichkeit gibt wieder in die Schule zu gehen. Es war Glück oder doch Schicksal, dass wir 2017 in die Türkei flüchten konnten. Ich konnte mich in vier Monaten an die Gesellschaft der Türkei anpassen, indem ich sehr schnell Türkisch gelernt habe. Damals schaffte ich sogar das Gymnasium nur nach vier Monate meiner Ankunft. Die Schule war so überrascht,dass sie ein Lehrer zu uns nach Hause geschickt haben,damit er das Geheimnis meiner Erfolg herausfindet. Er fand jedoch nichts außer unsere bescheidene kleine Wohnung. Als sich mein Schicksal entschlossen hat, könnten wir wie durch ein Wunder nach Deutschland reisen. Einfach so, problemlos, mühelos und reibungslos. Ich konnte gar nicht glauben,dass wir es endlich geschafft haben. Mein größter Traum war, in Deutschland leben zu können, auf der Suche nach Weiterbildung für mich. In der dritten Tag für mich in Deutschland, ging ich in die Schule, ich hatte sehr viel Angst, war verwirrt und beängstigend, denn alles um mich herum war fremd und neu, aber ich gab nicht auf und versuchte mein bestes. Das Freundefinden wahr sehr schwer, weil ich die Sprache nicht beherrschte und dazu noch mein Kopftuch anhatte. Ich hatte Angst bis ich verstanden habe, dass ich mich trauen muss, mich in dieser Gesellschaft zu integrieren. Ich konnte spüren dass meine Klassenkameraden dieselben Ängste haben, wie ich. Ich wusste, dass ich die Sprache erlernen soll, um die Grenzen zu überwinden. Ich habe angefangen täglich deutsche Vokabeln zu lernen. Und verbrachte viel Zeit mit lesen, übersetzen und üben, denn für mich war es klar: Die größte Grenze war die Sprache, und ich sollte es überwinden. In kürzester Zeit änderte sich alles um mich herum, da ich jetzt viel mehr verstanden habe. Ich konnte die anderen auch endlich erklären, wer ich bin. Nach dieser Schritt von mir, wurde ich in einer Clique meiner Klasse aufgenommen, es war sehr wichtig für mich mit den anderen zu kommunizieren. Meine Ängste erloschen sich Schritt für Schritt, weil ich mir ein Ziel vor Augen habe. Unter der Motte: „nicht
aufgeben „, „immer weiter nach vorne „ und“ ich schaffe das bestimmt „.
Und nun geht es bei der Flucht und Migration nicht nur um ein Ortswechsel, sondern um ein Lebenswechsel. Flüchtlinge brauchen Unterstützung, um den nötigen Mut zu bekommen, die Grenzen zu überwinden. Aber was sind eigentlich diese Grenzen? Es ist die Angst nicht akzeptiert zu werden und die Unwissenheit. Vielleicht auch die Verschiedenheiten, doch mit Unter-

stützung und Mut von beiden Seiten, schafft man alles, denn die Menschen haben oft Angst vor Unbekannten, darum soll man immer versuchen, die anderen Leute kennenzulernen, bevor man sie beurteilt. Ich zum Beispiel hatte die benötigte Unterstützung und jetzt habe ich sogar das Gymnasium geschafft und hoffe, dass ich eines Tages diese Unterstützung der deutschen Gesellschaft gegenleisten kann. Bedanken möchte ich allen, die mir geholfen haben, nach all meine schlimme Tage im Krieg, wieder normal leben zu können. Verdeutlichen will ich noch eine Sache: Flüchtlinge sind wegen Gewalt, Krieg, Verfolgung oder eben wegen Weiterbildungsmöglichkeiten auf der Flucht, sie suchen Schutz und Sicherheit, sie brauchen aber Zeit, um sich an den neuen Leben, den neuen Kultur und die neue Gesellschaft anzupassen, dafür brauchen sie auch Verständnis und Unterstützung was sie meiner Meinung nach in Deutschland kriegen. Darum bedanke ich mich bei jeden, der den Flüchtlingen hilft .

Sie war es nicht

Ahmad Almohamad

Er winkte den Verabschiedenden mit der Hand, während er am Fenster stand und der Bus sich zu seinem Ziel bewegte. Plötzlich leuchtete ihr Gesicht in der Menge der vielen Gesichter auf. Er stand sprang von seinem Sitz auf und eilte zur Tür, doch der Bus war schon losgefahren und die Tür war verschlossen. Er eilte zum nächsten Fenster, konnte aber nichts mehr sehen, weder die Station noch die Bushaltstelle.
Warum hat sie sich von ihm verabschiedet? Für sie beschloss er zu gehen ...
Er beschloss, seine Vergangenheit, seine Erinnerungen, seine Bücher und seine Geschichten aufzugeben.
Tatsächlich ging er nicht freiwillig. Er war gezwungen zu gehen. Es war das Leben, das ihn dazu gezwungen hatte. Seine Mutter sammelte einige seiner Kleider für ihn zusammen. Sie wollte, dass er geht, obwohl es ihr das Herz brach... aber sie wollte nicht, dass sie ihn festnehmen, denn seiner vielen Versuche zu bleiben und eine andere Lösung zu finden, die weniger schmerzhaft war, als die Flucht, waren gescheitert. Ihr war es Lieber, dass er wegging und sie um die Möglichkeit gebracht wurde, ihn zu sehen...Sie gab ihm etwas Geld, sah ihm in die Augen, und sagte: Geh und pass auf dich auf und sei ein Mann, und Gott wird bei all deinen Schritten mit dir sein.
Sein Vater konnte nichts sagen. Die Krankheit hatte ihn schwach gemacht. Das spürte er beim Anblick seines Vaters. Er drückte ihn nochmal kräftig) und bestärkte seine Moral.
Er umarmte seine Eltern, küsste ihre Hände und küsste seine Geschwister, dachte er doch, dass er sie vielleicht nie wiedersehen würde.

Er war nicht ein gewöhnlicher Reisend Er war auf der Flucht und floh aus seiner Heimat, seinem Land. Was würde einen Menschen dazu bringen, seine Heimat zu verlassen? Was treibt ihn an, seine Lieben zu verlassen, um zu überleben?
Er kämpfte die ganze Zeit mit sich selbst. Tatsächlich konnte er damals nicht erkennen, was richtig war. Er geriet in einen Zustand der Verwirrung und des Verlustes. Er verlor jegliches Zeitgefühl und befand sich in einem Zustand der Taubheit, die in seinem Körper zirkulierte – einem Zustand, den er vorher nicht kannte. In diesen Tagen lebte er zum ersten Mal eine Reihe von Gefühlen durch.

Aufgrund seiner Ideen, die den Ideen der Autoritätsmänner widersprechen, war er gezwungen, sein Land zu verlassen. Es war seine Sünde, dass er in einem Land geboren wurde, in dem die Wahrheit keine Rolle spielt oder ... die Wahrheit niemanden interessiert und Gerechtigkeit und Menschenwürde nicht existieren.
Er kannte viele Denker, die mit ihrem Leben und ihrer Freiheit für ihre Meinung und Überzeugungen bezahlt haben. Leider werden in seinem Land der Gegner und der Richter von einer Partei vertreten, was auf das Fehlen der grundlegendsten Menschenrechte hinweist.
Er hatte nur die Wahl zu bleiben und sich einem unvermeidlichen Schicksal zu stellen oder sein Land so schnell, wie möglich für einen unbestimmten Zeitraum zu verlassen.
Wird er verhaftet und ins Gefängnis gebracht? Oder flieht er und lässt alles zurück, wie jemand, der sich egoistisch verhält und nur an sich selbst denkt? er von seinem tewar, hat erAls er klein ...Er liebte seine Heimat so sehrVater die Liebe zur Heimat und zu seinem Land gelernt... Er hatte eine enge Verbindung zum Land als Bauer, der jeden Tag auf seinem Feld arbeitet. Er weiß, wie man sich um das Land kümmert, damit flirtet und von ihm als Dank die Früchte erntet.
Auch durch seine Studienzeit in der Stadt wurde seine Liebe zu seinem Land nicht beeinträchtigt, ganz im Gegenteil, sie nahm Tag für Tag zu und wuchs... Als er zur Universität ging, konnte er es kaum erwarten, in sein Dorf zurückzukehren... In dieses ruhige, beschauliche Dorf, mit seinen grünen Wäldern und Felder und diesem Fluss, der sowohl für ihn als auch für die Dorfbewoh-

ner eine Aber des Lebens und Hoffnung und ein Ventil für die Seele darstellte. Jeder wusste, solange dieser Fluss fließt, geht das Leben weiter.
Er wollte still gehen, weil er es nicht mag, Abschied zu nehmen. Er nahm sein Handy und sprach mit seiner Verlobten, die auf diese Nachricht nicht vorbereitet war.
sie weinte, aber er beruhigte sie und sagte ihr, dass er sie liebte und sie bis ans Ende seiner Tage lieben würde.
Aber sie muss geduldig sein, bis er um ihre Hand anhält, sie heiratet und zu sich holt.

Er schaltete das Handy aus, küsste noch einmal seine Eltern und Geschwister und atmete ihren Geruch ein. Sein Herz klopfte, als wollte es ihm aus der Brust herausspringen.
Er versuchte sie alle so fest, wie möglich zu umarmen und zu fühlen. Er wollte ein wenig Wasser trinken, konnte aber keinen Schluck runterbringen.
Er hielt seine Tasche mit der Hand und ging, während er noch einmal über jeden Winkel des Hauses nachdachte, auf die Gegenstände starrte, auf die Bilder an den Wänden, auf die Bücher in der Bibliothek, einen Moment vor ihnen stand. Er wollte die Bücher streicheln, aber er konnte nicht. Er wollte ein Buch mitnehmen, doch auch das gelang ihm nicht.
Für ihn waren diese Bücher, wie seine Kinder. Er würde sich um sie kümmern, sie reinigen… Er konnte doch nicht ein einziges Buch mitnehmen und den Rest zurücklassen.
Er ging zum Tor ohne zurückzublicken. Er hatte Angst, dass er zusammenbrechen würde. Aber dann drehte er sich doch um. Er sah seine Familie über seinen Abschied weinen. Diesen Anblick konnte er nicht ertragen. Er drehte sich um und ging schnell weiter.
Er wollte etwas mitnehmen, das ihn mit seiner Heimat verband. Er ging auf die Knie, küsste den Boden und roch die Erde.
Dieses Land ist das Land seiner Vorfahren. Er nahm eine Handvoll Erde mit, die sein Lebensfeuer erhalten sollte.
Plötzlich bemerkte er, dass er im Bus saß und sich fragte: „Ist sie wirklich gekommen, um sich von mir zu verabschieden?
Er kehrte zu seinem Platz neben dem Fenster zurück, tauchte gedanklich in ihr atemberaubendes Parfüm, hob den Kopf und sah sie auf dem Sitz vor sich

sitzen…aber es war nicht sie… ihr Bild verfolgte ihn überall hin.
Der Bus fuhr schnell und ruhig bis zu dem Punkt, an dem er sich kalt und ängstlich fühlte. Er ging allein ins Unbekannte und ertrank in seinen Sorgen und Herausforderungen.
Seine Reise als Flüchtling hatte gerade begonnen. Er hatte seine familiäre warme Umgebung verlassen. Er befand sich inmitten eines kalten Waldes, der von Anarchie und Unbekanntem beherrscht wird. Er fühlte sich als würde er auf einem Schiff ohne Kapitän auf dem Meer reiten, um den Strand der Sicherheit zu erreichen.

Dessau-Roßlau

Das beste ist noch zu kommen

Lizzy Weier

“Sie haben aber sehr schöne Haare, darf ich mal sie anfassen?”, fragte die Frau, die neben mir saß, als das Flugzeug vom Flughafen OR Tambo in Südafrika abgehoben ist. „Sie kommen eigentlich nicht aus Deutschland, oder?“, fragte sie weiter. Ich antwortete: „Nein, ich komme aus Simbabwe.” Sie sagte: „Oh wow! Da, wo gefährliche Tiere auf der Straße wohnen. Da will ich nicht unbedingt hin.“

So fing im Oktober 2018 meine Reise nach Deutschland an. Hätte ich gut Deutsch sprechen können, hätte ich ihr gesagt, dass ich ihre Fragen unangenehm fand.

Ich bin in Simbabwe geboren und aufgewachsen, in einer großen Familie mit 3 Brüdern und einer Schwester. Als letztes Kind bin ich immer von meiner Familie beschützt worden. Ich wollte irgendwann unabhängig sein und ich wusste, dass der einzige Schlüssel dazu war, dass ich wirklich hart in der Schule lerne. Aber ehrlich gesagt, mit der Verschärfung der Wirtschaftskrise in Simbabwe, arbeiteten unsere Eltern hart für unsere täglichen Bedürfnisse. Trotzdem folgte ich meinen Träumen, die Welt zu bereisen, zu studieren, anderen Menschen in Ausnahmesituationen zu helfen und an einen völlig neuen Ort zu ziehen.

Diese Chance bekam ich, als ich durch ein Aupair-Programm nach Deutschland migrieren konnte. Ich hatte eine schöne Gastfamilie, die sich für den Austausch von Kultur interessierte. Das stärkte mich als Person, während dieser Zeit. Am Anfang fühlte ich mich allein. Ich wusste nicht mit wem ich reden oder mich treffen konnte. Fast alles war neu. Ich fand es schwer, mich in die Gesellschaft zu integrieren und konnte nicht so gut Deutsch sprechen. Das Schlimmste war für mich die Nutzung der Öffentlichen Verkehrsmittel. Ich konnte die einzige dunkelhäutige Person sein und würde alle starren Blicke fühlen. Es kann auch sein, dass es alles nur in meinem Kopf war, weil ich an die neue Umgebung noch nicht gewohnt war.

Ich habe dann Deutschunterricht genommen, um mein Deutsch zu verbessern und bin natürlich selbstbewusster geworden, um ein Gespräch zu führen. Es fiel mir leichter, wenn ich in ein Geschäft ging und nach einem Produkt fragen wollte. Das Essen war anders und ich wünschte mir wirklich, ich wäre zu Hause, aber meine positiven Gedanken waren stärker als meine negativen. Ich erinnerte mich immer daran, warum ich auswanderte: um mich zu verbessern und um bessere Chancen zu bekommen, die in Simbabwe nicht angeboten werden konnten. Der Gedanke an die hohe Arbeitslosigkeit und die niedrigen Chancen zeigten mir, dass zurück zugehen keine Option war.

Ich begann mich innerhalb von 4 Monaten zu integrieren, habe einige andere Leute kennengelernt und begann mich mehr willkommen zu fühlen. Als mein Jahr als Aupair zu Ende ging, wusste ich definitiv, dass ich gerne mit Menschen arbeiten möchte. Ich hätte direkt studieren können, aber wegen meiner finanziellen Situation konnte ich nicht und mein Deutsch war nicht auf dem Niveau, dass für die Universität erforderlich ist. Ich habe mir meine Optionen mit dem Rat meiner Gastfamilie angesehen und mich im Krankenhaus um eine Freiwilliges Soziales Jahr beworben. Endlich ein Schritt zur Erreichung meiner Ziele. Das war die beste Entscheidung, die ich getroffen habe und ich befinde mich noch auf dieser Reise.

> *„Deutschland ist zwar de facto ein Einwanderungsland, aber versteht sich noch nicht als Einwanderungsgesellschaft. Es herrschen noch immer Vorurteile und Stereotypen, die negative Auswirkungen auf das Zusammenleben in der Gesellschaft haben.*
>
> *Ein Vorurteil besagt beispielsweise, dass Menschen nach Deutschland kommen, um das Sozialsystem auszubeuten. Die Fakten sprechen eine andere Sprache: Deutschland profitiert von den Zuwanderinnen.“*

Migration und Integration ist natürlich ein beliebtes Thema in Deutschland und wird fast täglich in den Medien diskutiert. Deutschland ist das beliebteste Einwanderungsland Europas, sagte Andreas Neuhaus (DW). Die meisten suchen nach Arbeit. Doch es finden nicht alle einen Job. Ich erinnere mich an einem Tag, an dem ich einer Bekannten von mir sagte: „Ich bewerbe mich für einen Ausbildungsplatz." Und sie antwortete: „Ach Liz, mach dir keine Sorge, dein Nachname ist Deutsch, du wirst die Stelle bekommen!" Jetzt kommt die Frage, was wäre, wenn ich diesen Nachnamen nicht hätte? Was passiert mit all den Migranten, die auf der Suche nach Arbeit, nach Deutschland auswandern? Bundeskanzlerin Frau Angela Merkel redet in einem Video zur Eröffnung des 11. Intergrations-Gipfels, darüber, wie schwierig es Menschen in Deutschland wegen ihrer Herkunft haben. Ich wurde fast jeden Tag gefragt, wann ich zurück in mein Heimat Land gehe, doch das ist nicht Teil meines Plans. Ich bin jetzt eine junge Dame, die einen starken Willen hat, um ihre Ziele zu erreichen. Ich glaube immer noch an mich selbst und an Vielfalt. Ich finde es sehr wichtig mich zu integrieren, jedoch ohne mich dabei selbst zu verlieren. Mit der Chance zu Migrieren und der Möglichkeit Grenzen zu überwinden, würden sich viele Menschen ihren Traum erfüllen. Man muss dazu nur engagiert und ein harter Arbeiter sein und vor allem dazu bereit sein, sich in der Gesellschaft anzupassen. Meiner Meinung nach werden Menschen langsam integriert, in der Hoffnung, dass Sie eines Tages nicht „Schwarz oder Weiß" sind, sondern einfach Menschen. In der Hoffnung auf eine Zukunft, in der es egal ist, woher du kommst, welche Hautfarbe du hast, welche Sprache du sprichst. Eine ganze Bevölkerung wird nicht diese Art Mensch sein, aber man sollte die nächste Person kennenlernen, wie sie wirklich ist. Am Ende des Tages ist alles, was zählt, dein Herz und wie du andere Menschen behandelst. Wir sind alle füreinander gemacht, unabhängig von unseren Unterschieden. Stellen Sie
sich vor, was Gutes kommen wird, wenn alle diese Probleme überwunden sind.

Links

- https://domid.org/angebot/aufsaetze/essay-migrationsgeschichte-in-deutschland/
- https://www.bundesregierung.de/breg-de/aktuelles/vor-integrationsgipfel-1726828

Das Open Learning Center

Carina Rogl

Während meines Studiums habe ich im Open Learning Center in Innsbruck als Tutorin gearbeitet. Wir haben Immigranten geholfen bei diversen Prüfungen und Formularen und vor allem beim Deutsch lernen geholfen.
Die Teilnehmer kamen aus den unterschiedlichsten Ländern, Afghanistan, Irak, Türkei, Somalia, Ghana, Marokko, Algerien, prinzipiell von überall. Sie kamen zu uns, um gemeinsam zu lernen und wir Tutoren waren da um ihnen dabei zu helfen, sei es Deutsch, Mathe oder das Ausfüllen von Formularen. Mittwochs hatten wir immer unsere Deutschgruppe und die Menschen kamen immer zahlreicher und wir hatten immer weniger Platz. Trotzdem dass es unter den Ländern und Ethnizitäten Unterschiede und Rivalitäten gab, herrschte in unserem OLC immer eine lockere Atmosphäre. Sie kamen alle hierher für ein gemeinsames Ziel. Sie wollten die Sprache lernen, um hier ein neues Leben anfangen zu können.
Wir hatten immer unterschiedliche Niveaus in unseren Gruppen und wenn wir mal wieder das Artikelquiz spielten halfen sie sich oft gegenseitig mit Übersetzungen aus. Die deutsche Sprache und ihre Artikel. Es gibt keine wirkliche Logik dahinter, nur wenig Eselsbrücken und mehr Ausnahmen als Regeln. Daher veranstalteten wir immer wieder am Ende der Deutscheinheiten ein solches Artikel und Vokabelquiz. Das war meist einer der lustigsten Übungen, da alle wild durcheinander rieten und lachten, wenn die Wörter, die oft komisch klangen, mal wieder die unlogischsten Artikeln hatten. Oder einer aus tiefster Überzeugung und den kreativsten zurechtgelegten Erklärungen den falschen Artikel hinausposaunte.

Wie Mohammad der strahlte als er „DER Kuchen“ wusste und auf Nachfrage wie die Mehrzahl hieße stolz „die Küche“ rief. Alle prusteten los. Es war nie eine gehässige Stimmung, immer ein herzhaftes Lachen und Schulterklopfen oder geteiltes Unverständnis über diese komplexe Sprache mit ihren tausend Regeln. Die Teilnehmer waren ein bunt zusammengewürfeltes Team, aber sie alle verband Eines: Motivation und ungebrochene Lernbereitschaft. Die Menschen zögerten nicht um Hilfe zu fragen und was noch wichtiger war, sie zögerten auch nie sich gegenseitig zu helfen. So vergingen die Stunden im OLC oft wie im Flug und viele wuchsen einen ans Herz.
Wir wollten nicht in ihrer Vergangenheit herumstochern oder sie über die Details ihrer Flucht ausfragen, um keine Wunde aufzureißen. Es redete auch fast niemand darüber und für uns war das ok. Es zählte, dass sie hier waren und den Willen zu lernen hatten. Man konnte oft an dem hohen Preis, den sie zahlten, um hier zu leben, ablesen wie schwer die Situation im Heimatland gewesen sein musste. Wir hatten Ahmed der in seiner Heimat ein Professor für Geografie war und jetzt alles versuchen musste, um den Papierkram zu bewältigen und die Deutschprüfungen zu bestehen, nur damit er hier einen Job als Hilfskraft annehmen konnte. Ein junger, großer, hagerer Somalia mit dem Spitznamen Miro war ein schüchterner Kerl. Er wollte unbedingt Krankenpfleger werden. Mit ihm lernten wir gemeinsam auf die Aufnahmeprüfungen und versuchten seine vorherigen Ausbildungen anerkennen zu lassen. Muhammad, ein Tischler aus Afghanistan, war immer zu Scherzen aufgelegt. Es fehlte ihm ein Finger, eine fast typische Berufsverletzung. Eines Tages kam er freudestrahlend an und verkündete, er habe einen Job bekommen - in der Nachtschicht, um die Busse der öffentlichen Verkehrsmittel zu reinigen. Wir alle freuten uns mit ihm, denn er hatte sich seit über 4 Monaten beworben. Oder Alan der sich mit der Sprache wirklich abmühte, aber am Ende eine Chance bei einer lokalen Agentur bekam und sie ihn dort in der Webdevelopmentabteilung ausbildeten.
Diese Geschichten beweisen für mich immer, wenn man Leuten eine faire Chance gibt, geben sie mit Freude zurück. Menschen sind intrinsisch motiviert eine Aufgabe zu haben und Verantwortung zu übernehmen. Es kann sich jeder Mensch mit der entsprechenden Hilfe zu einem wertvollen Mitglied der Gesellschaft entwickeln.

Die Öder Grenzziehung

Claudia Höhenberger

„Mit sofortiger Wirkung ist der Bienenverkehr zwischen den Ortschaften Öd und Öd, vormals Öd III, unter allen Umständen zu unterbinden."
„Warum das?" unterbrach einer der Anwesenden Imker die sonoren Ausführungen der stellvertretenden Vorsitzenden der Imkervereinigung Südwestsüd.
„Weil Öd jetzt in Kaspianstan ist."
„Seit wann?" „... Schon länger."
„Ich hab noch nichts davon gehört."
„Haben Sie denn Radio gehört?"
„Nein." „Es war im Radio."
„Aha."
„Mhm."
„Und was ist mit Öd III?" „Öd III ist jetzt nur mehr Öd, weil Öd und Öd II nicht mehr in Petzersberg sind und deshalb keine Verwechslungsgefahr mehr besteht."
„Was ist Öd II?
„Das wurde vor Jahren von Öd geschluckt und ist jetzt Nordöd."
„Ahahh." „Mhmm."
„Und was ist mit den Bienen?" „Die dürfen nicht mehr zwischen den Ortschaften hin und herfliegen. Die Grenze ist unter allen Umständen nicht zu überschreiten. Die Auflagen sind sehr streng und deshalb wunderbar unzweideutig formuliert. Damit ein Honig das Siegel „Echt Petzersberger Honig" bekommen kann, muss der Imker beweisen, dass alle Bienen in Petzersberg

wohnen und nur Petzersberger Blüten bestäuben. Ansonsten ist das Siegel „Vordergründig Petzersberger Honig“ anzubringen. Wenn Petzersberger Bienen ausschließlich nichtpetzersberger Blüten bestäuben ist das Siegel „Möglicher Petzersberger Honig“ anzuwenden. Sollten Bienen überhaupt nicht in Petzersberg gemeldet sein, ist auch kein Siegel zu verwenden, der Honig ist vor Verkauf jedoch als solcher zu Kennzeichnen. Umgekehrt gilt dasselbe natürlich wahrscheinlich meiner Auffassung nach auch für Kaspianischen Honig.“

„Aaaaaha.“ „Mmmmhm. Sonst noch Fragen, die einer Klärung bedürfen?“

„Und wer ist ab jetzt dafür zuständig?“ „Für was?“ „Für uns. Wenn wir in Öd wohnen, hat dann noch immer die Imkervereinigung Südwestsüd das sagen bezüglich der Siegelvergabe?“

„Da Öd in Petzersberg ist, natürlich!“ „Und das andere Öd?“

Ein unbehagliches Schweigen machte sich auf der Bühne breit. Niemand hatte sich auf solche unangebrachten Fragen vorbereiten können. Das hat man davon, wenn man freundlicherweise kaspianische Imker zu Informationsveranstaltungen einlädt. Diese Menschen aus Öd, vormals Öd, machen immer nur Ärger. Kein Wunder dass die Petzersberger Regierung der Neuziehung der Grenze und der damit verbundenen Verlegung von Öd, vormals Öd, nach Kaspianstan zugestimmt hat. In Regierungskreisen war man nicht nur insgeheim sehr froh darüber, dass diese unliebsamen Querulanten auf die andere Seite der Grenze verbannt werden konnten.

„Dafür ist jetzt Kaspianstan zuständig. Am besten Sie wenden sich an die dortigen Zuständigen.“ „Wer bitte sind die dortigen Zuständigen?“

„Das werden Sie als Kaspianischer Staatsbürger ja wohl besser wissen als ich!“

„Bis vor 5 Minuten habe ich nicht einmal gewusst, dass ich Kaspianischer Staatsbürger bin!“

„Also ich bin wirklich nicht dafür verantwortlich, wenn Sie ihre Bürgerpflichten als langjähriger Staatsbürger nicht ausreichend wahrnehmen wollen.“

„Ich bin langjähriger Staatsbürger von Petzersberg!“

„Sie wohnen in Öd, vormals Öd?“

„....Ja!“

„Dann nicht. Gut, ich denke, das bringt uns hier zu einem natürlichen Ende. Ich darf Sie alle zu unserer nächsten Sitzung der Petzersberger Imkerver-

einigung Südwestsüd, am dritten Sonntag nach dem Septembervollmond, einladen."
Herr Weinschulter blieb noch eine Weile nachdenklich sitzen, während die Imker um ihn herum begannen, sich an der Bar zu versammeln. Vor einer Stunde war er stolzer Petzersberger gewesen. Jetzt wusste er nicht einmal die korrekte Anrede seines Präsidenten. Hatte Kaspianstan einen Präsidenten? Er erinnerte sich, vor Jahren einmal einen Ausflug dorthin unternommen zu haben. Es hatte geregnet und er hatte Gottseidank sein eigenes Wasser dabei gehabt. Im Ausland weiß man ja nie, wie es mit dem Trinkwasser so ist. Nur dass er jetzt im Ausland saß, und das nicht einmal bemerkt hatte. Er stand auf um sich Wein zu holen. Er bemerkte, dass sich die Imker von Öd, vormals Öd, an einer Ecke der Schank gesammelt hatten. Er gesellte sich zu den beiden.
„Aaaalso…. Habt ihr das gewusst?" fragte er vorsichtig. Er wollte vermeiden, sich die Blöße zu geben, aber Informationen brauchte er gerade dringender als Stolz.
„Nein!"
„Du auch nicht? Ich dachte schon, ich hätte was verpasst!"
Die drei atmeten erleichtert durch.
„Wir sind jetzt also Kaspiaten?" „Kaspianisten?" „Wirklich?" „Ich weiß nicht."
„Müssen wir uns da wo melden?" „Kaspianstan hätte sich doch gemeldet, wenn wir uns wo hätten melden müssen, oder?"
„Ich weiß nicht. Wir Kaspianer sind eigenständiger als die Petzersberger, die sich immer alles vorbeten lassen."
„Oho, ‚wir Kaspianer' also? Seit wann denn?"
„Solang wie du." „Das hat doch keinen Sinn, sich hier zu streiten. Morgen gehe ich zum Bürgermeister. Dann frage ich mal nach, was da los ist. Die können ja nicht einfach so die Grenzen neu ziehen, ohne dass der Bürgermeister das mitkriegt."
Herr Weinschulter trank aus und ging. Er wollte so schnell wie möglich zurück in seine Heimat. In der Fremde fühlte er sich immer schnell verloren.
Am nächsten Morgen machte sich Herr Weinschulter zum Rathaus auf, um zu klären, was es mit dieser Grenzneuziehung auf sich hatte. Es konnte ja nicht sein, dass er eines Nachts in Petzersberg als Petzersberger eingeschlafen und am nächsten Tag in Kaspianstan als Kaspianistaner aufgewacht war,

ohne dass er sich einen Zentimeter bewegt hatte.
„Gut dass Sie endlich kommen, Herr Weinschulter!" begrüßte ihn die Beamtin der Stadtverwaltung ungeduldig.
„Haben Sie etwa auf mich gewartet?"
„Wir warten auf alle Öder. Schließlich müssen Sie sich ja noch ummelden!"
„Warum das denn?" „Na, weil wir jetzt in Kaspianstan wohnen. Und wenn man einen neuen Wohnsitz hat, dann muss man sich auch neu melden!"
„Ich bin nicht umgezogen."
„Sie nicht, aber die Grenze. Und damit wohnen Sie jetzt woanders. Wir wollten die betroffenen Bewohner eigentlich anschreiben, aber die Kaspianische Post konnte die Briefe nicht zustellen, da die Bewohner natürlich alle noch nicht gemeldet waren. Nun müssen wir darauf warten, dass die Bewohner von alleine darauf kommen, dass sie jetzt Kaspianter sind." „Kaspianter?"
„Ich glaube, ja. Sicher bin ich mir auch noch nicht."
„Aber mein Haus hat sich seit 250 Jahren nicht bewegt!" warf Herr Kleinschulter ein, um das Gespräch wieder auf Kurs zu bringen.
„Da kann ich jetzt auch nicht wirklich was machen."
„Ja schon gut. Dann eine Anmeldung bitte," gab Herr Weinschulter genervt klein bei. „Kein Problem. Ausserdem brauche ich ihre Kaspianische Versicherungsnummer, eine Kaspianische Bankverbindung, ihren Kaspianischen Führerschein - obwohl, da gilt nach einer Übereinkunft auch der Petzersberger noch ein paar Jahre - und natürlich die Aufenthaltsbewilligung oder in Ihrem Fall den Staatsbürgerschaftsnachweis, da Sie ja Kaspiat sind."
„Bin ich das?"
„Ja, nach einem kurzen Sprach-, Geschichte,- und Volkskundetest. Das schaffen Sie mit links, wenn ihre Familie so alteingesessen hier in Kaspianstan ist."
„Hab ich alles nicht. Gehen da nicht die Petzersberger Dokumente?" „Nein, leider nicht."
„Und wo krieg ich das alles her?"
„Tja. Das weiß ich leider nicht, ich mache hier nur die Ortsanmeldungen für Öd."
„Aber ich bin doch schon in Öd gemeldet!" „Aber im falschen."
„Sie sind Imker, nicht wahr?" Die Beamtin sah in argwöhnisch an. „Ja, ich produziere vordergründig Petzersberger Honig."
„Uhhhhh, nicht mehr. Mit einer Kaspianischen Gewerbelizenz ist es nicht er-

laubt, Petzersberger Honig herzustellen." „Aber ich habe keine Kaspianische Gewerbelizenz." „Brauchen Sie aber. Sie können ja ab jetzt echten Kaspianischen Honig herstellen! Der ist sowieso viel besser, finde ich."
„Aber meine Schwärme stehen in Öd." „Wir sind in Öd. Öd ist in Kaspianstan."
„Nein, ich meine in Öd, vormals Öd III." „Ah, das falsche Öd."
„.... Eh, ja. Wenn mein Schwarm dort steht, ist der Honig dann nicht Petzersbergerisch?"
„..." „Oder nicht?"
Das Schweigen jenseits des Amtstisches erschütterte Herrn Weinschulter bis ins Mark. Wenn es etwas gab, auf das er sich sein Leben lang verlassen hatte, dann war das die Unfehlbarkeit der Petzersbergerischen Ämter. Kein Wunder, dass die Kaspianstaner es gewohnt waren, die Dinge selbst in die Hand zu nehmen. Die Beamten hier hatten einfach nicht die nötigen Werkzeuge, um den Bürgern zufriedenstellend helfen zu können. Vor ihm saß eine Beamtin mit 26 Jahren Berufserfahrung und ohne jede Ahnung. Schrecklich, wenn das eigene Land so zugrunde geht.
„Vielleicht sollten Sie bei der zuständigen Imkervereinigung nachfragen?" schlug die Stadtverwaltungsbeamtin endlich vor.
„Die Imkervereinigung Südwestsüd weiß aber nicht, ob sie sich noch für die Kaspianischen Öder zuständig fühlen soll." „Natürlich nicht! Das sieht diesen Petzersbergerischen Vereinstieren wieder ähnlich, sich einfach so in fremde Angelegenheiten einzumischen. Ich sage Ihnen, Herr Weinschulter. Also ich persönlich bin froh, dass Öd bei der Grenzziehung gelandet ist, wo es gelandet ist."
Doch bevor die Neukasperin, die davor 48 Jahre lang glückliche Petzersbergerin gewesen war noch weiter ausführen konnte, warum die Grenzziehung und die damit verbundenen Änderungen ihrer Lebensumstände ein Glücksfall ohne Gleichen waren, unterbrach Herr Weinschulter sie zum Wohle seiner Nerven.
„Wer ist denn dann die zuständige Imkervereinigung für Öd, vormals Öd?"
„Die Kaspianische Imkervereinigung Nordost, nehme ich an. Aber wer für ihre Petzersbergersichen Schwärme zuständig ist, das werden die auch nicht wissen. Das wichtigste ist, dass die Bienen wissen wo sie hingehören und nich unerlaubterweise die Grenze überfliegen. Das könnte nämlich teuer

werden. Und Sie wissen ja sicher, was gesetzlosen Bienen hier in Kaspianstan blüht."
Beim Gedanken daran, dass seine Schwärme Gesetzesbrecher beherbergten wurde Herrn Weinschulter abenteuerlich zumute. Alles was ihm jetzt noch blieb war, herauszufinden, wer ihm helfen konnte, seine Bienen wieder auf die richtige Seite des Gesetzes zu lotsen. Sein ganzes Leben lang hatten seine Bienen nur eine Heimat gekannt. Doch damit war es nun vorbei. An diese neue Ordnung musste er sich erst noch gewöhnen. Doch zum Glück war er Kaspiat. Die gewöhnen sich an alles.

Zorsch

Der lange Weg nach Deutschland

Anonym

Mein Vater hatte eine Art Baumarkt in der Nähe von Aleppo. Schon mit zwölf Jahren begleitete ich ihn außer Haus zu allerlei Arbeiten, die er für seine Kunden ausführte. So lernte ich schon sehr früh Fliesen zu verlegen und Renovierungsarbeiten durchzuführen. Handwerkliche Arbeiten lagen mir sowieso mehr als der Schulbesuch, zu dem mich meine Mutter immer wieder trieb. Erst als sie aufhörte, mich zu drängen, erwachte mein Ehrgeiz, ich biss die Zähne zusammen und erreichte die fachgebundene Hochschulreife. Studieren wollte ich nicht, erst recht wollte ich nicht zum Militär. Durch den Bürgerkrieg war meine Familie aus einem zufriedenen, friedlichen Leben gerissen worden. Kämpfen für Assad oder auch für die Rebellen, hieß Waffen tragen, Gewalt anwenden, gar Menschen töten. Das kam für mich nicht infrage. Mit meinen Händen wollte ich arbeiten, etwas schaffen, Handwerker sein. Als die Einberufung zum Militär kam, beachtete ich das Schreiben nicht; blieb zu Hause.

Bis der IS in unser Land kam!

Jetzt hatte ich nur die Wahl, mit diesen Leuten zu gehen und zu kämpfen oder zu sterben, denn der IS akzeptierte kein Nein.

Meine Eltern befürchteten, dass man mich einfach abholen würde. Das sollte mir nicht passieren. Wenn die schwarzen Gestalten in Sicht kamen, versteckte ich mich, was immer schwerer möglich war. „Hier hast du keine Zukunft“, sagten die Eltern. „Du musst gehen!“ Ich wollte nicht fort, denn ich liebte meine Familie und die Arbeit mit meinem Vater.

Mit einem Trick gelang es mir, nach Jordanien zu flüchten. Damals konnte

man noch als „ Familie“ ins Nachbarland einreisen, nur nicht als Einzelperson. Also begleitete mich meine Mutter, die zwei Wochen später zu unserer Familie zurückfahren wollte. Schließlich warteten mein Vater und meine Geschwister auf sie. Ich allerdings musste im Flüchtlings-lager al-Azraq bleiben. Man wurde versorgt, lebte sonst aber wie ein Gefangener. Sollte so meine Zukunft aussehen?? Eines Nachts flüchteten wir dann zu meiner in Amman verheirateten Schwester. Dies sollte für mich nur eine Zwischenstation sein, um heimlich Geld zu verdienen für die weitere Flucht nach Europa, das inzwischen Ziel vieler Flüchtender war. Ich hatte natürlich ständig Angst vor Polizeikontrollen. Man würde mich sofort nach Syrien zurückschicken. Was mir von Machthaber Bashar al- Assad drohte, war klar: Man würde mich wie einen Deserteur behandeln.
Ich hatte nur den Flüchtlingslager-Ausweis, der mich berechtigte, Coupons zum Lebensunterhalt zu bekommen. Mein syrischer Ausweis war bei der Einlieferung einbehalten worden, um eine Flucht zu verhindern. Flüchtlinge mussten nämlich in Lagern bleiben, die von Hilfsorganisationen finanziert wurden, aber nicht dem Land selbst zur Last fallen.
Nachdem es zwei Wochen später gelungen war, meine Mutter, dank einer „Sonderzahlung“, wieder nach Syrien einzuschleusen, blieb ich noch ein Jahr illegal in Amman und arbeitete als Fliesenleger. Das Risiko, von der Polizei erwischt zu werden, war groß und belastete mich.
Mit einem Cousin, der ebenfalls illegal in Jordanien lebte, entschloss ich mich, zu flüchten. Wir probierten, mit gefälschten Reiseausweisen per Flugzeug in die Türkei zu gelangen, doch auf dem türkischen Flughafen bemerkte man die Fälschung und wir wurden zurück ins Flüchtlingslager nach Jordanien gebracht. Wir waren niedergeschlagen, aber gaben nicht auf. Einen neuen Fluchtversuch starteten wir, indem wir zunächst nach Syrien ins Gebiet der Rebellen zurückkehrten, um uns von einem Beduinen, so nannten wir die Fluchthelfertaxis, nach Daraa und weiter nach Raqqa bringen zu lassen. Mal nicht zu Fuß gehen, das war teuer!
Leute des IS verhinderten unterwegs unsere Weiterfahrt. In einem ihrer Gefängnislager wurden wir kontrolliert und befragt. Als sie recht freundlich zu uns waren, uns zu essen gaben, uns Geld, Autos und Frauen, die uns zu Diensten wären, versprachen, wurde klar, dass sie uns anwerben wollten. Nein, wir wollten nicht für den IS kämpfen, wir hatten ja andere Ziele.

Offenbar glaubhaft täuschten wir vor, uns zunächst von unseren Familien verabschieden zu wollen, um uns erst dann dem IS anzuschließen. Wir bekamen sogar einen Passierschein, um unbehelligt weiterreisen zu können. Auf dem Weg zur türkischen Grenze kamen wir direkt am Haus meiner Eltern vorbei. Ich hatte sie eineinhalb Jahre nicht gesehen und mein Herz blutete, weil ich nicht aussteigen durfte und sie in die Arme nehmen konnte.

Es ist unvorstellbar, aber für eine Strecke, für die man unter normalen Umständen weniger als eine Autostunde benötigte, hatten wir 10 TAGE gebraucht. Wir fuhren nämlich nur nachts und blieben am Tag bei Einheimischen in ihren Zelten, um nicht entdeckt zu werden. Manchmal ging es erst nach mehreren Tagen mit wechselnden Fahrern weiter. Endlich waren wir an der türkischen Grenze angelangt, wo bereits etliche Fluchthelfer ihre Dienste anboten. Wir mussten viel Geld zahlen, um durch die Türkei bis ans Mittelmeer zu gelangen und von dort aus mit einem völlig überfüllten Schlauchboot zu einer griechischen Insel zu gelangen. Ein für 20 Personen ausgelegtes Boot transportierte mehr als die doppelte Anzahl Menschen. Wenn man bis hierhin gekommen war, ignorierte man die Gefahr zu kentern und unterzugehen. Wir sollten zu denen gehören, die lebend die Insel erreichten. Sofort wurden wir von der Polizei in ein Flüchtlingslager gebracht. Nach zwei Tagen Aufenthalt schickte man uns in ein Lager in der Nähe von Athen. Dort schlossen wir uns einer Gruppe junger Syrer an und machten Pläne, um selbständig weiter zu kommen. Wir waren alle nicht mehr bereit, noch mehr Geld an Schlepper zu zahlen. Die Griechen, mit denen wir zu tun hatten, waren sehr hilfsbereit und die ersten freundlichen Menschen, die wir seit langem getroffen hatten. Auch die Landschaft gefiel uns, überall blühte es. Aber wir konnten nicht bleiben, denn es gab ja nicht mal für die Griechen genug Arbeit. Etwas schweren Herzens machten wir uns auf den Weg zur bulgarischen Grenze und warteten in einem Hotel, gemeinsam mit etwa 60 Leuten, auf eine günstige Gelegenheit, die Grenze zu überqueren.

In Bulgarien angekommen, wurde die Gruppe von der Polizei aufgegriffen. Mir gelang es, mit ein paar Leuten zu flüchten, während mein Cousin nach Griechenland zurück geschickt wurde. Ich sollte ihn erst einige Zeit später in Serbien wiedersehen, wo wir auf ihn warteten, bis sein 2. Fluchtversuch gelang. Als wir uns einer afrikanischen Gruppe anschlossen, wurden wir bei Dunkelheit in ein Haus gelockt, das wir für einen sicheren Unterschlupf hiel-

ten, das sich bei Tageslicht aber als eine Art bewaffnetes Gefängnis herausstellte. Man forderte von jedem von uns wieder viel Geld, das wir per Handy von unseren Familien fordern mussten. Wenn das Geld nachweislich auf dem gewünschten Konto eingegangen war, wurde man zur Grenze gebracht. Noch durch eine weitere Gruppe bewaffneter „Kassierer“ aufgehalten, erreichten wir Serbien und gelangten schließlich an die ungarische Grenze. Auch mein Cousin war nun wieder bei uns. In der Dunkelheit wurde unsere, auf sechs Personen geschrumpfte Gruppe von einem gut bezahlten „Fluchthelfer“ nach Budapest gebracht und nach kurzem Aufenthalt in einem Hotel – endlich wieder duschen- wurden wir nachts abgeholt und bis an die Grenze von Deutschland gebracht. Das war anders verabredet und bezahlt(!) worden, denn unser Traum war ja Canada. Der Wagen, der vor uns fuhr, wurde von der Polizei angehalten und kontrolliert. Das wollte unser Fahrer, der ganz offensichtlich unter Alkohol und Drogen stand, nicht riskieren, warf uns kurzerhand aus dem Auto und raste davon. Es blieb uns nichts anderes übrig, als zu Fuß über die Grenze zu gelangen. Zwei junge, freundliche Polizisten hielten uns an und klärten uns auf, dass Österreich hinter uns lag und wir uns bereits auf deutschem Boden, in Bayern, befanden. 25 Tage lagen seit der türkischen Grenze hinter uns! Auf einer Polizeistation wurden unsere Personalien aufgenommen, Fotos gemacht und zum ersten Mal unsere Fingerabdrücke genommen. Welches Glück es war, sie erst in Deutschland abgegeben zu haben, begriffen wir erst später, denn vom Dublin-Abkommen hatten wir zu diesem Zeitpunkt noch keine Ahnung. Unser restliches Geld und unsere Ausweise wurden einbehalten. Da die Verständigung schwierig war, war immer ein Übersetzer anwesend. Es war nun klar, dass wir in Deutschland Asyl beantragen mussten.
Wir wurden einzeln verhört. Ich war der Letzte und hatte den Eindruck, man überprüfte nun den Wahrheitsgehalt unserer Aussagen. Sie waren wohl zufrieden und schenkten mir eine Tafel Schokolade, von der ich zu meiner Enttäuschung nicht das kleinste Stück abbekam. Meine Mitreisenden rissen mir die Tafel aus der Hand als ich aus dem Verhörraum kam. In der anderen Hand hatte ich noch meine Schuhe(nach den langen Fußmärschen bereits das zweite Paar, das ich durchgelaufen hatte). Sie betrachteten die Schokolade wohl als kleines Geschenk von mir und verspeisten sie vollständig.
Wir alle hatten schon lange nichts gegessen. Ein Ticket und eine Adresse,

wo wir uns zu melden hatten, führte uns in eine Asylunterkunft, in der ich dann ein Transfer nach Gießen ins dortige Flüchtlingslager bekam. Mein Cousin kam in die Nähe von Stuttgart. Unsere Wege trennten sich nun. Gleich morgens um 8Uhr begann die Aufnahme von uns neuen Flüchtlingen. In einem speziellen Warteraum musste man sich gedulden, bis man aufgerufen wurde. Nachmittags gegen 16 Uhr wartete ich immer noch und war inzwischen ganz allein.
Hatte man mich vergessen?
Als jemand kam, um abzuschließen, wurde ich endlich in die Personalabteilung gebracht. Eine freundliche Frau entschuldigte sich bei mir für das Missgeschick und brachte mir etwas zu essen. Vielleicht als Ausgleich für die lange Wartezeit, brachte sie mich nicht im üblichen Zeltlager unter, sondern quartierte mich in einem komfortableren Zimmer ein. Mit drei weiteren Männern sollte ich mir die nächsten zwei Monate das Zimmer teilen. Sie stammten alle aus Aleppo und wir verstanden uns gut.
Es gab im Lager eine große Tafel, auf der täglich geschrieben stand, wer zum Transfer in eine andere Stadt vorgesehen war. Endlich las ich meinen Namen. Bevor ich aber in den Bus einstieg, hielt mich jemand zurück und drückte mir einen Brief- den gelben Brief- auf den alle Flüchtlinge warteten, in die Hand. Es war die Anerkennung als Flüchtling!
Glücklich darüber, kam ich nun zunächst nach Heppenheim, meldete mich vorschriftsmäßig beim Sozialamt und bekam eine Zuweisung in eine Unterkunft in Bürstadt.
Nun wohnte ich mit zwei anderen Männern in einem Zimmer und wartete auf eine Nachricht vom Sozialamt, um einen Flüchtlingsausweis beantragen zu können.
Ich wollte endlich arbeiten und eine kleine Wohnung mieten. Um schnellstens Deutsch zu lernen, ohne noch lange Kurse besuchen zu müssen, übte ich ehrenamtliche Tätigkeiten bei der “Tafel“ oder in der Kirche aus, lernte im Verein Judo und konnte mich schon bald gut verständigen. Dann bekam ich meinen gewünschten Ausweis und begab mich mithilfe des Jobcenters auf Arbeits- und Wohnungssuche. Es war nicht einfach für mich. Denn mein arabischer Name und die Tatsache, dass ich meinen Unterhalt vom Jobcenter bekam, war für viele Vermieter Grund genug, mich abzulehnen. Nach neun Monaten fand ich eine hübsche kleine Wohnung in Lorsch. Meinem Ver-

mieter waren diese besonderen Tatsachen kein Hindernis. Er war sehr sozial eingestellt und wollte mir eine Chance geben.
Im Internet entdeckte ich, dass es in Lorsch eine Flüchtlingshilfe gab; viele Ehrenamtliche, die sich um die Flüchtlinge kümmerten, beim Einrichten der Zimmer und Wohnungen halfen, Deutschunterricht erteilten und gemeinsame Unternehmungen organisierten. Im „Cafe Miteinander" gab es selbstgebackenen Kuchen und gemeinsame Spiele. Dort lernte ich auch eine Deutschlehrerin kennen, die mich für die nächsten Jahre betreuen sollte.
Schon nach kurzer Zeit ergab sich für mich die Möglichkeit, an einer Einstiegsqualifizie-rung(EQ) in einer großen Firma in Darmstadt teilzunehmen. Weil ich auch die Berufsschule besuchen musste und Hilfe in den technischen Fächern benötigte, bekam ich nun auch noch Hilfe vom Ehemann meiner Deutschlehrerin, einem Ingenieur, der sehr viel wusste und mich auch bei Ämterbesuchen und bei schwierigen Anträgen unterstützte. Ich verdanke ihm viel. Ich lernte nun regelmäßig alles, was ich für meinen zukünftigen Beruf brauchen würde. Wir arbeiteten zusammen, aber aßen auch miteinander und unternahmen kleine Ausflüge. Die ganze Familie, und auch die Nachbarschaft, nahm mich herzlich auf.
Als die EQ beendet war und ich ein gutes Zeugnis bekommen hatte, bot mir die Firma eine Ausbildung zur „Fachkraft für Metalltechnik" an. So hatte ich nach zwei Jahren meinen ersten Gesellenbrief in der Hand. Jetzt lockte es mich noch, eine Weiterbildung zum Industriemechaniker zu machen. Neben meiner Lehre gelang es mir, den Einbürgerungstest zu bestehen, den Führerschein zu machen und die C1- Prüfung mit Erfolg hinter mich zu bringen. Ich bin schon ein bisschen stolz, dass ich nicht einmal vier Jahre gebraucht habe , mit all dem die Niederlassungserlaubnis erlangt zu haben. Zum Dank für die viele Hilfe, gehe ich meiner „Ersatzfamilie" im Garten etwas zur Hand. Jetzt bin ich im dritten Lehrjahr, fühle mich wohl und bin akzeptiert in meiner Firma. Deutschland war nicht das Land meiner Träume und Deutsch ist nicht die Sprache, die mir leicht fällt, aber ich weiß , dass ich viele Grenzen überwunden habe .Nicht nur Ländergrenzen, sondern auch Grenzen in den Herzen der Mitmenschen, die mich hier eine zweite Heimat haben finden lassen.

Perfekt

Elmar Ullrich

Shabnam, siebzehn, ganz in Schwarz gekleidet, kommt zu spät zum Deutschunterricht.„Entschuldigung, ich bei Arzt. Schmerzen."Sie zeigt mir die Wunden am Arm und schiebt ihre Hose bis zum dicken Verband am Knie hoch. „Ich fallen. Nicht gut geschlafen. Habe gefallen, habe zum Arzt gegangen. Jetzt kommen."Sie schaut mich mit ihren klugen, dunklen, nun etwas verunsicherten Augen an.
Ach Shabnam, selbst mit ihren Schmerzen versucht sie zu sagen, was wir in den letzten Stunden gelernt haben. Die Vergangenheitsform des Perfekts hatten wir durchgenommen, aber nur die Bildung und zunächst nur mit einigen Verben, die mit „haben" gebildet werden. Ich bin berührt und gerührt angesichts ihrer Tapferkeit. Trotz sichtlich nicht geringer Schmerzen kommt sie zum Deutschunterricht. Die anderen jungen Frauen aus Afghanistan und Syrien schauen sie voller Bewunderung und Mitgefühl an. Da zwei von ihnen wahrscheinlich bald die Schule besuchen werden, sage ich:
„Um gut erzählen zu können, was gestern war, müsst Ihr das Perfekt gut beherrschen. Shabnam, hast du gut geschlafen?"
„Nein, nicht."
„Du hast also nicht gut geschlafen. Du bist aufgestanden, dann hast du gefrühstückt, du bist mit dem Fahrrad gefahren, du bist gefallen und du bist zum Arzt gegangen. Er hat dich verbunden. Du bist trotzdem zum Deutschkurs gekommen. Du hast uns erzählt, was passiert ist. Du bist großartig, du bist perfekt."
Die Verben, die das Perfekt mit „haben" bilden schreibe ich untereinander

an die Tafel, einige Verben der Bewegung, die mit „sein" gebildet werden, in eine zweite Spalte daneben. Und Shabnam erzählt noch einmal mit Hilfe der Verben an der Tafel, was ihr gestern passiert ist.
„Ich habe geschlafen. Ich bin aufgestanden. Ich habe gefrühstückt. Ich bin Rad gefahren. Ich bin gefallen. Ich bin zum Arzt gegangen. Ich bin zum Deutschkurs gekommen. Ich habe das Perfekt gelernt. Ich bin perfekt, ein bisschen."

Da Shabnam sehr daran interessiert war, die deutsche Kultur kennenzulernen nahm ich sie über den Deutschunterricht hinaus mit ins Ballett, in die Oper, ins Museum. Eines Tages hatte ich sie eingeladen, mit mir ein Konzert in der evangelischen Kirche zu besuchen. Wir kamen etwas spät, so dass nur in der ersten Reihe noch zwei Plätze frei waren. Shabnam war erstaunt über die vielen Menschen, die sich für das Programm mit dem Titel „Herbstliche Abend-Klänge" interessierten und machte große Augen wegen der vielen unterschiedlichen Instrumente, die sie wohl zum größten Teil zum ersten Mal in ihrem Leben erblickte. Flöten, Blockflöten, Violinen, Klarinetten, ein Saxophon, Cello, Kontrabass und Klavier. Ich versuchte ihr soviel wie möglich zum Verständnis des Programms zu erklären, bevor das kleine Orchester zu spielen begann.
Die Musikerinnen und Musiker, alles Amateure, spielten ganz hingebungsvoll und Shabnam lauschte, anscheinend fasziniert, den einzelnen Stücken von Purcell, Vivaldi und Joachim Jolow.
Als das Publikum aufgefordert wurde, bei den Volksliedern mitzusingen, die dazwischen dargeboten wurden, sah mich Shabnam fast ein wenig fassungslos an, als ich mit kräftiger Stimme und mit Überzeugung „Die Gedanken sind frei" mitsang.
Als wir später die Kirche verließen, fragte sie mich, was das für ein Lied gewesen sei. Ich erklärte ihr den Titel und die Entstehung des Lieds und dass es zu meinen Lieblingsliedern gehöre. Sie wollte den Text kennenlernen und so versprach ich ihr, in der nächsten Deutschstunde den Text mitzubringen und mit ihr zu erarbeiten.
So geschah es. Als wir über den Textinhalt gesprochen hatten, fragte ich sie, welche Bedeutung der Begriff Freiheit für sie habe. Sie dachte nach und sagte dann:

„Ich kann die Frage nicht gleich beantworten, ich muss darüber länger nachdenken.
Das Wort ist so – groß."
In der darauffolgenden Deutschstunde legte sie mir einen selbst verfassten, mehrseitigen Aufsatz zum Thema „Freiheit" vor, mit der Bitte, ihn sprachlich zu korrigieren. Sie schrieb:
„Freiheit. Das Wort ist mir wirklich zu groß. Ich habe zunächst überlegt, was die Freiheit ist und danach habe ich die Antwort gefunden, dass..."
Es gelang ihr, mit klarem Blick und in einfachen Worten die Unterschiede im Verständnis von Freiheit zwischen einer muslimisch geprägten und unserer abendländischen Kultur zu benennen und die Vorzüge einer freiheitlichen Gesellschaft darzustellen.

Ich war ungeheuer beeindruckt und tief bewegt, als sie ihren Text vorgelesen hatte.
So machen Gedanken frei. „Va pensiero – Flieg, Gedanke, auf goldenen Flügeln..." Lass dich nieder in den Köpfen und Herzen der Menschen, die zu uns flüchten, weil sie Frieden und Freiheit suchen und auch in den Köpfen und Herzen der Menschen in unserem Land, damit die Geflüchteten willkommen geheißen und aufgenommen werden, dass man sich um sie kümmert und ihnen ein Zuhause gibt.

Samiras Flucht

Samira Rajabi

Es passiert ganz plötzlich. Eine sehr lange Reise fängt ganz plötzlich ohne irgendeinen Plan an. Sich voneinander trennen, sich in ein Auto setzen und losfahren. Du weißt es nicht wohin du willst, wie lange du auf dem Weg sein wirst. Was verlierst du dafür, gegen was verlierst du was? Lohnt sich das alles überhaupt? Nein, du darfst nicht darüber nachdenken. Du muss nur alles loslassen, was du bis dahin gekannt hast. Die Stadt, wo du aufgewachsen warst, wo du immer unterdrückt worden bist, weil du anders aussiehst und wohin deine Eltern aus einem anderen Land dorthin geflüchtet sind, obwohl du dort geboren bist. Du durftest nicht wie alle anderen Kinder in die Schule gehen, nur weil du Flüchtling warst, nämlich als Flüchtling geboren bist. Ein Kind ist ein Kind, egal woher die Eltern kommen. Das Kind sollte nicht immer Groll, Hass und Benachteiligung erleben und sich als Bürger zweiter Klasse fühlen müssen. Ein Kind weiß davon nichts. Es ist wehrlos und sieht nur die Diskriminierung, kann aber nicht verstehen warum. Es muss die Stadt mit ihren Leuten loslassen. Bestimmt gibt es irgendwo auf der Welt ein Land, wo alle Kinder lernen dürfen.

Alles was Du mitnehmen darfst, ist nur ein kleines Gepäck, worin eine Hose, Bluse und Bürste mit ein paar Brötchen und ein bisschen Wasser ist. Unterwegs kannst du heimlich vom Fenster des Autos aus auf den Weg und das graue Land schauen. Du kannst auf den Bergen bis zur Grenze hochschauen und mit deinen Augen den Nachthimmel umarmen. Der Himmel ist immer rein. Er sieht alles von da oben. Er hat bestimmt sehr große Herzen, weil er nur der Zeuge ist für alles, was in jedem Augenblick auf der Erde geschieht.

Du wirst noch von den Bergen runter schauen und dich fragen, wie viel muss man noch laufen? Wo ist die Grenze vorbei? Laufe ganz leise, damit deine Schritte niemand hört und die Polizei dich nicht sieht. Du fliehst, aber du weißt nicht wohin. In dem Moment ist vor dir nichts und hinter dir auch nichts. Du bist genau wie ein gelbes Herbstblatt in den Händen des Windes. Du trennst dich, merkst aber gar nichts davon. Alles passiert passiv.

Nach 30 Tagen findest du dich in einem neuen Land. Germany nennen das die anderen. Der Name Deutschland ist dir ganz fremd. Deine Ohren hören es zum ersten Mal von einer netten Türkin und du fragst dich, was ist Deutschland? Du hast keine Ahnung, ob es hier das Ende ist oder du noch weiter fort musst. Du verstehst hier gar nichts, du bist wie eine Blinde in einer großen, fremden Stadt. Du hast zwar zwei Augen, aber trotzdem, ohne die Sprache verhältst du dich wie eine Blinde.
Du hast kein Heimweh, da du keine Heimat hast. Du hast dein Land nie gesehen. Auch wo du aufgewachsen bist, wurdest du immer als Flüchtling hart niedergeschlagen. Du gehörst nirgendwohin. Du wurdest überall rausgeschmissen. Deshalb kennst du das Wort Heimweh überhaupt nicht!
Nun bist du in Lorsch. Oft ist dein Albtraum so, dass du deine Augen aufmachst und dich wieder auf den Bergen findest. Deine Beine tun weh und sagst dir, “nein!! Ich kann nicht nochmal den Weg hinlaufen“. Dein Herz ist in einer unendlichen Dunkelheit, wo es gar kein Licht gibt. Eine riesige Trauer macht dein Herz schwer. Plötzlich wirst du wach, blickst umher, ob du wirklich wieder in dem ersten Haus bist. Dein Herz klopft so laut, schnell und stark, als ob es aus deinem Mund raus will. „Nein, ich bin immer noch in Lorsch. Es war wieder nur ein Traum.“ Du schaust aus dem Fenster raus, damit du dir sicher bist.
Da die Situation einer Blinden dir ganz neu ist, denkst du, du bist auch jemand anderes geworden. Irgendwie verlierst du auch dich, neben allem was du vorher bewusst oder unbewusst verloren hattest. Du kannst dich nicht mehr erinnern, wer du warst. Das ist eine vorübergehende Fröhlichkeit.
Ein neues Land, eine neue Sprache und ein neues Du. Schade, dass du dich überall mitnimmst. Eigentlich waren in deinem Gepäck kein Essen und keine Kleider drin, sondern du selbst warst drin. Du kannst dich nicht loswerden. Dich finden und immer wieder neues zulassen ist, was du am besten tun

kannst. Lasse dich durch diesen Schmerz wachsen, wo dir diese Chance geboten wird. Wo du, obwohl ein Flüchtling, trotzdem ein Ziel aussuchen und dafür kämpfen darfst. Laufe deinen Weg fort bis zum Unendlichen. Sorge dafür, wer du bist und wer du werden willst. Je höher du steigen willst, umso mehr musst du dich bewegen, genauso wie auf den Bergen an den Grenzen.
Du verlierst auf diesem Weg vieles. Es kostet manchmal eine tiefe Wunde in deinen Herzen. Du merkst es erst später, wenn die Wunde sich ganz tief eingegraben hat. Aber was du stattdessen bekommst, hängt nur von dir ab.
Du kannst aus falschen Kulturen, aus Ungerechtigkeit, aus Gewalt, aus Krieg, aus Tyrannei… fliehen. Aber von dir selbst zu fliehen, ist eine Krankheit.
Bleib dabei, um kämpfen zu lernen.

Trier

Der Kindersoldat

Lea Keller

#redhandday

Da steht ein Kind auf einem Feld
Es läuft, es sieht, es atmet schwer
Es schaut sich um, es stolpert, fällt
Es schaut herauf, der Blick ist leer

Da steht das Mädchen auf dem Feld
Sie trägt die Waffe in der Hand
Sie kämpft für Macht, das große Geld
Sie kämpft für das eine Vaterland

Da steht der Junge auf dem Feld
Er sieht das Mädchen, kampfbereit
Bis er sich langsam vor sie stellt
Und die Waffe auf sie hält

Und er sieht in ihre Augen
Und er weiß, was in ihr vorgeht
Sie würden nur als Waffe taugen
Ein Menschenleben, das verweht

Schallt es in den kleinen Ohren
Gefolgt von Kriegsführergeschrei
Die sich in die Herzen bohren
Hört auf mit eurer Quengelei
Wozu seid ihr denn geboren?

Und die Führer sagen
Sprecht mir alle nach
Wir spielen jetzt ein Spiel
Töten ist das Ziel

Und sie sagen:

Hoppe, hoppe Reiter
Wenn er trifft, dann schreit er
Trifft er nicht, wird er bestraft
Bekommt Tag und Nacht kein Schlaf
Wird er fein erschossen,
Fressen ihn die Motten
Fällt er in den Sumpf
Dann macht ein Kind halt Plumps

Und so pocht es immer wieder
In dem Kopf des kleinen Jungen
Langsam fallen Augenlider
Ja, er wird dazu gezwungen

Doch er kann nicht
Und er will nicht
Und er zittert
Ein Traum splittert
Eine Träne

Rote Hände zeichnen Bilder
Rote Hände schreiben Lieder
Rote Hände werden wilder
Rote Hände schlagen nieder

In ihren Händen sieht er Angst
In ihren Augen, Geschichten
Das Hemd ist schon längst ausgefranst
Er soll über sie richten

Er hat ihm gesagt
Das Mädchen, es weint
Ihm wurde gesagt
Sie ist der Feind

Er versteht nicht warum
Sie weiß nicht wieso
Doch sie bleiben stumm
Denn sonst sind sie tot

Und die Führer sagen
Sprecht mir alle nach
Wir spielen jetzt ein Spiel
Töten ist das Ziel

Und sie sagen:

Morgens früh um sechs
Holt ihr das Gepäck
Morgens früh um sieben
Müsst ihr schießen üben
Morgens früh um acht
Geht ihr in die Schlacht
Morgens früh um neun
Steht ihr da und heult

Morgens früh um zehn
Wird euch jemand sehn
Erschossen dann um elf
Ihr schreit noch, bitte helft

Wer zu dumm zum schießen ist
Wird hier doch nicht vermisst

Und so pocht es immer wieder
Und das Mädchen hofft und bangt
Langsam fallen Augenlider
Sie muss töten, er verlangt

Sie hat schon so viel miterlebt
Geschlagen, gefoltert, misshandelt
Ihre Seele, sie pocht und bebt
In eine Mörderin verwandelt

Sie schaut den Jungen an
Sie fokussiert und zielt
Bis der Führer es dann
Dem kleinen Mädchen befiehlt

Sie stehen dicht an dicht
Gleiche Narben fressen
Das Herz, die Zuversicht

Ein Knall
Ein Schuss
Ein Fall
Sie muss
Sie musste töten

Da steht ein Kind auf einem Feld
Es läuft, es sieht, es atmet schwer

Es schaut sich um, es stolpert, fällt
Es schaut herauf, der Blick ist leer

Sie sieht das Blut
Und sie ist schuld
In ihren Augen
Eine Flut

Sie möchte zu ihm
Doch sie darf nicht
Sie will fliehn
Sie bricht zusammen

Sie wird an den Armen gepackt
Du weißt, was passiert, wenn man sich hier nicht an die Regeln hält

Ich bin Jamal, 15 Jahre alt und Kindersoldat
Ich bin Cliff, 14 Jahre alt und Kindersoldat
Ich bin Lili, 13 Jahre alt und Kindersoldat
Da sind 250000 Kinder, unter 18 und sie sind Kindersoldaten

Weiter

Antonia Schirra

Ich bin Ava und habe am 30. Juli Geburtstag. Das ist alles, mehr habe ich nicht, mehr weiß ich nicht. Durch den Krieg in unserem Land haben wir nicht nur geliebte Personen verloren, nein, ich denke viele von uns haben auch sich selbst verloren. Ich auch. Natürlich verlegt man sein Selbst nicht einfach wie einen Schlüssel. Nein, es geschieht über Tage, Wochen, Monate, Jahre. Jetzt wollt ihr bestimmt sagen, dass ich noch mehr kenne als meinen Namen und meinen Geburtstag. Natürlich weiß ich mehr, ich hatte einen Bruder, zwei Schwestern, eine Mutter und einen Vater. Es gibt diese Menschen nicht mehr. Also warum sollte ich weiter dem Geschehen nachweinen? Das ist so in meinem Land, jeder in unserem Dorf kann eine ähnliche Geschichte erzählen, ich erzähle aber meine. Ich hatte natürlich auch Hobbys. Ich glaube ich habe die Natur und das Wandern sehr geliebt. Jetzt heißt das friedvolle Wandern Flucht.

Ich wohnte in Afghanistan, ich lebe zwar immer noch dort, jedoch ist es nicht mehr mein Zuhause, nicht mehr mein Land. Ich beginne meine Flucht. Ich gehe los, mittags wenn die Sonne am höchsten steht, wenn sie mich am besten beschützen kann. Die meisten in unserem Dorf gehen in Grüppchen los, am Morgen ganz früh wenn es noch dunkel ist, oder am Abend, wenn die Dunkelheit einbricht. Wenn sie zu diesen Zeiten losgehen, dann werden sie kaum bis gar nicht gesehen. Nicht gesehen von denen, die ich nicht beim Namen nennen werde. Ich verbinde zu Schreckliches mit ihnen. Ich gehe raus aus dem Dorf, es liegt in einem Tal, umgeben von Bergen und Wiesen.

Vielleicht sieht es so aus, als würde ich Kräuter pflücken gehen. Falsch, ich beginne mein neues Leben. Zuerst halte ich mich an den Fluss, er fließt einmal quer durch das Dorf und auch wieder heraus. Die ganze Zeit schaue ich mich um. Sie könnten auftauchen und noch mehr in meinem Leben zerstören, doch schwarzgekleidete Männer sind nicht in Sicht. Ich bin draußen. Die Sonne brennt in meinem Nacken. Soweit war ich noch nie weg von zu Hause. Ich halte mich weiter an den Fluss, wenn ich zu dem Berg, ´Der betende Mann´komme, soll ich den Fluss überqueren und in einem rechten Winkel zum Fluss weiterlaufen. Als ich bei dem seltsam geformten Berg ankomme, ziehe ich meine Schuhe aus. Nicht um Pause zu machen, das habe ich den ganzen Tag lang nicht gemacht. Mittlerweile steht die Sonne am Horizont, bis jetzt verlief alles nach Plan.
Der Plan: den Plan hat mein Vater erstellt. Ich wollte doch eigentlich nicht daran denken, jetzt tue ich es doch. Eigentlich wären wir heute zu sechst, mein Vater hatte alles geplant und vorbereitet. Er wurde zwei Tage nach dem Fertigstellen der Route verschleppt. Zusammen mit meinem Bruder. Mein Vater war immer sehr stark, mein Bruder hat die Angst jedoch nicht ausgehalten. Als er fliehen wollte, haben sie ihn erschossen. Mein Vater sollte für DIE arbeiten, er hat sich geweigert = Tod. Das alles passierte heute vor einem Jahr. Da kamen SIE auf einmal ohne zu klopfen herein, haben alles zerstört. Ich wate durch das kalte Wasser, es kitzelt, aber ist trotzdem angenehm. Es kühlt die heißen und vom Laufen brennenden Füße.

Als ich am anderen Ufer ankomme, ist die Sonne bereits komplett untergegangen. Dabei hat die Flussüberquerung kaum 10 Minuten gedauert. Nun wird es kühl, und die Dunkelheit wächst rasend schnell. Es fühlt sich an, als würde sie mich drängen und vor sich her stoßen. Ich beeile mich immer mehr, bis ich richtig renne. Ich renne vor der Dunkelheit, vor dem Unbekanntem weg, doch gleichzeitig laufe ich doch auch ins Unbekannte und Ungewisse hinein, oder? Da sehe ich sie, endlich die Lichter, die darauf hinweisen, dass ich bei den Lastern, die mich und andere Flüchtende über die Grenzen setzen sollen, angekommen bin. Sie scheinen allein in der Dunkelheit, und doch überstrahlen ihre Scheinwerfer die ganze Finsternis. Ich gehe also weiter, zu einem von diesen Treckleitern, von denen mein Vater uns erzählte. Erst jetzt sehe ich, wie groß die hinteren Ladeflächen der Autos sind. Damit

die Fahrer der Transporte mich nicht gleich wieder abweisen, weil ich alleine, zu klein UND ein Mädchen bin, nehme ich schon einmal meinen Geldbeutel heraus und klimpere ein wenig mit den Münzen, wie Vater es uns immer eingeschärft hat: „Die Übersetzer sind immer auf Geld aus, mehr wollen die nicht." Sie lassen mich mit einem skeptischen Blick hindurch und teilen mich dem zweitvordersten von fünf Wagen zu. Ich setzte mich auf die bereits zur Hälfte gefüllte Ladefläche. Als ich mich einigermaßen bequem sitze, fange ich an, die anderen Menschen um mich herum zu studieren. Links neben mir kauert ein kleiner Junge, dessen Mutter ihre Arme um ihn geschlungen hat und stumm weint. Ihr Sohn dagegen richtet seine stumpfen Augen auf seine nackten und schmutzigen Füße. Ich wende meinen Blick ab und lasse ihn nach rechts schweifen. Dort hat sich ein ziemlich dicker Mann breitgemacht. Er riecht nach Alkohol und Zigaretten. Nach einer guten halben Stunde setzt sich der Pickup in Bewegung. Die Plane wird über unserer
Ladefläche zugezogen, es wird schnell zu heiß. Jetzt stinkt der Mann neben mit noch mehr. Es sind viel mehr Flüchtlinge auf unser Auto gekommen, als ich gedacht habe. Es ist stickig, heiß, und meine Füße schmerzen vom unbequemen Sitzen. Aber ich traue mich nicht mich zu bewegen. Also verharre ich in meiner Position.

Au, ich stoße mir mein Knie an irgendetwas Spitzem. Ich brauche einen Moment, um mich daran zu erinnern, wo ich überhaupt bin. Ahh, mein Rücken, ich weiß wieder wo ich bin, wir müssen über eine ziemlich löchrige Straße fahren. Da merke ich, ich liege ja. Zum ersten Mal mache ich meine Augen komplett auf. Ich will sie sofort wieder schließen, das Gesicht des hässlichen, dicken Mannes lächelt mir fies entgegen. Mein Kopf muss auf seinen Beinen liegen. Tut er auch, und die Hand des Typen liegt, oh Gott, an meinem Hals. Ich setze mich mit einem Ruck wieder auf. Niemand meiner Mitreisenden hat es gestört, dass ein seltsamer Onkel einer 14jährigen an den Hals gepackt hat. Der Mann grinst mich hinterlistig an. Gerade als ich noch ein wenig näher an die Mutter und ihren Sohn heranrücke (vielleicht 2 cm), ruft ein Mann, der ziemlich weit hinten sitzt: „Hey, wir können doch unmöglich schon im Iran sein". Stimmt, wir haben gestoppt, das merke ich erst jetzt. „Habt ihr Dreckspack echt gedacht, wir bringen euch bis Birjand? Da hinten sind Grenzer, falls ihr Kanaken das nicht kapiert habt, die schießen auf uns.

Ja, genau da bringt euer Geheule nichts." Einer der Fahrer hat mit einem verächtlichen Ton auf die Frage des Mannes geantwortet. Wir waren in Herat gestartet. Nein, wir können wirklich noch nicht in Birjand sein. Jetzt wendet sich der Beifahrer an uns: „Hier endet eure große Fahrt ins Glück, ihr Pisser. Aussteigen, für uns gibt's im Gegensatz zu euch noch bessere Orte als das Gefängnis, also hasta la vista ihr Futzis." „ Ich will mein Geld zurück, ich habe für eine Fahrt nach Birjand gezahlt, wir sind aber nicht in Birjand!" Der Flüchtling hinten hat wieder was gesagt. Anscheinend spricht er etwas aus, was viele denken, denn neugierige oder beinahe wütende Blicke huschen zu den Transportleuten. „Du kleiner Mistsack, hältst dich wohl für ganz schlau, ne? Ihr kleinen geldgierigen Arschlöcher kriegt nichts zurück und jetzt raus." Der Fahrer hat gesprochen. Ich bekomme Angst, was soll ich denn tun? Wenn sie uns wirklich rauswerfen, muss ich zu Fuß weiter gehen, bis in die Türkei. Wir sind doch nicht mal im Iran, nein das funktioniert nicht. Ich muss zurück, Tränen schießen mir in die Augen. Nochmal brüllt einer „RAUS". Da kommt Bewegung in uns Flüchtende, jeder will zuerst aus dem Auto steigen, um nicht den Zorn eines Treckleiters abzubekommen. Ich auch, ich dränge mich hinter dem Dicken hinaus.

Es ist bereits Tag, die Sonne glüht am Horizont und wirft alles in ein oranges und rosa Licht. Ich schaue mich um und sehe tatsächlich den Grenzzaun, davor laufen bewaffnete Soldaten umher. Der Zaun ist circa 70 m von uns entfernt, die Autos sind hinter einem großen Baum versteckt. Auch der Mann, der sich beschwert hat, klettert hinaus ins Freie. Jetzt sehe ich, dass er zwei Kinder hat und eine Frau, mit der er sich leise unterhält. Auf einmal stoppt er, er sieht meinen Blick auf sich ruhen. Beschämt senke ich den Kopf und will mich umdrehen. Doch ich spüre eine Hand auf meiner Schulter, sie ist warm und tröstend. „Willst du mit uns kommen, wir versuchen über die Grenze zu gelangen, in einer Gruppe ist das meistens einfacher?" Ich schaue in das Gesicht des Vaters, den ich eben beobachtet habe. Dann sage ich automatisch „Ja." „In Ordnung, ich bin Faisal." Was? Ich habe ja gesagt, nein ich darf nicht mit anderen gehen, ich muss zurück, ich muss nach Hause und vergessen, dass ich jemals flüchten wollte. Doch ich gehe, wieder ganz automatisch, mit der Familie mit. Weiter, weiter bis zu den Bäumen am Grenzzaun, dort bleibt Faisal stehen. Er flüstert uns zu, er will weiter nach rechts, wo er eine Lücke zwischen den Wachleuten und ein Loch im Zaun gesehen hat. Also gehen wir wieder weiter. Tatsächlich: ein Loch. Als erstes kriecht Nesrin hindurch, die älteste Tochter von Faisal und Dunja. Jetzt ich, dann Jara und Dunja. Als letztes klettert Faisal hindurch. Ich bin auf der anderen Seite, ich bin im Iran, endlich. Alle genießen für einen Moment den Erfolg, doch da werden Stimmen laut, panische und wütende Stimmen. Faisal drängt uns nach vorn, und ein paar Sekunden später hören wir die ersten Schüsse. Ich bekomme Panik, ich will schreien, zurück, sie retten, sie dürfen nicht sterben, neeein, ich rette sie, sie können mich doch nicht allein lassen. Der Schuss halt weiter in meinem Ohr. „Schhht, ist gut, du musst leise sein!" Ich liege am Boden, ich fühle mich schlapp und müde. Wer ist gestorben, ist überhaupt jemand tot? Was habe ich geträumt, und was ist wirklich passiert? „Komm, steh auf, wir müssen weiter laufen." Die beruhigende Stimme von Dunja klingt an mein Ohr. Ich erhebe mich tatsächlich. Nesrin, die etwas größer ist als ich, stützt mich. Ich frage nicht, wer geschossen hat, ob jemand gestorben ist, oder was mit mir passiert ist. Ich gehe einfach still neben Nesrin her. Ich erinnere mich an die Bilder, die ich eben in meiner Angst noch ganz deutlich vor mir gesehen habe: meine Familie. Vor uns laufen Nesrins Schwester und ihre Eltern.

Es ist später Nachmittag, wir gehen jetzt schon seit so vielen Stunden, doch eine Pause ist nicht in Sicht. Es geht mir besser, die Anwesenheit der Familie tut mir gut. Vater hätte Faisal bestimmt gemocht und Mutter Dunja. Mutter, auch an sie wollte ich eigentlich nicht denken. Sie war eine gute Mutter, meine Geschwister und ich konnten ihr all unsere Sorgen mitteilen. Als die schwarzen Männer kamen und Vater und meinen Bruder mitnahmen, haben sie ein paar ihrer Leute bei uns im Haus gelassen, damit sie sich um meine Schwestern und meine Mutter ´kümmern´ wie sie gesagt haben. Sie haben sich um sie gekümmert, oh ja. Sie haben geschrien, aber die Männer haben gelacht. Ein ekelhaftes Lachen und ein ekelhaftes Tun. Nur mich haben sie nicht gekriegt. „Wir müssten gleich da sein." Faisal reist mich aus meinen Gedanken. Erst jetzt wende ich meinen Blick von meinen Füßen ab und schaue nach vorn. Tatsächlich, ein Dorf, anders als ich gedacht habe, natürlich nicht Birjand. Am nächsten Morgen gehen wir, nach einer kalten, unter freiem Himmel verbrachten Nacht weiter. Den ganzen Tag, und auch den nächsten. Die Nächte verbringen wir immer unter irgendwelchen Bäumen am Waldrand. Am dritten Tag, mittags, erreichen wir endlich die Stadt: Birjand, hier soll uns der nächste Treck weiter in Richtung Türkei bringen. Es ist das erste Mal, dass ich in eine richtig große Stadt komme. Glücklicherweise kennt sich Faisal ein wenig aus. Er war einmal mit seinem heute toten Bruder dort. In den vergangenen Tagen haben wir von Faisals, Dunjas und meinem Proviant gelebt. Doch nun ist alles aufgebraucht. Faisal bringt uns zu einem lärmenden, riesigen Markt. Hunderte Händler bieten unterschiedliche Waren an. Wir kaufen Brot und Wasser. Dann gehen wir zu einem Platz, dort sollen uns die nächsten Wagen abholen. Mit Nesrin und Jara spiele ich Hand-Abklatschen. So lange bis unsere Hände ganz rot sind. Endlich (es ist bereits früher Abend) sehe ich große Laster auf uns zu kommen. Wir sichern uns hinten Plätze, bei denen wir uns an der Verladerampe der Ladefläche anlehnen können. Auch bei diesen Trecks dauert es, bis sie losfahren, aber diesmal steigen nicht mehr ganz so viele Leute ein. Ich rede mit den Schwestern, wir beobachten die Leute, die zu uns hochklettern. Es ist kein schmieriger, dicker Typ in meiner Nähe. Ich schlafe an Dunja gelehnt ein. Wir fahren drei Tage lang durch, immer mit zehn Minuten Pause alle drei Stunden. Am Abend des vierten Tages kommen wir endlich in Teheran an. Ich bin müde und meine Glieder schmerzen, als wir aus dem Wagen steigen, die ganze Fahrt lang ist nichts passiert.

Die Pickups entfernen sich, und ich stehe einen Moment ein wenig benommen in der Dunkelheit. Wir machen uns zu Fuß weiter auf den Weg in Richtung türkische Grenze. Faisal erklärt uns, dass, wenn wir Glück haben, über Istanbul nach Europa gelangen und nicht nach Lesbos abgeschoben werden. Die nächsten Grenzübersetzer warten in Täbris, die sollen uns dann bis Malatya bringen. Doch dann trennen sich die Wege von mir und der Familie von Faisal. Sie wollen einen Flüchtlingsbus in Kayseri nehmen, und ich werde zu Fuß weiter nach Konya wandern. So beginnt die nächste lange Wanderung, Flucht. Wie vor einer Woche gehen wir den ganzen Tag lang, wachen in den frühen Morgenstunden auf und setzen die Tour fort. Auf den anstrengenden Wegen rede ich kaum, niemand redet. Ich denke an meine Familie, die eigentlich jetzt hier neben mir laufen sollte. Ich habe das Gefühl, der Weg bis Täbris dauert viel länger als die Strecke nach Birjand.

Alles verläuft ziemlich genauso wie beim letzten Mal. Wir warten auf die Autos, die Autos kommen. Wir werden von den Fahrern beschimpft, wir kommen an, wir steigen aus. Ich will nicht wieder alleine gehen und nicht wissen, wo ich hin soll, aber ich habe keine Wahl, ich habe mir versprochen die Route meines Vaters zu gehen.

Ich laufe, da hinten ist das Boot, das mich nach Europa bringt, es ist eigentlich schon voll. Ich laufe trotzdem. Hinter mir höre ich die Stimmen von Faisal und den anderen. Sie werden es nicht schaffen, sie sind zu viele, zu langsam. Am Ende bin ich doch nicht alleine gegangen, das kann und konnte ich einfach nicht. Stattdessen bin ich Faisal und seiner Familie gefolgt. Wir sind gegangen und gefahren, von Täbris bis nach Malatya, nach Kayseri, nach Ankara und von dort nach Istanbul. Mir ist nichts passiert, keine schwarzen Männer, keine Grenzleute. Auch damals als sie meine Schwestern und meine Mutter holten, ist mir nichts passiert. Ich saß unten in der kleinen Kammer unseres Hauses, die ich mit acht Jahren entdeckt hatte. Ich bin und war sicher. Und wenn ich das hier schaffe, wenn ich das Boot erreiche, dann habe ich alles geschafft. Dann bin ich endlich in Europa. Ich denke an die letzten Wochen, an den ersten Tag. Damals wusste ich nichts. Heute weiß ich immer noch nicht viel mehr, nur was Flucht ist. Was Angst ist, wusste ich schon früher. Ich laufe weiter, immer weiter. Alles, mein ganzes Leben sehe ich vor mir, es zieht mich weiter, es schiebt mich an, stärkt mich. Noch schneller, immer schneller. Voller Sicherheit. In diesem Moment weiß ich es, ich weiß, ich spüre es einfach. Ich werde es schaffen.

Grenzen sind zu überdenken

Lio Vandrey

Während Corona
ist die Haustür meine Grenze,
hinter der ich mich bewege
- oder eher nicht bewege,
hinter der ich sehr wenig erlebe
und dabei mir selbst begegne.
Wo ich Gedanken neu verwebe
und euch schließlich das Produkt,
online oder ausgedruckt,
ja, diesen Text zum Lesen gebe.

Eigentlich muss ich studiern,
doch ihr alle müsst kapiern,
dass es Sachen gibt,
die ich nicht lassen kann,
Sachen, die ich nicht
nicht machen kann!
Wir alle kennen das Problem,
wenn wir uns etwas widmen wolln
ohne die Zeit dafür zu sehn,
doch trotzdem mach ichs hoffnungsvoll,
weil ich was zu sagen hab!
„Grenzen" ist das Thema,

das ihr mir gegeben habt,
Grenzen, die es immer gibt,
Grenzen, die es immer gab...
Ich denk, vielleicht
habt ihr genauso wenig Zeit,
wie ich,
Müsst Ruhe oder Arbeit suchen,
eure Urlaube umbuchen,
vielleicht auch nich.
Vielleicht habt ihr Angst vor Corona,
vielleiht liegt schon ein Freund im Koma
Vielleicht habt ihr als Risikopatient
sogar Angst um euer Leben,
doch ich will euch alle bitten,
euch heute hier die Zeit zu nehmen
für einen Risikopatient,
den keiner nennt
doch jeder kennt.
Es gibt Menschen,
die sind alltäglich
Risikopatienten.
Das Risiko, von dem ich spreche,
sind keine Viren,
sondern, ich breche
es mal runter, es sind wir Tiere.
Wir, die Menschen,
schaffen täglich Grenzen.
Wir tragen sie leider
in Köpfen und Herzen
und so werden sie leider
zu tatsächlichen Schmerzen.

Und obwohl sie ganz bestimmt
ganz bestimmt und ganz real sind
glaub ich

sind sie sie hauptsächlich
in den Taten von uns Menschen:

Grenzen.

Ganz unverhofft
bestimmen sie Gedanken
und werden leider allzu oft
zu alltäglichen Schranken.

Menschen, die wir die andern nennen,
werden diese Grenzen kennen;
Menschen, die andre anders nennen,
werden sie nur schwer erkennen.
Manche können sie nicht sehen,
für andre sind sie offensichtlich
Andern tun sie täglich weh,
für manche sind sie längst „geschichtlich".
Doch nur weil du etwas nicht wirklich siehst,
heißt das nicht, dass es das nicht wirklich gibt!

Ein Puzzleteil zur Lösung
steckt vielleicht in diesem Schreiben,
vielleicht, wenn ihr es richtig lest,
werden keine Grenzen bleiben.
Grenzen,
die täglich Menschen Zugänge verschränken,
zu einem Land –
dann sind es Grenzen, die Politik schafft,
zu einem Job –
dann sind es Grenzen der Gesellschaft,
und DU bist Teil davon,
ob du es willst oder nicht,
DU kommst mir nicht davon,
wenn du das verherrlichst!

Es sind ganz einfache Regeln,
damit wir das Boot, in dem wir alle sitzen,
endlich mal gemeinsam segeln!
Werfen wir das über Bord,
was sich in unsre Köpfe bohrt!
Vorurteile und Klischees
erschweren hartnäckig das Leben,
und darum sollten wir uns jetzt
gemeinsam dagegen erheben!
Regel Nummer Eins:
Frag dein Gegenüber nicht, woher es kommt,
vielleicht war es schon immer genau hier,
oder vielleicht ist die Heimat gar zerbommt,
und denk darüber nach:

Was verrät „die Heimat" dir?

Und obwohl die Antwort dieser Frage
keine Aussage hat,
ham die Antwortenden der Frage
diese Frage satt:
Die Antwort zeigt nichts,
aber alles zeigt die Frage,
nämlich, ich sage es ganz platt,
dass Rassismus hier noch Platz hat.
Die Distanz, die DU durch diese Frage schaffst,
ist Raum, in dem Rassismus sich breit macht!
Denn die Frage kommt nicht von ungefähr:
ja, die Frage: „Wo kommst du denn her?"
heißt: „Hier gehörst du nicht hin" umgekehrt!

Regel Nummer Zwei:
Und frag auch keine, wie sie denn herkamen;
Auf dem Wasser oder über Land gefahren,
FLUCHT IST KEIN SMALLTALKTHEMA!

Ich frag dich auch nicht:
„Wie war die Vergewaltigung, erzähl ma!“
Ich frag dich nicht:
„Wie war das damals bei dem Unfall,
mit dem Auto und dem Graben,
bei dem zwei deiner Familie starben,
aber du hast überlebt,
damit du jetzt vor mir stehst,
und mir davon erzählst,
Nur weil ich vergessen habe,
dass ich kein Recht hab, das zu fragen.“

Einfach nein.
Lass es sein.

Das ist eine Grenze,
die du nicht überschreiten darfst,
das ist eine Grenze,
durch die du vielleicht lernen kannst:

Alle sind gleich
und anders zugleich.

Wahre Integration
kann nicht nur von einer Seite kommen,
das wär Assimilation,
begegne allen unvoreingenommen.
Dein Gegenüber ist ein Individuum,
genau wie du,
dass es sich ausgegrenzt fühlt,
lass einfach nicht zu!
Du hast die Wahl,
wie du dich verhältst,
du hast die Wahl,
ob du dich Rassismus entgegenstellst.

Und obwohl du deinen Alltag hast,
voller Ungeduld und Hast,
obwohl du, wie ich, mal Fehler machst,
denk daran, du kannst etwas bewegen,
denk daran, auch ich hab Alltag,
Uni-Sachen abzugeben,
denk daran, dass wir uns alle
im selben Raum begegnen.
Und jeder kann sich überlegen:
Wie ist mit Grenzen umzugehen?

Gerade jetzt,
sollte man meinen,
wo keiner hetzt,
und wir zu Hause bleiben,
können wir die Zeit verwenden,
um über Grenzen nachzudenken.

Heidelberg

Flucht und Wunder

Hannah Schmitz

Ich habe Angst.
Ich habe Angst, dass sie mich finden.
Ich habe Angst, dass sie mich kriegen.
Ich habe Angst, dass sie mich töten.

„Sie“ sind die Soldaten, die Soldaten mit der Waffe. Mit der Waffe, mit der sie töten. Ich bin nicht die einzige, die vor ihnen wegläuft. Es gibt viele, die vor ihnen weglaufen. Sie wollen uns töten, weil wir anders sind, weil wir aus einem anderen Land kommen.

Naja, erstmal hallo. Ich bin Zara und ich war ein Flüchtling. Mein Leben war nich immer einfach. Und davon möchte ich erzählen:

Wir hatten nie viel Geld. Wir hatten nie viel Essen. Manchmal hatten wir Tage lang fast gar nichts zu essen. Wir wurden angeschrien, beleidigt, wir wurden als Dreck bezeichnet. Ich hatte oft Angst, viel Angst. Zuerst starben meine Eltern. Sie waren kaufen, sie wollten uns Essen kaufen, sie wollten uns Hoffnung geben, die wir eigentlich schon längst verloren hatten. Bei einem Bombenangriff sind sie gestorben. Nach dem Tod unserer Eltern fiel meine Schwester Iva in ein tiefes Loch voller Traurigkeit. Sie konnte nicht mehr; sie sagte noch, bevor sie losrannte, sie ist zu traurig um zu leben, sie ist zu traurig um Hoffnung zu haben. Die Hoffnung würde sie nur noch weiter quälen. Dann lief sie, sie lief aus dem „sicheren“ Versteck, sie lief bis einen Soldat sie fand. Draußen hörte ich einen Knall. Das war die Bestätigung. Sie war tot. Ich ging zu meinem Bruder Max, der vom den Schuss geweckt wurde. Er kuschelte sich an mein Bein und fragte: „Was ist passiert? Zara, wo ist Iva ?“ Ich begann zu weinen. Er fragte mich, jetzt auch weinend ohne zu wissen, was passiert ist, nochmal: „Zara? Wo ist Iva?“ Ich weinte mehr und sagte schließlich: „Iva ist jetzt ein Engel. Sie ist bei Mama und Papa.“ Wir weinten lange. Irgendwann schlief Max ein. Ich fand es damals irgendwie beruhigend. Er schlief so friedlich, aber man konnte ihm die Trauer immer noch ansehen. Irgendwann schlief auch ich ein. Unser damaliges Versteck haben wir verlassen. Wir konnten uns nur in der Nacht bewegen, wir hatten viel zu viel Angst am Tag. Jetzt sind wir bei einer netten Frau untergebracht. Sie hat uns gefunden, als wir nachts unterwegs waren. Sie rauchte draußen eine Zigarette und sah uns trotz der Dunkelheit. Ich wollte wegrennen, aber Max blieb bei ihr. Ich musste mich entscheiden. Ich wusste ja nicht, ob sie uns vielleicht verraten würde. Ich entschied mich schließlich, schon allein wegen Max, der Frau zu vertrauen. Ich weis nicht wieso, aber sie strahlte eine Art Wärme aus. Diese Art von der Wärme, die man liebt, fast schon mütterliche Liebe. Sie gab uns ein Versteck in einer geheimen Kammer hinter ihrem Bücherschrank. Die Familie hatte diesen Raum seinerzeit gebaut für die Tochter, die es liebte, zu lesen Sie versorgte uns mit einer Matratze, zwei Decken und etwas zu Essen. Es gab bei ihr einen geregelten Essensplan. Montags Kartoffelpüree mit Soße, dienstags Kartoffeln mit weißer Soße, mittwochs Nudeln und donnerstags Würstchen. Freitags gab es Schnitzel, dass Leibgericht von Max. Samstags und sonntags ging das die Frau mit ihrem Mann oft auswärts essen und wir bekamen Brötchen. Einmal sagte die Frau zur mir, ob ich nicht ein Buch haben wolle. Ich habe sie nach einem Kinderbuch für Max gefragt. Sie sagte: „Du bist ein gütiger Mensch,“ und brachte uns am nächsten Tag ein Kinderbuch für Max. Aber ich sah, dass sie noch etwas hatte. Sie gab mir ein Buch und flüsterte mir ins Ohr: „Das ist ein Buch meiner Tochter. Ich schenke es dir.“ Ich schüttelte den Kopf, ich wollte es nicht annehmen, doch sie drückte es mir in die Hände. Freundlich bedankte ich mich und sie ging und schloss die Tür von unserem Versteck. Ich schaltete die Lampe in dem kleinem Raum an und begann Max aus dem Kinderbuch vorzulesen. Er freute sich, er konnte ja selber nicht lesen, nur ein bisschen, aber es reichte nicht aus. Plötzlich hörten wir die Klingel. Ich verstummte sofort und legte meinen

Finger auf die Lippen, womit ich Max zeigen wollte, das er leise sein sollte. Die Klingel war das Zeichen. Wenn Besuch da war, mussten wir leise sein. Diese Stille legte sich manchmal über gefühlte Stunden. Ich musste sofort das Licht ausschalten, damit niemand auch nur den kleinsten Lichtschein sehen konnte. Die Stille an diesem Tag fühlte sich wieder wie Stunden an. Allerdings konnte man immer ein wenig hören, was gesprochen wurde. Ich vermutete, dass es diesmal der Vermieter war. Ich begann zu schwitzen und merkte, wie ich es mit der Angst zu tun bekam. Mir lief eine Schweißperle über die Stirn. Eine gefühlte Ewigkeit später hörte ich die schwere Tür ins Schloss fallen. Es war eine schwere Tür, eine große Tür, eine alte. Das ganze Haus war sehr alt. Wenn man ging hörte man die Dielen knarren und es roch im kompletten Haus nach altem Holz. Immer noch liebe ich den Geruch des Holzes und das Gefühl. Ich liebe auch die Bäume, die Blätter und die Blumen. Ich liebe die ganze Natur. Ich wurde aus meinen Gedanken gerissen. Ich spürte den Windzug der sich öffnenden Tür. Ich sah das Gesicht der alten Frau. Mir viel auf, dass sie mir nie ihren Namen gesagt hatte, aber ich hatte auch nie darüber nachgedacht, nie danach gefragt. Ich war einfach immer dankbar, dass sie mich und meinen Bruder aufgenommen hatte. Ich weis, dass es in einer Welt wie dieser nicht oft 'wir' gibt, es gibt fast immer nur 'ich'. Also sollte man dankbar sein, dass es noch Menschen gibt, die noch 'wir' sagen können. Ich sah das Gesicht der alten Frau, es war traurig, niedergeschlagen und wütend zugleich. Sie begann zu reden. Ich erschreckte mich, nach so einer langen Zeit der Stille so eine laute Stimme zu hören. Man hörte in ihrer Stimme die selben Gefühle die sich auf ihrem Gesicht widerspiegelten. „Ich habe leider eine eher weniger erfreuliche Nachricht." Die Angst kam wieder. Ich begann zu schwitzen und es rollten mir Schweißperlen über die Stirn. Sie redete weiter: „Ihr dürft hier leider nicht mehr bleiben. Ich wünschte mir wirklich….." Ich schüttelte den Kopf und fiel ihr ins Wort: „ Es ist ok", ich musste schlucken. Jetzt spürte ich nicht mehr die Schweißperlen über meine Stirn rollen, sondern eine Träne langsam und unscheinbar aber voller Traurigkeit und Ratlosigkeit.

Sie sagte, dass wir spätestens übermorgen das Versteck verlassen müssten. Der Vermieter habe gesagt, dass er schon öfters eine fremde Stimme gehört hätte.

Ich bekam nicht mehr viel mit. Nur, dass dieser Raum eine Vorratskammer

werden soll und das sie in drei Tagen komme, um das Haus zu durchsuchen. Max schlief immer noch. Ich weckte ihn auf, es war wieder die beunruhigende Stille wie bei Ivas Tod. Ich weinte wieder. Max wachte auf und schaute mich mit großen müden Augen an. Ich wusste, was er sich fragte. Also sagte ich: „Wir müssen weg." Er weinte nicht, er wirkte irgendwie erschreckt. „Alles Gu ?" fragte ich. Er nickte nur stumm. Ich dachte es wäre wegen dem Schreck. Am nächsten Tag packten wir unsere Sachen und verschwanden. Irgendwie wurde Max so stumm und ich wusste nicht wieso. Wir gingen im Schutz der Dunkelheit. Wir liefen zu einem Wald, wo wir uns besser verstecken konnten. Er war immer noch so still und ich fragte zum wiederholten Male, ob alles gut wäre. Er nickte wieder auf diese bedrängte Weise. Ich legte meine Hand auf die Stirn von Max und erschrak, er glühte. Ich zog meine Hand erschreckt zurück. Mir floss eine Träne über die Wange. „Hast du noch irgendetwas?" flüsterte ich leis. Ich redete so leise, dass ich Bedenken hatte, dass er mich nicht hören konnte. Aber er antwortete, aber wieder auf diese zerbrechliche Art. „Kopfschmerz", ich atmete leise auf. Vielleicht ist es doch nicht so schlimm , dachte ich mir. „Was machen wir jetzt?" Max warf mich aus meinen Gedanken. Gute Frage dachte ich mir insgeheim. „Abwarten." sagte ich. Ich überlegte die ganze Nacht. Ich wusste nicht, was wir machen sollten. Ich begann zu weinen.
Am nächsten Morgen wachte ich verschwitzt auf, ich sah Max neben mir liegen er schlief unruhig. Ich überlegte, wie wir weiter machen sollten. Wir mussten flüchten. Wie das ganze letzte Jahr. Fliehen vor der Angst und vor den Menschen die einen verachten, weil man anders ist.
Aber das mussten wir ja sowieso machen. Aber jetzt ist der letzte Funke Hoffnung gelöscht.
Wir mussten weg, weg in ein anderes Land, in ein Land das für uns sicher ist. Wo man uns helfen kann. Dafür müssen wir aber über die Grenze und das war gefährlich. Ich entschloss mich, Max noch schlafen zu lassen und hoffte, das es ihm danach wieder besser gehen würde. Und tatsächlich meinte er , nachdem er wieder wach war, er würde weniger Kopfschmerzen haben. Ich war erleichtert, spürte aber wie sich Max quälte. Also sagte ich ihm, dass wir über die Grenze müssen.
Unser Vater prägte uns immer ein, dass, wenn etwas schreckliches passiert würde, wir durch über die Grenze durch eine ganz bestimmte Lücke gehen

sollten. Er war sich sicher, dass es niemals so schlimm kommen würde, aber jetzt war es soweit. Max und ich bereiteten uns auf den Weg vor, der vor uns lag. Wir gingen immer morgens los und beendeten unseren Weg erst spät abends. Max ging es nach einer Woche später immer noch nicht besser, so dass wir auch nur sehr langsam voran kamen. Ich wusste nich,t wie hoch sein Fieber war, ob es stieg oder ob es sank. Aber man sah Max an, dass er krank war. Es ging ihm manchmal so schlecht, dass ich ihn tragen musste. Irgendwann fragte er: „Wann sind wir da?". Ich antwortete müde und erschöpft: „Wir müssten morgen ankommen."
Am nächsten Morgen gingen wir wieder früh los, damit wir am Abend endlich ankamen. Es sollte für uns der entscheidende Tag sein. Ich hatte Angst genauso wie Max. Ihm ging es wieder mal nicht gut, deswegen wollte ich mich nur noch mehr beeilen.
Wie es unser Vater uns gesagt hatte, gingen wir am Rand des Waldes entlang. Doch irgendwann bemerkte ich, dass einige Soldaten auf uns zu liefen. Ich flüsterte zu Max: „Lauf!" ich wollte schon loslaufen, doch bemerkte, dass Max nicht konnte. Er konnte nicht, er war zu krank. Ich nahm seine Hand und zog ihn hinter mir her. Ich bekam es mit der Angst zu tun und schrie: „LAUF!" doch er lief immer noch nicht. die Soldaten waren deutlich nähergekommen,. Wir waren so kurz vor unserem Ziel, ich wollte Max wieder mit mir mitziehen, doch ich merkte, wie die Soldaten ihr Gewehr auf uns richteten. Ich wollte weiterlaufen immer weiter bis zum Ziel bis zu der Gelegenheit, Glück zu bekommen. Immer weiter sagte ich zu mir. Und plötzlich hörte ich Knalle. Sie schossen. Ich schloss die Augen und lief immer weiter, ich hatte so Angst. Dann öffnete ich die Augen und sah Max auf dem Boden liegen. Ich begann zu weinen, zu schreien: „NEEEIIIIN!" Ich sah alles verschwommen, alles drehte sich, aber ich lief weiter. Ich spürte etwas an meinem Arm vorbeistreifen, es tat weh und brannte. Doch ich lief weiter, weiter durch die Lücke. Ich hatte es geschafft. Sie konnten mir nichts mehr tun. Ich war überglücklich, doch auch todunglücklich zugleich, denn ich hatte durch den Kriege meinen ganze Familie verloren, zum Schluss auch noch meinen Bruder, so kurz vor dem Ziel.
Ich sah mich um, es waren keine Soldaten mehr da, keine Gewehre.
Das alles ist jetzt zwei Jahre her. Ich wurde in einer Pflegefamilie liebevoll aufgenommen. Hier akzeptiert man mich. Ich denke oft an meine Familie

und weine dann. Aber ich kann auch schon wieder lachen. Ich werden meinen Weg gehen, glücklich und zufrieden, so wie es nun ist. Aber meine meine Familie werde ich niemals vergessen.

Flucht nach vorne

Anonym

Vor unseren heimlichen Ängsten, unseren Schwächen, denen wir uns – noch – nicht stellen können.

Vor schmerzhaft gewordenen Lieben, welche Narben hinterlassen haben, die nie ganz verheilen werden.

Vor Gewalt und Schmerz, so roh, dass es nicht fassbar sein kann und darf.

Vor dem Anders-Sein als die Anderen, oft so willkürlich im gewohnten Umfeld, das es in einem anderen vielleicht gar nicht mehr so anders ist.

Vor der Scham, die am Tage nach der Willenlosigkeit und dem Kontrollverlust, der Willensstärke und dem Mut der ganzen Welt im Herzen, dem Schritt nach außen oder nach vor, oder doch nur wieder zurück, zu groß, zu übermächtig und überraschend ist.

Vor der Gewohnheit, die so lähmend ist, dass sie schmerzt, zu jeder Zeit, an jedem Ort.

Vor der Leichtigkeit, die jede Chance auf persönliche Entwicklung nimmt, unseren Blick trübt und Nährboden für Vorurteil und Hochmut ist.

Vor dem so Neuen, dass es unsere Welt ins Wanken bringt und nur durch Bewegung wieder ruhig werden kann.

Vor Bildern, die nachts so gestochen scharf im Kopf flimmern, dass der Schmerz den ganzen Tag nicht abnimmt.

Vor Fremden, die uns doch näher stehen sollten als alle anderen, vor Familie, die keine ist und auch keine sein will.

Vor der Verzweiflung, die so allumfassend ist dass sie jede Farm und Kontur schluckt und nichts als Metallgeschmack im Mund hinterlässt.

Vor dem Hunger, der Gewalt an sich und an anderen, der Langeweile, der Opulenz, der Verwahrlosung, der Strafe, der Angst.

Zu jeder Zeit sind Millionen Menschen auf der Flucht vor ihrer Realität, in ein anderes Land, ins Unbekannte, in Drogen, einer Gemeinschaft mit klarer Struktur und Hierarchie. So ungleich die Gründe auch sein mögen, wer vermag sie zu beurteilen? Keine Flucht ist freiwillig und kein Fluchtgrund zu klein, als dass er nicht zumindest das eine Leben für immer verändern wird. Und wenn Jede und Jeder zählt, hat nicht Jede und Jeder das Recht auf Flucht vor dem ganz eigenen Unerträglichen, dem Unerträglichen, das individuell und subjektiv ist, zu unser aller großen Glück.

Gehen oder bleiben

Sonja Viola Senghaus

Ich will bleiben
doch der Strom
zieht mich mit

wohin
irgendwohin
nirgendwohin

bin unbehaust
geschichtslos
gesichtslos

suche ein Zuhause
wo Schutzwälle
auf mich warten

Fürth

Ali lernt Deutsch

Anna Neder von der Goltz

Er war zwölf Jahre alt, saß mit geneigtem Kopf auf seinem Stuhl und blickte auf beine Hände, die in seinem Schoß lagen.

„Sie müssen ihn ablenken, er ist ganz traurig“, sagte Serhat, sein Banknachbar, zu mir.

„Wo kommst du her?“, fragte ich Ali.

„Vier Monate“, antwortete er.

„Nein, ich meine, wo warst du zuhause?“

„Welserstraße“, antwortete er und zeigte mit seiner Hand auf die Fenster der Ostseite des Klassenzimmers.

„Jetzt lebst du in Deutschland“, erklärte ich ihm, „aber in welchem Land hast du vorher gelebt?“.

„Kiel“, antwortete er.

Ich holte einen Atlas, legte ihn auf die Bank und schlug Vorderasien auf. Er zeigte auf Afghanistan.

„Welchen Weg seid ihr gegangen?“

„Afghanistan, Iran, Türkei“, sagte er und fuhr dabei mit dem Finger über die Landkarte.

„Mit Bus oder mit LKW?“

„Sie sind sehr weit gelaufen“, mischte sich jetzt Serhat wieder ein.

„Und dann von der Türkei aus, wie weiter?“, fragte ich.

Ali schaute mich an, stand auf, ging zum Regal mit den Sprachspielen und kam mit dem Memory-Spiel zurück. Er durchsuchte alle Bilder, bis er das Bild mit einem Schiff hatte.

„Mit dem Schiff?"
„Ja, Schiff", antwortete er.
„Seid ihr mit einem großen Schiff gekommen oder mit einem Boot?"

„60 Personen, Boot, Wasser hier", wobei er mit der Handkante die Wasserhöhe an seinem Kinn anzeigte. „Rucksack, Kleider -Wasser-, T-Shirt, Hose - nass."
„Das ist schlimm", sagte ich, „aber jetzt seid ihr in Sicherheit und alles ist gut." Ali nickte und schaute mich mit großen, stummen Augen an.
„Sie müssen ihn ablenken", mischte sich Serhat erneut ein,
der die ganze Zeit aufmerksam zugehört hatte, „sonst wird er wieder traurig."
„Ist deine ganze Familie mitgekommen?", fragte ich weiter.
Ali schien irritiert, ich wusste nicht, ob er mich verstanden hatte.
„Dein Vater?" Ali nickte.
„Deine Mutter?" Er nickte.
„Hast du eine Schwester oder einen Bruder?"
„Schwester, 18, Deutschkurs".
„Und dein Vater und deine Mutter?"
„Vater Deutschkurs, Mutter nein", gab er zur Antwort.
„Hast du noch Verwandte in Afghanistan?"
Ali nickte: „Großvater, Bruder, 16"
„Telefoniert ihr, schreibt ihr Briefe?", mimte ich mit Hand und Kopf.
Ali schüttelte den Kopf: „ ... tot. Polizei, Großvater, Bruder, Grenze, Afghanistan - tot."
„Aber warum?"
Ali, zuckte mit den Schultern und schaute mich verlegen mit seinen traurigen Augen an, als ob er sich dafür schämte. Dann neigte er den Kopf und schaute wieder hinunter auf seine Hände.
„Sie müssen ihn ablenken, sonst wird er traurig", kam erneut

die Aufforderung von Serhat, seinem Banknachbarn. Und als ich nicht reagierte, nahm er das Ruder in die Hand.
„Ali, hast du noch Freunde in Afghanistan?", fragte er.
„Alle weg gegangen."

„Du kannst die doch mit Handy anrufen, oder habt ihr keine Handys?“
„Doch…, keine Nummern“, antwortete er, zuckte mit den Schultern und hob leicht beide Hände.
„Wollt ihr Memory spielen?“, fragte ich, nachdem ich mich wieder etwas gefangen hatte.
„Au ja“, rief Serhat, „spielst du mit, Ali?“ Er nickte.
„Ich will aber, dass ihr die Namen der Dinge auf den Bildkarten benennt, wir haben Deutschunterricht.“
„Ja, ok“, sagte Serhat und Ali nickte.
Ein Baum gehört zu einem Baum,
ein Haus zu einem Haus
und Alis Bruder ist 16 und ist tot.
Eine Blume gehört zu einer Blume,
eine Taschenlampe zu einer Taschenlampe,
ein Boot zu einem Boot
und Alis Bruder ist 16 und ist tot.
Buntstifte gehören zu Buntstifte,
Luftballons zu Luftballons,
Feuerwehrautos zu Feuerwehrautos,
und Alis Bruder ist 16 …
Serhat gewann das Spiel, er hatte den höchsten Turm mit Memory Karten. Ich hatte den mittleren und Ali den niedrigsten - sein Bruder ist tot.

Wo gefällt's dir besser? // zweiseitig zerrissen

Viola Berisha

Meine Eltern waren beide dabei, als es in den Neunzigern zum Kosovokrieg kam. Das war ihr Kampf. Ich hingegen kämpfe mit den Schwierigkeiten, die man hat, wenn man zwischen zwei Kulturen aufwächst.

Alles begann im September 2006, als ich an meinem ersten Tag im Kindergarten erstmals so richtig mit der deutschen Sprache in Kontakt gekommen bin. Damals kannte ich kein einziges Wort und verstand deshalb eigentlich nichts und niemanden. Aufgrund dessen saß ich allein am Tisch für das Mittagessen, während die anderen Kinder bereits zum Spielen übergegangen waren. Das ist sogar eine meiner ältesten Erinnerungen und hat sich tief in meinen Kopf eingebrannt. Innerhalb von drei Monaten lernte ich die Sprache und freute mich später jeden Tag darauf, in den Kindergarten zu gehen.

Man könnte aber auch meinen, dass ich bereits passiv eine Verbindung zum Deutschen vor diesem Erlebnis gehabt habe: als sich meine Eltern für meinen Namen entschieden, war ihnen gar nicht bewusst, dass er gar kein rein albanischer Name ist, sondern lustigerweise auch in Deutschland und anderen Teilen der Welt beliebt ist. So bin ich um die relativ peinliche Situation herumgekommen, dass man meinen Namen in der Schule gar nicht aussprechen konnte.

Seit diesem ersten Tag ist nicht nur mein Wortschatz gewachsen, sondern auch mein Verständnis der Erwartungen, die in diesen beiden Kulturen an mich gestellt werden.

Jedes Jahr besuchen wir meine Verwandten im Kosovo und jedes Jahr kommt die gleiche Frage, die alle „Auswandererkinder“ unglaublich hassen: „Wo gefällt's dir besser? Hier oder dort?“. Sie wollen natürlich, dass man mit hier antwortet. Sie wollen sehen, dass der Nationalstolz in uns noch existiert. Weder mein kleiner Bruder noch ich haben ihnen je eine Antwort gegeben, weil wir beide unglaublich stur sind und ihnen den Gefallen nicht tun wollten. Es sind die kleinen Dinge, die mir zeigen, dass sie auch im fernen Deutschland Anforderungen an mich stellen, wie ich sein soll.

Für meine Verwandten bin ich zu „deutsch“, hier bin ich gut integriert, aber eben nicht „deutsch“ genug.

Hier oder dort?

Hier wird mir von meinen Freunden gesagt, es sei verrückt, dass ich praktisch besser in Deutsch bin als sie. Dort bin ich peinlich berührt und laufe knallrot an, wenn mir mal wieder ein Wort in meiner Muttersprache nicht einfällt.

Hier oder dort?

Als man sich für den Schottlandaustausch an meiner Schule bewerben konnte, habe ich meine Eltern wochenlang anbetteln müssen, bis aus dem „wir machen so etwas nicht“ ein ja wurde. Wie schon gesagt, ich kann ziemlich stur sein. Letztendlich durfte ich nach Großbritannien und war dabei die einzige mit Migrationshintergrund, wie mir erst später auffiel.

Hier oder dort?

Über die Jahre meiner schulischen Laufbahn habe ich feststellen müssen, wie langsam, aber sicher der Ausländeranteil kleiner wurde. Wenn nun über Migration gesprochen wird, fühle ich mich etwas komisch, da ich ebenfalls

Teil dieser bin. Krampfhaft versuche ich hier nicht den Klischees des faulen und unhöflichen Ausländers gerecht zu werden und habe immer hart gearbeitet. Dort passe ich auch auf, dass ich keins dieses Stereotypen Mädchen bin, das den Mund nicht aufmachen kann und nur still dasitzt. Manchmal zum Missfallen der Anwesenden.

Hier oder dort?

Wenn hier über die AfD und ihre „Ausländer raus"-Parolen gesprochen wird, frage ich mich, ob denn auch ich gemeint bin. Wenn von der Rückbesinnung auf die traditionellen deutschen Werte die Rede ist, frage ich mich, was heutzutage deutsch bedeutet und ob ich unter diese Kategorie falle.

Hier oder dort?

Als ich jünger gewesen bin, war mir dieses Dilemma wohl noch nicht so bewusst, wie es mir in den letzten Jahren geworden ist. Immer, wenn in der Schule über unsere individuelle Identitätsentwicklung gesprochen wurde, kamen mir diese Fragen in den Sinn: wer bist du denn genau? Wo ordnest du dich zu? Wo gehörst du hin?

Hier oder dort?

Manchmal denke ich, dass ich als Einzige diese Gedanken habe und wohl damit klarkommen muss, innerlich in zwei Seiten zerrissen zu und nie wirklich „vollkommen" zu sein. Wenn ich jedoch mit anderen Menschen mit Migrationshintergrund spreche, merke ich, dass das eine Art universelle Erfahrung zu sein scheint und viele sich als „odd one out" fühlen. Das hilft mir persönlich unglaublich, mich selbst akzeptieren zu können. Denn für mich ist klar:

Hier und dort.

Wo sie hingehen, wenn sie aus den Nachrichten verschwinden

Johanna Koppmann

Wo ist der Junge mit den dunklen Augen,
der einst das Titelblatt zierte?
Zwischen Stacheldraht und Leichen waren
seine Augen so dunkel, als säße aller Kummer
darin

Wo sind die, die nach Libyen zurückgebracht wurden,
weil in Europa kein Platz für sie war?
2 Minuten Sendezeit bekamen sie, 2 Minuten Platz in
unseren Gedanken

Wo sind die 20000 von Moria, wenn Corona und
Hamsterkäufer ihnen die Stimmen rauben?
Erschüttert schien die Welt, aber die Spendengelder
sind jetzt Klopapier und Nudeln

Wo sind
Sie alle sind noch da, wo sie immer waren.
Sie sind dort, wo die Berichte sie gezeigt haben.
Sie warten und hoffen
auf Solidarität

Wo sie hingehen, wenn sie aus den Nachrichten verschwinden?
Sie verlassen unsere Köpfe.
Viele kommen nicht mehr zurück.

Bad Reichenhall

Grenzen überwinden

Anonym

Fremde Gesichter schauen mich dunkel an, fragen mich „Was willst du hier?“. Auf der Straße weichen die Menschen vor mir aus. Sie wollen mich nicht beim Vorbeigehen berühren, als wäre ich krank. Wenn ich den Weg nicht kenne und Menschen um Hilfe fragen möchte bleibt keiner stehen. Als würden sie mich nicht hören oder ich würde nicht ihre Sprache sprechen. Aber ich versuche es, versuche zu lernen, Deutsch zu lernen so schnell es geht. Ich möchte mein Deutsch üben, aber keiner spricht mit mir. Ich will eine Arbeit finden, will mein eigenes Geld verdienen. Manchmal fragen Menschen mich ob ich nicht wieder nach Hause will, ob ich meine Heimat nicht vermisse. Natürlich vermisse ich sie, aber ich will nicht wieder nach Hause, da ich kein Zuhause mehr habe. Wo ich herkomme kann ich nicht zurück, es gibt für mich nur noch den Blick nach vorn. Hier soll mein Zuhause werden, hier will ich ein Haus, eine Familie, eine Arbeit und Freunde haben. Aber es ist so schwer, Grenzen wohin man sieht. Ich will keine Geschenke, ich will selbst arbeiten, ich will es selbst schaffen, doch so viele Grenzen, die so schwer zu überwinden sind.

Europa ohne Grenzen

Anonym

Grenzen erscheinen überwindbar, starr und vorgegeben. Unsere gesamte Welt besteht aus Grenzen – national, kulturell, körperlich, geistig. Und wir alle nehmen sie als normal und natürlich hin, doch sind sie nicht nur vom Menschen gemacht? Tiere kennen keine Grenzen, sie bewegen sich frei und ohne Barrieren. Sie müssen nicht flüchten, da ihre Heimat keine Zäune hat, zumindest solange sie nicht vom Menschen gemacht wurden.

Grenzen sind vom Menschen geformt, vom ihm definiert. Sie haben sich im Laufe der Zeit unzählige Male verändert, haben sich in Form, Aussehen, Größe und Höhe verändert, mit dem Menschen mit. Als menschliche Erfindung können sie doch gar nicht natürlich sein, sondern unterliegen zur Gänze unserem Willen. Jede Grenze wurde von Menschen definiert, sie kann also auch von Menschen neu definiert werden. Ich will nicht behaupten dass Grenzen nur in unseren Köpfen sind, Grenzen sind real und beeinflussen unser Leben jeden Tag. Aber wir haben sie erfunden, wir können sie ändern und wir können das Leben von so vielen Menschen verändern, wenn wir Grenzen auch nur um ein paar Meter verschieben würden. Auf der Landkarte, und in unseren Köpfen.

Es wäre schön wenn wir irgendwann – zumindest in Europa – keine Grenzen mehr hätten und ohne Barrieren, ohne Vorbehalte und Vorurteile aufeinander zugehen könnten. Das wäre der erste Schritt, global der nächste.

Keine Ahnung was der Morgen bringt

Katha G.

Keine Ahnung was der Morgen bringt,
ob die Sonne den Gipfel erklimmt, ungeschminkt und die Nacht zerrinnt in ihrem Licht. Ob die Vögel ihr Lied singen und allmählich meine Ängste bezwingen mit ihrer Melodie. Ob Vergissmeinnicht blühen, Glühwürmchen glühen. Der Wind durch die Blätter rauscht, luftgebauscht dem Gezwitscher lauscht und erfreut weiterrauscht. Ob Frischluft mit einem Hauch von Blumenwiesen-Frühlingsduft den Weg zu meiner Lunge sucht und tausende Glücksendorphine freisetzen, die mein ganzes Ich besetzen und all das Böse von mir abwetzt.
Keine Ahnung was sein wird,
ob meine Gedanken unbeirrt, verwirrt umherschwirren. Gedankenverloren, eingefroren, dem Glücklich sein abgeschworen – vielleicht bin ich aber auch überglücklich. Lächle, tanze, spür die
Magie dieser Welt und wie
der Hass,
die Furcht,
die Angst von mir abfällt.
Vielleicht stolpere,
gehe,
oder tanze, wanke berauscht wie ausgetauscht umher. Voll Mut und Zuversicht, wie ein niemals endendes Gedicht. Schlicht, töricht und voller Versprechen. Buchstaben, Wörter, Sätze und ich hinten bei den billigen Stehplätzen.
Ich hol den Schlüssel raus – sperre die Tür auf und lass den

Klang der Stimme in mein Herz hinein,
bin weder allein
noch daheim
Keine Ahnung wo ich sein werde,
Morgen, übermorgen oder irgendwann. Wo ich
den Sonnenaufgang zusehe und mit
dem Sonnenuntergang zu Bett gehe.
Wo ich neue Wege beschreite und in welches Chaos ich mich hineinreite.
Keine Ahnung.

Den Rucksack voller Fragezeichen,
voll Zuversicht das Gedicht
mit Wortreichen Parodien
stolpere,
gehe
ich den letzten Schritt meiner Vergangenheit
tanze und wanke
den ersten in die Ungewissheit.
Auf der Flucht.
Und ich sag's ganz ehrlich:
keine Ahnung was der Morgen bringt.

Offenburg

Grenzen überwinden
Poetry Slam zum Thema Flucht und Migration

Mara Kupsch

Grenzen überwinden was soll das heißen ?
In einer Generation in der Grenzen doch nichts mehr heißen.
Und trotzdem stehen jeden Tag
Kinder, Frauen, Männer, Jungs, Mädchen wie du und ich an irgendwelchen Grenzen.
Die einen weit entfernt, draußen in der Kälte , ohne Strom und was zu essen
Die Anderen zu Hause vor dem Spiegel von Selbstzweifel zerfressen.
Grenzen überwinden was soll das heißen ?
Heißt das ich kann reisen ?
Oder heißt das möglicherweise, dass Mustafa und Aische auch ganz normale Menschen sind?
Grenzen überwinden.
Für meine Generation ganz normal.
Wir machen keine Unterschiede mehr zwischen schwarz und weiß, Frau oder Mann.
Für uns sind Alle gleich.
Und trotzdem verhungern jeden Tag Menschen an irgendwelchen Grenzen.
Kinder müssen allein ihr zu Hause verlassen und ihre Kindheit vergessen
Weil Grenzen überwinden doch nicht so einfach ist.
Was soll das heißen Grenzen überwinden ?
Ich glaube kaum, dass all diese Menschen lang gefackelt haben.
Sie sind geflohen, ohne auch nur einmal zurück zu schauen.

Weil Alles besser ist als zu Hause.
Um dann in ein Land zu kommen wo sie auf neue Grenzen stoßen
Menschen die starren, gaffen, lachen, schimpfen anstatt zu helfen.
Wie fühlt sich das an? Ich kanns euch nicht sagen.
Aber ich weiß eins.
Gut sicher nicht.
Doch gibt's auf dieser Welt nur Hass und Hetze ?
Gibt's nur schlechte Menschen und keine helfenden Hände ?
Sicherlich nicht sonst würde die Situation ganz anders aussehen.
Dann würd ich heute nicht in der Bahn neben einer Frau mit Kopftuch stehen.
Ohne mir Gedanken zu machen, zu gaffen, zu lachen.
Weils normal ist.
Flucht und Migration sind nicht leicht
auch wenn ich darüber nicht wirklich was weiß.
Denn woher soll ich's wissen bin schließlich hier geboren.
Ich musste nie Hunger leiden, nächtelang frieren und wusste niemals nicht mehr wohin.
Weil ich hier geboren bin.
Und heute bin ich froh, dass ich all diese Menschen kenn'
Egal woher, egal wie alt, egal welches Geschlecht.
Weil es für uns keine Grenzen mehr gibt.
Uns sollte es nicht interessieren wer wo her kommt
Wer wo hin will
Wer an was glaubt
Wenn jemand unsere Hilfe braucht dann müssen wir helfen.
Ich glaube fest daran,
dass all das nicht sein muss.
Ich weiß dass es anders geht, dass eine Welt ohne Flucht und Kriege möglich ist.
Oder ist das alles nur Wunschdenken ?
Wie wollen wir unseren Kindern gegenüber stehen ?
Unseren Enkeln in die Augen sehen ?
Wollen wir nicht sagen können
Dass wir Alles getan haben was wir können ?

Um Menschen von diesem Leid zu befreien
ihnen ermöglichen zu Hause zu bleiben.
In Sicherheit und ohne Angst um ihr Leben
Diese Welt die muss es doch irgendwo geben.
Grenzen überwinden was soll das heißen ?
Ich würden sagen, dass wir uns zusammen reißen
Und tun was wir können um zu helfen
Zu verhindern, dass tausende von Menschen
sich jeden Tag auf machen.
Um Grenzen zu überwinden.

Ich bin

Lea Liselotte Wehler

Die Sonne scheint auf deine dunkle Haut
warum fällt sie mir auf, warum schaue ich drauf?

Vor deinem Innen will ich niederknien
es küssen
wenn darin Liebe, Mitgefühl wehen
An deinem Handeln kann ich es erfahren
An deinem Außen werde ich es nie sehen
Trotzdem kann ich nicht unvoreingenommen sein
wenn wir aneinander vorbeigehen

Ich sehe dich schlicht
Ich sehe dich nicht
im weißen Licht
Ich hasse mich dafür
weil es nicht richtig ist

Wer bist du, frage ich mich
geflüchtet
berüchtigt
oder tüchtig?

Wie soll ich dir begegnen, frage ich mich
dich an
von dir weg
lächelnd schauen?
Ach würd ich mich dich zu fragen nur trauen

Aber ich verletze dich sicher mit meinen Fragen
weil dir dann ja klar ist
welche verstaubten Gedanken durch meinen Kopf jagen
weil dir dann ja klar ist
vielleicht nicht böse gemeint
aber normal bin ich für sie nicht

Verdammter Kopf
Verdammtes Herz
noch immer ein so stehengebliebener Ort
Hört auf euch zu fragen
kommt er von hier
oder von dort?

Ich will, dass mein Kopf dich als Tropfen sieht
als einer der Millarden Tropfen
von dem auch ich einer bin
die das Wasser sind

Wunderschönes Wasser
nicht einer trockener, nicht einer nasser
wir alle nur schönes kristallklares warmes Wasser

Wenn ich dann so ehrlich bin
so kommen mir dir Tränen
weil ich weiß
mein Kopf, mein Herz
Ausnahme ist das nicht
weil ich weiß

verdammt
ich bin ein Rassist

Die Sonne scheint auf deine weiße Haut
und meine?
Falle ich auf, schaust du drauf?

Hätte ich gekonnt, wäre ich nie losgezogen
doch dort wo ich herkam
wie soll man das sagen?
Da hat das Leben einen grausam betrogen
Betrogen mit dem Tod
der Hoffnungslosigkeit
mit hunderten Dingen
wenigstens vor denen scheint man hier meist gefeit
Doch weder hier noch da
ist die Gerechtigkeit gerecht verteilt

Erzählen könnte ich euch von dem Tod und meinem Leben
aber darüber wollt ihr eigentlich nicht reden

Ihr wollt mich entschärfen
denn ich komme mit Wunden, mit Hunger, mit Sehnsucht,Wut
ihr habt Angst vor dem Aufruhr
vor den Flammen
denn in meinem Handgepäck ist die fremde Kultur
und ihr fragt euch, passen wir denn wirklich zusammen?

ihr lächelt
knurrt
ignoriert
ängstlich

Ich koste Geld und Geduld
es wird geflüstert über eure Schuld

Ihr wollt mich
vielleicht nur eine Weile
oder auch einfach gar nicht
aufjedenfall nicht, solange es das und das nicht gibt

Diskutiert
redet
dreht euch im Kreis
unerledigt
propagiert
dagegen
argumentiert
und wieder
diskutiert

Derweil hört ihr nicht, wenn ich weine
euch etwas zu dem Ganzen reime
Ihr hört hin, wenn ein Herz aufgegeben hat
wenn es in Mordeslust lacht
sich mit Terror einen Spaß aus dem ganzen Chaos macht

Meine Tränen können nicht versiegen
denn in mir haben die Gefühle nicht aufgehört sich zu bekriegen
Ich fürchte ein weißes Gesicht
Ich fürchte die blauen Augen
weil ich nicht weiß, ob es in ihnen ist oder nicht
das braune Grauen
Der Hass
Der Glauben
Und endlich das Feuer um nicht nur darin zu schwehlen
sondern auch zu quälen

Mein Leben
das kann mir keiner wiedergeben

Mein Zuhause
wo das sein soll?
Keine Ahnung
Meine Zukunft
wie die sein soll? Wen das interessiert?
Keine Ahnung
Versteht du?
Ich
Rede doch bitte mal über mich

Mein Leben
warum musste man mir das nehmen?
Und warum hat man mir das dafür gegeben?
Vielleicht wäre der Tod sogar besser gewesen

Hört ihr wie mein Herz euch verklagt
ihr hört es nicht
es ist zu leise
aber es klagt
bitter und enttäuscht, allmählich von all dem Schmerz betagt
es klagt denn ich bin schwarz

Sprachlosigkeit

Bernd Renner

In der Schule erlernte ich neben dem richtigen Gebrauch der Muttersprache zwei Fremdsprachen.

Deshalb gab es während des Studiums als auch während des Urlaubs im europäischen Ausland keine großen Probleme mit der Verständigung. Und wenn, dann fand sich immer jemand, der mit seinen Sprachkenntnissen aushelfen und über eine, zwei oder drei Ecken dolmetschen konnte.

Und wenn die Verständigung wirklich nicht klappte, dann klappte es mit Händen und Füßen und der Lautsprache. Es klappte irgendwie immer, weil es nie notwendig war, allzu tief in die fremde Sprache einzutauchen.

Die grundlegenden Probleme eines Menschen beginnen in einem fremden Land, in einer fremden Kultur, bei Menschen mit unbekannten Umgangsformen, die in einer fremden Sprache sprechen, wobei ich selbst nur die eigene Muttersprache beherrsche.

Wie spreche ich in einem Land, in dem niemand Arabisch, Paschto, Farsi usw. spricht von meiner Angst, meinen Hoffnungen, meinen Plänen, meinem Heimweh, meiner Mutlosigkeit, meinem Tatendrang, meinen Sehnsüchten, meinen Wünschen, von den Erwartungen, die an mich herangetragen werden, von meiner Niedergeschlagenheit, von meinen Stärken und Schwächen, von meinen Träumen?

Wie sollte ich von all dem sprechen, wenn ich ohne Dolmetscher nicht einmal in der Lage bin, meine grundlegenden Bedürfnisse zu äußern.

Und auch wenn ich sie äußere, das Gemeinte auf dem langen Weg der Übersetzung verloren geht, weil es ...

aus meinen Gedanken,
über meine Wortwahl
zu meiner Aussprache
samt Mimik und Gestik
zum Hören durch den Dolmetscher
zur Interpretation durch den Dolmetscher
zur Wortwahl des Dolmetschers
zur Aussprache der gefundenen Worte durch den Dolmetscher
samt seiner Gestik und Mimik
den Weg zum Empfänger finden muss.

Und ist das Ergebnis dann wirklich noch das, was ich ausdrücken wollte?

Wie soll ich mich mit all dem verständlich machen können, wenn ich nicht einmal die Fragen eines Arztes, den ich mit Schmerzen im Bauchraum aufsuche, beantworten kann ...

Ob der Schmerz sticht, brennt, drückt,
ob er nur zeitweise auftritt oder permanent da ist,
ob er anschwillt und dann wieder abklingt oder er plötzlich kommt und in voller Stärke,
ob er plötzlich in voller Stärke da war, oder ob der Schmerz im Laufe einer längeren Zeitspanne immer heftiger wurde,
ob er in besonderen Situationen auftritt, etwa nach einer Mahlzeit oder in Stresssituationen,

...

Ich bin in meiner Sprachlosigkeit ausgeliefert wie ein Kleinkind, da ich die

Anweisungen zur Vorbereitung auf bestimmte Untersuchungen nicht verstehe und mir auch nur unzureichend vorstellen kann, was mir bei bestimmten Untersuchungen widerfährt – ganz abgesehen davon, dass ich den Anweisungen des Arztes bei der Durchführung dieser Untersuchungen nicht folgen kann, da ich sie nicht verstehe und auch nicht möchte, dass bei den Untersuchungen ein Dolmetschers anwesend ist.

Probleme eines Menschen in einem fremden Land, in einer fremden Kultur, bei Menschen mit unbekannten Umgangsformen, die in einer fremden Sprache sprechen, wobei ich selbst nur die eigene Muttersprache beherrsche.

Freiburg im Breisgau

Bittere Erfahrung

Enayatullah Ehsani

Es ist wahr, dass Einwanderung eine bittere Erfahrung ist. Meiner Meinung nach hat Einwanderung Ähnlichkeit mit Obdachlosigkeit. Die Zeit vergeht in einer Migrationswelt so, als ob man jedes Jahr ein oder zwei Jahre älter und weiser wird, als ob das Leben sprunghafter wird und das Gesicht jünger aussieht, als das was man im Leben erlebt hat. Ich habe in den letzten Jahren viel gelernt, musste aber auch viel dafür tun. Ich musste auch, so wie alle andere Menschen mit Migrationshintergrund, unschöne Erfahrungen machen und viele Kompromisse eingehen. Ich bin nicht in der Lage, Gedichte und Bücher zu schreiben, aber ich möchte einige meiner Erfahrungen hier mitteilen.

Ich habe erlebt, dass der Lebensraum eines der Dinge ist, welches das Glück eines Menschen beeinflussen kann. Der größte Fehler, den wir Menschen machen, ist zu glauben, dass wir die wichtigsten seien, wichtiger als alle andere. Wenn man nicht glücklich ist und glaubt, dass man glücklich wird, wenn man seine Heimat verlässt, irrt man sich. Es gibt wichtigere Faktoren, die berücksichtigt werden müssen. Nehmen Sie sich ein Moment und denken Sie selbst nach, was für Sie wichtig ist, was Sie glücklich macht und mit was Sie zufrieden sind.

Im Exil reicht es nicht, wenn man in die Disco geht und Spaß hat. Es ist wichtig, andere Menschen kennen zu lernen und die Gefühle beziehungsweise den Schmerz von anderen Menschen zu verstehen.

Wenn ich mit meinen eigenen Gedanken allein bin, sehe ich, dass ich mit dem Schmerz über den Verlust von Heimat viele andere Dinge vergessen habe. In meinem Heimatland war ich süchtig nach vielen Dingen, aber nach meiner Auswanderung habe ich nicht ein einziges Mal über diese Dinge nachgedacht. Ich habe viele Menschen vermisst, die bei mir waren, aber jetzt hat der Schmerz von Heimatlosigkeit so stark zugenommen, dass ich nicht mehr an sie denke. Man sagt oft, dass der Schmerz den Schmerz verdränge, genau das empfinde ich auch.

Einwanderung ist ein schwieriger langer Prozess, fast wie bei Neugeborenen: Ein neues Land, eine neue Stadt, eine neue Kultur, eine neue Sprache und vieles mehr. Jetzt muss man von vorne beginnen und die Schwierigkeiten bewältigen. Man muss damit umgehen können und versuchen sich an neue Situationen anzupassen, weil die Lebensbedingungen ganz anders sind, als man gewohnt ist. Ich fühle mich wie ein Schmetterling in einem Kokon. Ich hoffe, dass ich nach schweren Zeiten ein neues Lebensgefühl habe und ein neues Leben beginnen kann.

Die Angst erfüllte die Herzen

Bassel Almoulia

Die Angst erfüllte die Herzen, aber die Zungen sprachen nur Gebete aus.
Um 4 morgens an einem unbekannten Strand, versteckt hinter einem Feld von Olivenbäumen, Vierzig Männer, Frauen, Kinder und ältere Leute... Still warten, die Reise des Todes zu einem unbekannten Ziel. Was sie wollen, ist Frieden und Sicherheit ... und dies ist ein großer Preis für das Gleichgewicht des Lebens.
Meine Familie wusste nicht, dass der Weg gefährlich sein würde und dass ich mit diesem kleinen Boot fahren würde. Ich sagte ihnen, dass ich mit einem komfortablen und sicheren großen Schiff das Meer von der Türkei nach Griechenland überqueren werde. Die Bedingung meiner Mutter war, dass ich auf dieser Reise kein Risiko eingehen soll und wenn es eine Gefahr gibt, dann muss ich in unserem Haus bleiben aber ich wollte über den Horizont hinausgehen. Von meiner Familie verabschiedete mich an der Tür. Ich küsste den Kopf meiner Mutter und ihre schönen Hände, ich sah ihr lange in die Augen, ich wollte einfach diesen Moment in mir für immer festhalten, und ich werde ihren Blick nicht vergessen.

Dort am Strand dachte ich, ich könnte schwimmen, wenn das Boot sinkt, aber wohin? Und wie lange würde ich mitten im Meer aushalten? Der Schmerz in meinem Bein kam vor Tagen zurück, das Bein wurde vor Jahren operiert, ich konnte keinen schwären Rucksack tragen und lange Strecken laufen, aber ich war dazu gezwungen, weil die Leute, die bei mir waren, nicht die ganze Zeit auf mich warten konnten. Werde ich in diesem Zustand im

Meer schwimmen? Ich hatte mein Bein mit einem Verband festgezogen. Der Schmerz fühlte sich an wie ein glühendes Messer, das mein Knie stach. Während wir auf den Moment des Aufbrechen warteten, sagten die Leute, dass das Meer ruhig Aussehe und keine Wellen habe. Das ist viel Glück für uns. Ein junger Mann sagte, es sei sein dritter Versuch. Bei den letzten beiden Malen war das Meer rau und Wellen wie Berge von Wasser fielen und stiegen jetzt ist die Situation anders und beruhigend. Nach einer halben Stunde Wartezeit als das Boot bereit war, mussten wir jemanden zum Steuern auswählen. Der Freiwillige Kapitän muss kein Geld bezahlen, aber er wird für das Leben von vierzig Menschen verantwortlich sein, es ist keine leichte Entscheidung, aber einen mutiger meldete sich. Wir stiegen langsam ins Boot, ich saß ganz vorne mit einem Freund und haben wir Schwimmwesten getragen, die den Verrat des Meeres nicht überleben würden. Als alle ihren Platz einnahmen, stand einer der Jugendlichen auf und wollte das Boot verlassen. Er fing an zu schreien und zu weinen. Er sagte nur: Bitte, ich möchte zurückkehren, ich kann nicht schwimmen.
Einige zwangen ihn, an seinem Platz sitzen zu bleiben, mit dem Vorwurf ,dass die Kinder so was nicht gesagt haben. Jetzt ist eine Rückkehr nicht möglich, weil die Leute, die uns hierher gebracht haben, zurückgegangen sind und uns verlassen haben.
Trotz der Spannung an diesem Ort konnte ich vor mir sehen, dass das Mondlicht und die Sterne auf der Meeresoberfläche einem Gemälde ähneln, das ein Maler zuvor noch nicht gemalt hatte. Das Boot fing an, die Ruhe des Meeres zu scheren, hier spürte ich die Kraft in mir drin und ein Gefühl der Beruhigung. Es gibt jemanden, der in der Dunkelheit der Nacht für mich betet. Ich hörte den Klang des Gebets meiner Mutter in meinen Ohren, sie sandte mir Sicherheit und Kraft. Ich überlegte, wie würde ich versuchen, die kleinen Kinder zu retten, wenn ihre Eltern es nicht könnten, wie würde ich die Gefahr von ihnen entfernen, bis jemand kommt, um uns zu holen.
Meine Gedanken waren wie in Hollywood-Filmen über diejenigen, die sich im Meer verirrt haben, und sie beginnen nacheinander zu sterben, und nur die Kinder und der Held des Films bleiben am Leben. Und weil menschliche Instinkte am Überleben festhalten, war der Held ich selbst in diesem Film, der noch nicht geschehen ist.
Nach zwei Stunden sahen wir ein Licht aus der Ferne, das Licht einer der

griechischen Inseln, die wir erreichen wollten. Das Sonnenlicht stieg hinter den Bergen auf und die Dunkelheit klärte sich leise, aber in Verbindung damit war das Meer nicht mehr so ruhig wie zuvor, die Wellen tauchten auf und wir gingen langsam auf und ab. Die Wellen wurden nach einer Stunde größer, die Kälte drang in unsere Knochen ein, und das Meer zerschmetterte unsere Gesichter mit harten Tropfen, die Stimmen von Frauen und Kindern wurden mit den hohen Wellen erhoben und ihre Brüste atmeten schneller ein, als das Boot unterging. Wir mussten unsere Rucksäcke und die Sachen ins Wasser werfen. Wir begannen die große Angst zu spüren, über die die Überlebenden vor uns sprachen und die nach dem Leiden ankamen. Aber diejenigen, die vom Meer verschluckt wurden, hatten keine Gelegenheit zu erzählen, was mit ihnen geschah, nur ihre Körper lagen in erschreckender Ruhe auf dem Sand der Strände. Ich habe mich gefragt, werden wir auch als Leichen auf dem Strand liegen und wollen das die Presse von uns Bilder macht, die im Fernsehen morgen gezeigt werden, und die Welt wird das bedauern aber keiner wird etwas dafür tun.

Die Wellen warfen Menschen im Boot übereinander, sie konnten sich weder bewegen noch aufstehen. Dies ist sein Fuß unter einem Rücken von anderer Person und dieser Kopf ist unter dieser Hand. Es gab viele Verletzungen und das Schreien vor Schmerz machte allen Angst. Wir haben mehrmals versucht, Hilfeboote von türkischer oder griechischer Seite zu rufen, aber es gab keinen Hinweis darauf, dass sie unseren Anruf erhalten haben.

Wie der Künstler seine Geige flitterte, hat das Meer mit uns gespielt und hat das Musikstück „Ein Tanz des Todes" musiziert, dann warf uns auf einen der griechischen Strände, wo die Krankenwägen auf uns warteten, sieben Verletzten waren da und wurden ins Krankenhaus gebracht.

Hier schreibe ich über einen Tag einer Reise, die einen ganzen Monat dauerte. Am Ende kam ich sicher an und überwand Schwierigkeiten und Hindernisse. Während der vier Jahre machte ich viele Erfahrungen, lernte eine neue Sprache, neue Menschen und Freunde ... Arbeit und Erfolg, Integration und Beharrlichkeit. Ich habe viel bekommen viel gewonnen aber ich habe das Wichtigste verloren, und ich werde diesen Verlust mein ganzes Leben lang bereuen. Ich verlor diejenige, die jeden Morgen und Abend für mich betete, ihre Seele flog zum Himmel und meine Seele lebte an der Seite der Tür, wo ich in ihre Augen starrte.

Eigentlich ist er doch auch nur ein Junge wie ich, oder Mama?

Milena Spiller

Ich bin Mutter eines Sohnes, Max, der mich täglich an meine Grenzen bringt, der mich mit Fragen löchert und mir die Welt aus seiner kindlichen Perspektive erklärt. In den meisten Fällen kann ich ihm eine Antwort geben, manches Mal kenne ich sie nicht und mache mich selbst, oder mit ihm, auf die Suche nach der Antwort. Ab und zu überrascht er mich mit Fragen, die für einen Vierjährigen eine enorme Größe beweisen. Auch wenn ich manchmal die Antwort nicht kenne, ermutige ich meinen Sohn seine Grenzen zu überwinden, um an den Herausforderungen zu wachsen und die Chancen, die sie ihm bieten zu ergreifen; so auch im Kindergarten.

Max schaut aus dem Fenster seines fröhlich eingerichteten Kinderzimmers und blickt in die Ferne gen Osten. War es dort vor ein paar Jahren noch leer und grün, am Rande der Stadt, reihen sich jetzt, innerhalb von Tagen, Wochen, immer mehr graue, triste rechteckige Gebäude – Container, aneinander. Sie wirken fremd und, trotz der Fülle, einsam, in der bekannten Umgebung. Er packt seinen Rucksack, das große Vesper und ein Spielzeug für eine neue Reise ein, an einem neuen Tag - im Kindergarten. Ein jeder Kindergartentag ist ein Abendteuer, bei dem es immer etwas zu entdecken gibt und dessen Ausgang nie vorhersehbar ist. Was werden wir heute spielen? Wer wird da sein? Wird der Tag gut oder schlecht? Wird gelacht oder geweint?

Max kommt im Kindergarten an, die Anwesenheitsliste wird vorgelesen und da klingelt es in seinen Ohren, Yusuf, ein Name, den er noch nicht gehört hat. Ein neues Kind? Er blickt sich um, lässt den Blick um den geschlossenen Kreis der Kinder wandern und entdeckt niemanden, den er nicht schon kennen würde. Doch dann klopft es an der Tür, wer mag den Morgenkreis jetzt noch stören, es ist doch bereits nach 09.00 Uhr? Da kommt er rein, Yusuf, der Neue.

Yusuf wirkt schüttern, ängstig. Er versteckt sich hinter einer Erzieherin. Langsam, in keinen Schritten nähert er sich dem Kreis. Die anderen Kinder blicken ihn erwartungsvoll, aber auch mit fragenden Gesichtern, an. Einige fangen an zu flüstern – „siehst du, der hat Angst, siehst du, der sieht anders aus". Der Morgenkreis soll jetzt endlich beginnen, aber was ist mit Yusuf?

Yusuf steht immer noch neben dem Kreis, hat keinen Stuhl und wartet, was passiert. Da holt eine Erzieherin einen Stuhl, stellt ihn neben Max' Stuhl. Max blickt ihn an, prüft, wer das ist und sagt „Hallo". Gleich schallt es aus einer anderen Ecke „pssst, Max", denn im Morgenkreis soll eigentlich nicht einfach so geredet werden. Der Morgenkreis beginnt, es wird geklatscht, getanzt und gesungen, aber einer ist ganz stumm, Yusuf. Yusuf blickt sich um, hebt mal ein Bein oder einen Arm, aber singen tut er nicht, denn er kennt die Lieder nicht. Nach dem Morgenkreis nimmt jedes Kind seinen Stuhl und schiebt ihn an den Tisch zurück. Die Kinder eilen hastig zu ihren Kindergarten Rucksäcken, holen ihr Vesper, gehen damit in die Küche oder holen ihre Spielzeuge und spielen im Zimmer. Doch einer bleibt in all dem Getümmel stehen, Yusuf. Der beobachtet, was um ihn geschieht, dreht sich, geht zur Seite, weicht anderen Kindern aus. Er scheint verloren in der Fülle der Gleichaltrigen. Eine Erzieherin geht auf ihn zu, fragt ihn, ob alles in Ordnung sei und geht weiter. Ruhig, fast starr steht er in der Ecke. Max hat zwischenzeitlich sein rotes Rennauto aus seinem Rucksack geholt und steuert damit auf den Spielteppich zu, doch kein Kind ist auf dem Autoteppich. Er setzt sich allein auf den Boden. Das Auto zieht ein paar Kreise, doch dann bleibt es einfach still stehen. Ein Rennauto allein auf der Rennstrecke, das ist doch doof. Das kann doch gar kein richtiges Rennen fahren. Da blickt er sich um, blickt in die Malecke, die Puppenecke, die Bücherecke und dann in der einzigen leeren Ecke des Raumes, entdeckt er Yusuf. Er steht immer noch allein mit Tränen in den Augen dort. Max lässt seinen Blick weiter kreisen, schaut nochmal zur Tür, ob einer seiner Freunde vom Vesper zurückkommt. Dann blickt er zurück zu Yusuf, steht auf, geht auf ihn zu und fragt, ob er auch Autos spielen will. Yusuf versteht nicht, guckt Max fragend an. Max fragt nochmal,wieder keine Antwort. Er wird lauter, sagt, wenn ich dich was frage, dann antworte doch. Immer noch keine Antwort. Da kommt die Erzieherin, fragt, ob bei den beiden alles in Ordnung sei. Max sagt ja, aber der Yusuf sagt gar nichts, auch wenn ich mit ihm Autos spielen will. Frau Schmid kniet sich zu Max runter und sagt, Max, der Yusuf kann dich gar nicht verstehen. Er spricht nämlich nicht deine Sprache, er kann kein Deutsch. Er ist erst seit kurzem mit seinen Eltern hierhergekommen. Die Erzieherin geht wieder. Max denkt nach. Er erinnert sich an Ida, das Nachbarskind, sie ist noch klein und versteht auch nie was er von ihr will, ihr zeigt er dann immer Sachen. Also rennt Max schnell zur Autokiste, holt noch ein Auto raus und legt es Yusuf in die Hand. Yusuf senkt seinen Blick auf das Auto, schaut es sich ganz genau an, dreht es und blickt dann zu Max und lächelt. Die beiden gehen zum Spielteppich und lassen die Autos flitzen. Der Vormittag vergeht wie im Flug.

Es ist mittags. Ich hole Max ab. Ich frage ihn, war alles in Ordnung? Gab es etwas Besonderes? Max sagt, es war alles gut. Wir gehen nach Hause. Er geht in sein Zimmer, setzt sich auf die Fensterbank und schaut lange raus. Ich frage ihn, was los ist, er ist so ungewohnt still. Max blickt in Richtung Osten zur Containersiedlung. Dann sagt er, Mama, ich weiß, was das für Gebäude sind. Dahinten wohnt Yusuf. Wer ist Yusuf, entgegne ich. Max erklärt mir, dass Yusuf das neue Kind im Kindergarten ist und dass sie zusammengespielt haben. In diesem Moment freue ich mich, sein Strahlen in den Augen zu sehen, dass er einen neuen Spielkameraden hat und dass er auf ihn zugegangen ist, obwohl er am Anfang Angst hatte, auf Yusuf zu zugehen. Am Abend erzählt Max seinem Papa vor Freude von seiner Begegnung mit Yusuf. Erzählt ihm, dass es doof war, dass keiner mit Yusuf spielen wollte und fragt, warum er in einem Container wohnt. Max schaut mich an und sagt, Yusuf ist doch eigentlich auch nur ein Junge wie ich, oder Mama?

Ich schaue Max‘ Papa an, weil ich erst denke, das ist mal wieder eine dieser komplexen Fragen von Max. Dann schaue ich Max an, nehme ihm in den

Arm und sage ihm, denn diese Antwort werde ich ihm jedenfalls auf seinen Weg geben, ja, Yusuf ist ein Junge wie du. Auch wenn er anders aussieht oder in einem Container wohnt oder dich nicht verstehen kann, Yusuf ist ein Junge wie du, mit dem du spielen kannst und von dem du auch etwas lernen kannst.

An diesem Abend geht Max ins Bett und unser abendliches Ritual ist, dass er mir noch eine letzte Frage stellen darf, bevor er sich in seine Träume verabschiedet. Max fragt mich, Mama, darf ich morgen wieder mit Yusuf spielen oder ihn mal einladen? Ich lächele ihn an, gebe ihm einen dicken Kuss und sage, Max, mach das gerne.

Max schläft und immer wieder schallt seine Frage in meinem Ohr nach, Yusuf ist doch eigentlich auch nur ein Junge wie ich, oder Mama? Ein warmes Gefühl überkommt mich, ich freue mich, dass mein Sohn Max diese Offenheit und Herzlichkeit in sich trägt und den Mut hat, neue Erfahrungen zu machen. Ich kann ihm zwar beibringen, sich seinen Ängsten und Grenzen zu stellen, aber Yusuf bringt ihm bei, dem Leben zu begegnen. An diesem Abend stelle ich mir die Frage, sollten sich nicht auch immer wieder Erwachsene in die kindliche Perspektive begeben, um Grenzen zu überwinden und für alle ein lebenswertes Leben zu schaffen?

Bregenz

Hohenems, am 31.3.20

Der Jongleur

Einleitung:

In dieser Geschichte zum Thema "Flucht und Migration" geht es um die Entstehung einer wunderbaren Freundschaft zwischen einem wohlbehüteten österreichischen Mädchen und einem jungen Flüchtling, dessen Zukunft völlig u gewiss ist.
Die Geschichte ist eine Mischung aus wahren Begebenheit und Phantasie.

Die Geschichte:

Hanna war 14 und lebte in Bregenz, einer hübschen u beschaulichen Stadt am Bodensee ganz im Westen von Österreich. Sie war ein weltoffenes, neugieriges und sehr sportliches Mädchen, eine recht gute Schülerin und hatte keine Geschwister. Zu ihren Eltern, die beide Juristen w hatte sie ein gutes Verhältnis.
Hanna war viel unterwegs, meist mit ihrem coolen orangen Fahrrad, um Freunde zu treffen und an den See zu gehen

Es war ein Sommernachmittag, den Hanna mit ihren dre Freundinnen verbringen wollte. Die Mädchen hatten vor zu ihrem Lieblingsplatz zu radeln, um schwimmen zu gehen und ein wenig Volleyball zu spielen.

Dort fiel ihnen auf, dass ein kleiner deutscher Zirkus seine Zelte aufgeschlagen hatte. Sie blieben stehen, um die schönen Pferde, die offensichtlich zum Zirkus gehörten, zu betrachten. Aus dem Zelt hörte man wunderschöne Musik. Die vier Mädchen stellten ihre Fahrräder ab und gingen vorsichtig zum Zelteingang. In der Manege stand ein junger Mann, eigentlich eher noch ein Junge, er mochte so um die 17 herum sein, und jonglierte mit weißen Bällen. Seine Haare waren tiefschwarz und er war wohl Asiate. Er wirkte durchtrainiert und ließ die Jonglierbälle regelrecht zur Musik tanzen. Hanna war fasziniert und auch ihre drei Freundinnen staunten sich über so viel Geschicklichkeit und Präzision. Als die Musik verstummte, klatschten die Mädchen und erst da bemerkte der Junge, dass er Zuschauerinnen hatte. Mit einem freundlichen Lächeln ging er auf die Mädchen zu, bedankte sich für den Applaus und stellte sich vor. Otgoo war sein Name und er stammte aus der Mongolei. Sein Deutsch war zwar nicht perfekt, aber gut verständlich.

In Hannas Kopf stauten sich Fragen, sie war ganz aus dem Häuschen, so aufregend und spannend fand sie das alles. Und etwas stand für sie fest: Sie wollte unbedingt jonglieren lernen.

Hannas Freundinnen drängten langsam in Richtung See und

so schickte Hanna sie voraus, ging mit Otgoo aus dem Zirkuszelt hinaus und setzte sich mit ihm ins Gras. Und so begann sie, seine Geschichte zu erfahren.

Otgoo war vor knapp zwei Jahren aus der Mongolei ge=flüchtet, weil seine Familie dort politisch verfolgt wurde. Er floh mit seinen Eltern und seinen zwei Geschwistern, einem Bruder und einer Schwester, die beide jünger waren a[ls] er. Otgoo verlor auf der Flucht, über die er nicht au[s]führlich sprechen wollte, seine Familie aus den Augen und schlug sich wochenlang alleine durch.

Hanna war bewusst, dass sie sich gar nicht vorstellen konnte, was Otgoo trotz seiner erst knapp 17 Jahre schon alles erlebt und erlitten hatte.

Schließlich kam er nach Deutschland und landete dort i[n] einem Heim für unbegleitete minderjährige Flüchtlinge in der Nähe von Ulm.

In der Nachbarschaft dieses Heimes hatte der kleine Familienzirkus, mit dem er jetzt unterwegs war, sein Winter[-]quartier. Da sich Otgoo schon als Kind in der Mongolei selbst das Jonglieren beigebracht hatte und sehr ge=schickt und hoch motiviert war, zog es ihn immer wieder zu [den] Zirkusleuten. Diese schlossen den jungen Mongolen mit der Z[eit] richtig in ihr Herz und Otgoo begann, täglich zwei bis drei Stunden zu jonglieren. Er wurde immer besser. Im Frühlin[g], kurz bevor der Zirkus seine neue Tournee startete, konnte d[...]

irkusdirektor bei den Behörden erreichen, dass Olgero diese Saison mit ihnen mitreisen und auftreten durfte, was ihn sehr glücklich machte.

So, nun kannte Hanna diese spannende, teils traurige aber auch wiederum positive Geschichte. Olgero hatte sie mit seinen Erzählungen richtig in den Bann gezogen. Sein Deutsch war schon recht gut und er bemühte sich so sehr, verständlich zu sprechen. Für Hanna war es, als ob sie Olgero schon lange kennen würde und so fragte sie ihn, ob er ihr das Jonglieren beibringen könne. Er sagte erfreut zu und setzte es auch in die Tat um. Hanna half Olgero im Gegenzug dabei, sein Deutsch zu verbessern.

Und so entwickelte sich eine wunderschöne und tiefgründige Freundschaft zwischen Hanna und Olgero, die auch anhielt, als der Zirkus weiterzog!

Elisabeth Mück

Breite deine Flügel aus

Elisabeth Steiner

Erde kann dich behüten. Natürlich. Warm. Eingebettet.

Meine Welt war die Erde.

Sie engt aber auch ein. Dunkelheit. Einsamkeit. Schwarz.

Tautropfen spiegelten sich im ersten Sonnenlicht, die Luft riecht muffig. Langsam aber voller Willenskraft arbeite ich mich zur Oberfläche. Bewege mein Rückgrat auf und ab, spanne meine Muskeln an. Robbend schleife ich den dunklen Gang entlang, denn ich will die Blumen sehen, will tanzen gehen, will aufstehen und etwas bewegen. Mein Mut steigert sich bis ins Unermessliche, doch auf einmal lässt die Spannung meines Körpers nach. Alles plumpst in sich zusammen. Ich falle, falle in die Einsamkeit, falle in die Enttäuschung. Schon wieder habe ich es nicht geschafft, der Norm meiner Artgenossen zu entsprechen. Ach was für ein armer Wurm ich doch bin. Habe doch nur Träume wie sie, will doch nur ein Teil von ihnen sein. Doch ich traue mich nicht nach oben. Habe Angst davor. Große Angst.

Julius (1 Wurm): Hey Kleiner! Hast du wieder mal in die Hose gemacht wie immer?

Tobi(2 Wurm): Schau wie hässlich, fett und unerfahren du bist! Faul auch noch dazu…Anstatt uns zu helfen, Blätter zu suchen - ach ich vergaß, dass du so winzig bist und die „Riesen“ dich in ihrem Salat gar nicht bemerken würden. Sie würden dich zwischen ihren Zähnen zermalmen, in Einzelteile aufspießen.

Julius(1 Wurm): Oooo…Schau wie er sich zusammenrollt. Das ist ja schlimmer als ein Wurmmädchen wenn es vor Angst zittert.

Tobi: Schau, sogar der gartenälteste Wurm macht sich hinter ihm lustig und sagt er sei ein Taugenichts. Besser, er wäre in einem anderen Garten gelandet.

Julius : Nein, besser in einer Güllepfütze…

Ich muss weg. Einfach nur weit, weit weg von meinen Antagonisten. Am liebsten würde ich auf einen anderen Planeten fliegen. Auf einen perfekten Planeten. Doch seit wann kann ein Wurm fliegen? Es wird immer nur ein Traum bleiben. Träume sind wie Schäume. Meiner flog Richtung Himmel, zerplatzte dort aber wie eine Seifenblase.

Obwohl mich meine Artgenossen immer schon ausgeschlossen hatten, tangierte es mich dazu, bei ihnen zu bleiben. Mittlerweile war ich gewohnt der „Loser“ zu sein. Meine Gedanken schossen wirr durcheinander, während ich instinktiv meine Gänge immer tiefer in die Erde bohrte. Insgeheim glaubte ich, irgendwann an einem Punkt zu kommen, wo ich atmen konnte, wo meine Lungenflügel die Freiheit spürten. In meinen Träumen flog ich dem Horizont entgegen: Hinaus in die grenzenlose Weite. Doch theoretisch war mir klar, dass der Weg in die Freiheit nur einer sein konnte: die Schwelle zu überwinden und für den Himmel zu kämpfen.

Plötzlich fühlte ich tief in meinem Herz einen Stich. Instinktiv zog sich mein Gerippe über die feuchte, schwarze, steinige, moderige, lodderige Erde. Nach langer Zeit des Scheiterns reüssierte mein ganzes Wesen. Die Würmeraugen waren weit offen gerissen. Wie konnte dieser zurückgezogene, ruhige, faule, unsympathische Wurm plötzlich so geschickt, wie die schnellste Ballerina der Welt, durch die Erde gleiten? Jahrzehntelang, als sie ihn schon nicht mehr kannten, erzählten sich die Stammesältesten noch von dieser magischen, unsagbaren Kraft von oben, die ihn anzog, ja fast in sich aufsog.

Julius(alter Wurm, Stammesältester, kurz bevor er starb): Wir haben ihn nie wieder gesehen! Doch ich betete oft noch für ihn. Mein Freund Tobi kann dies bezeugen.

Doch was geschah bis auf weiteres mit unserem Protagonisten?

Weis(s)

Gehüllt in einem Kokon

Weis(s)

Was passiert

Weis(s)

Wie ein Kokon

Weis(s)

Warum?

Und plötzlich wurde ihm bewusst, dass er wusste wie sich Weiß anfühlt. Er lavierte sich von

Schwarz auf Weiß, von Dunkel auf Hell, von Angst zur Courage.

Sukzessive befreite ich mich aus der weißen, Schaumhülle des Kokons. Konsterniert schaute ich mich um. Die Welt war bunter, als ich es mir je zu träumen gewagt hatte. Die Sonne strahlte auf meine Schmetterlingsflügel, sie nahm mich mit...mit in den Süden, in die grenzenlose Freiheit, um die ganze Welt zu sehen.

ICH

ICH

ICH

ICH

Bin glücklich

Bin glücklich und wachse, will Grenzen überwinden. Neulich fragte mich mein Nachbar, mal wieder: „Was willst du denn werden? Wann hast du endlich fertig?“

Antwort:

Ich will Träumerin werden: Eine die sich nie zufriedengibt. Die ne bessere Welt anstrebt und niemals zu klein denkt, nur zu groß und die Visionen hat. Ich will Träumerin werden, die auch mal was selbst macht und nicht nur machen lässt, die andere so sein lässt, wie sie sind. Ich will träumen von Offenheit und Beständigkeit und Anständigkeit und Zufriedenheit und Geborgenheit. Wenn's schon nicht Realität wird, will ich wenigstens Träumerin werden.

„Hä? Er sah mich an- Hats der in Hirn geschissen? Jaja ich meinte eher so, wann du denn dein Studium abgeschlossen hast.“

Ich wird's nie abschließen. Typisch. Ewiger Student. Ich wird's nie abschließen, diese Neugier, eine andere Perspektive zu wagen. Einen neuen Move auszuprobieren. Mich selbst zu überraschen und einen Blick irgendwo anders zu erhaschen. Ich will studieren, bis ich nichts mehr versteh und sich mein Kopf dreht. Ich will lernen. Und dann auch mal gut sein lassen, wieder ne Pause machen. Und feiern. Mit dir an meiner Hand. Den Dancefloor zurückerobern. Will ein Tik-Tok mit dir erstellen und Zeiten festhalten Tik

Tok, die ich nicht mehr vergess. Ich wird immer studieren. Das Leben. Und dich. Und mich.

„Aa. Dann wird wohl nichts gscheids aus dir. Nichts Bodenständiges."

Schau mich an, steh mit beiden Beinen auf dem Boden. Bereit zum Abheben. Und Film ab. Heut ist meine Zeit, unsre Zeit, ich bin wieder befreit. Und ich heb ab. Und laber auch mal scheiße und ess auch mal Nutella mit Käse, wie kann da was gscheids dabei herauskommen, ich probier auch mal türkischen Honig und nicht nur Speck. Heb ab und reise davon.

„Aaa, ja viel Spaß."

Den werd ich haben, denn ich will, dass die Welt bunter ist, als dass ich je zu träumen wage, will mich im Kokon winden und entwickeln, auch wenn du und du und ja auch du lachst. Ich werd nie fertig haben. Und ich geh und träum mich weiter und pfeif

Onazygotengrenzen menzen

Winden und Rinden und Überwinden

Onazyrotengrenzen henzen

Über Unter Obergrenzen

ICH

ICH

ICH

Bin Glücklich

Die Lebengeschichte des kampfes eines Migranten

Ali Reza Ahmadi

Die Luft wurde von Minute zu Minute kälter, und ich lag auf meiner Jacke, die ich unter meinem Oberkörper auf dem Boden ausgebreitet hatte, und ich hatte meine Beine wegen der Kälte im Bauch gefaltet, weil ich keine warmen Kleider mehr hatte und das im Frühjahr nicht dachte In dieser Wüste, in der die Temperatur täglich über fünfzig Grad steigt, brauche ich warme Kleidung.

Ich hatte diese Jacke schon dabei, um vom Iran in die Türkei zu fahren. Wir kamen hier gegen zehn Uhr nachts an. Wo es kilometerweit keine Anzeichen von Hausbeleuchtung gab, war das einzige Zeichen der Zivilisation um uns herum ein Zug.

Als wir anhielten, war ich so glücklich, dass es so war, als wäre mir die Welt gegeben worden, weil ich mit ungefähr vierzig anderen hinter einem Pickup saß oder stand, der ungefähr zwei Quadratmeter groß war, und wir hatten diese Situation ungefähr sechs Stunden lang ertragen.

Um drei Uhr nachmittags verließen wir Nimroz, eine afghanische Grenzstadt in der Nähe von Pakistan und Iran, nach Pakistan und mussten von Pakistan in den Iran reisen, um den Iran zu erreichen, da zwischen dem Iran und Afghanistan eine fünf Meter hohe Mauer besteht. Und iranische Soldaten schützen die Grenze sehr, aber es ist aufgrund der miteinander verbundenen Bergkette nicht möglich, eine Mauer zwischen der iranisch-pakistanischen

Grenze zu bauen.

Der Pickup fuhr mit einer Geschwindigkeit von über achtzig Kilometern in der Wüste und der Staub war so stark, dass wir nach wenigen Minuten zu Menschen wurden, die seit Jahren kein Bad mehr genommen hatten. Die Temperatur lag über 50 Grad und der Pickup zitterte so heftig, dass es war, als würden wir eine wilde Kuh reiten.

In dieser Situation konnten wir kein Wasser trinken. Und wir mussten unser Gesicht und unseren Mund mit einem Tuch bedecken, damit kein Staub in Mund und Nase eindrang. Es gab keine Nachricht von einem Sitzplatz zum Sitzen, einige Leute saßen auf der harten Metalloberfläche am Rand des Pickups, andere, die keinen Platz zum Sitzen hatten, mussten stehen bleiben. Es gab keinen großen Unterschied zwischen Stehen und Sitzen in dieser Position, da es in beiden Fällen katastrophal war.

Wir waren zwei oder drei Stunden unterwegs, als plötzlich alle Transporter langsamer wurden und nacheinander herumfuhren, und niemand den Grund kannte. Wir waren ungefähr zehn oder fünfzehn Minuten von unserer Route entfernt, und die Transporter hielten nacheinander hinter einem Hügel an. Er fragte der Schmuggler: Warum sind wir hierher gekommen und warum haben wir hier angehalten? „Unterwegs erzählte uns jemand per Funk, dass bewaffnete Räuber ein paar Kilometer vor uns eine Karawane angegriffen hatten. Aus diesem Grund drehten wir uns um und weichen von unserem Weg ab", sagte der Schmuggler mit eine Fernglas in seinem Hand.

Ein anderer fragte: Was passiert jetzt und was sollen wir tun? Der Schmuggler antwortete: Die Diebe nehmen alle ihre Wertsachen und gehen von ihnen weg, und die Person, die uns informiert hat, beobachtet sie, und wir werden wahrscheinlich nach einer Weile wieder umziehen. Als der Schmuggler dies sagte, waren alle erleichtert, und in diesem Moment dachte ich an die Karawane, die die Diebe angegriffen hatten, was mit ihnen passieren könnte und dass wir stattdessen von den Dieben angegriffen werden könnten. Nach ungefähr einer Stunde, wie Schmuggler sagte, machten wir uns wieder auf den Weg und unsere Karawane griff unterwegs nicht an.

Als ich dort ankam, wo wir jetzt sind, waren meine Beine gelähmt und ich konnte nicht von der Ladefläche des Wagens steigen, bis meine Freunde mir halfen. Ich dachte, es wäre besser zu sitzen als zu stehen und die Stelle zu erreichen, an der ich saß, und dass wir so überfüllt waren, dass es selbst in dieser Situation für manche schwer war zu atmen. Aber beim nächsten Mal würde ich lieber stehen als sitzen.

Nachdem wir diesen Ort erreicht hatten, aßen wir das Brot und Wasser, die bei uns waren, und lagen dort. Einige, wie ich, hatten etwas auf dem Boden zu verteilen und sich darauf zu legen, aber einige hatten nicht das gleiche und es gab eine Erkältung auf dem Boden.

Ich wusste nicht genau, wo wir waren, aber ich vermutete, wir mussten in Pakistan und in der Nähe von Afghanistan sein. Ich war so müde, dass ich jeden Moment in einen tiefen Schlaf fallen konnte, aber das Wetter war sehr kalt und ich fühlte mich in diesem Moment schrecklich einsam mit ungefähr zweihundert oder mehr Menschen um mich herum.

Der Himmel war vollkommen klar und der Mond und die Sterne leuchteten seltsam. Ich hatte noch nie den Mond und die Sterne scheinen sehen, und ich konnte die Stimmen von Tieren von nah und fern hören, und in diesem Moment fragte ich mich, ob ich meine Familie wiedervereinigen könnte. Sicher sehen und reisen. Ich dachte darüber nach, als ich plötzlich einschlief, ohne es zu merken.

Meine Eltern und andere Familienmitglieder mussten vor etwa vierzig Jahren wegen des Ausbruchs des Bürgerkriegs in Afghanistan in den Iran fliehen.

Sie verließen ihre Häuser und ihr Leben und wanderten in der Hoffnung auf Sicherheit und ein besseres Leben in den Iran aus, und dass das iranische Volk sowohl ihre Sprache als auch ihre Religion ist.

Aber sie waren sich der Zukunft nicht bewusst, sonst wären sie möglicherweise in ein anderes Land als den Iran ausgewandert. Nur wenige Jahre nach ihrem Aufenthalt im Iran fiel der Irak in den Iran ein und es brach ein zermürbender Krieg zwischen dem Iran und dem Irak aus, der acht Jahre dauerte. Meine Eltern flohen wegen des Krieges aus ihrem Land, aber der Krieg folgte ihnen in den Iran.

Ich wurde in einem Krankenhaus in Isfahan unter den Bombenangriffen dieser Stadt geboren und war das erste Kind meiner Eltern.

Meine Kindheitswelt ging schnell vorbei, bis ich sieben Jahre alt war, und während dieser Zeit erlebte ich etwas Schreckliches, das ich nicht sagen kann.

In dem Moment, in dem ich diese Geschichte schreibe, erinnere ich mich noch an diese bittere Zeit.

Ein bitterer Vorfall, den der größte Teil meines Gehirns vergessen hat.

Ich erinnere mich noch an den ersten Tag, an dem ich zur Schule ging, als wäre es erst gestern gewesen. Ich war ein Kind mit tausend kindlichen Hoffnungen und Bestrebungen.

im Laufe der Zeit, als ich älter wurde, wurde mir die Einstellung anderer Kinder zu mir bewusst. Die meisten von ihnen ließen mich nicht herein und sagten, Sie seien Afghane. Allmählich wechselte ich von einem verspielten Kind zu einem isolierten Kind.

Es war eine schreckliche Zeit für ein Kind wie mich.

Aber ich wünschte, es wäre nur so, dass sie keine Beziehung zu mir haben wollten.

Als ich elf war, musste ich von einer Schule in eine andere umziehen. In dieser Schule wurde mir klar, dass die Unterdrückung anderer auf den Einwanderer zurückzuführen ist, der Gefühle hat.

Manchmal dachte ich darüber nach, was meine Schuld war und warum ich nicht in eine iranische Familie hineingeboren wurde, damit ich nicht so viel

Misshandlung und Unterdrückung gegen mich selbst erlebte.
Meine Kindheit war jedoch hart und ich trat in die Jugend und dann in die Jugend ein.

Der Hauptgrund für den Missbrauch meiner Klassenkameraden und meiner Nachbarn war natürlich, dass wir wegen der Armut in einem Slum lebten und leider die meisten Menschen dort arm waren und afghanische Einwanderer nicht mochten, weil sie dachten, sie seien afghanische Einwanderer. Sie verursachen Arbeitslosigkeit, weil die meisten afghanischen Einwanderer gute und fleißige Arbeiter waren und im Gegensatz zu iranischen Arbeitern nicht wie afghanische Einwanderer arbeiteten und der Arbeitgeber es vorzog, den afghanischen Arbeiter zur Arbeit mitzunehmen.

Armut ist wirklich eine schreckliche Sache, die einen Menschen in ein Tier verwandeln kann.

Ein Mann ohne Logik und Kultur.

Die Situation der afghanischen Flüchtlinge verschlechterte sich von Tag zu Tag aufgrund der Armut des iranischen Volkes, und afghanische Flüchtlinge verließen ihre Häuser, um in großer Angst zu arbeiten und einzukaufen, weil Kriminelle und Diebe sie mit Messern und anderem kalten Stahl aufhalten und ihnen Geld wegnehmen könnten. Stehlen Sie andere Gegenstände. Wenn afghanische Flüchtlinge Widerstand leisteten, könnten sie sogar getötet werden. Dies geschah von Zeit zu Zeit mit den Iranern, aber afghanische Einwanderer waren das beste Ziel, da diese rassistische Ansicht sogar unter iranischen Regierungsbeamten bestand und afghanische Einwanderer befürchteten, dass ihre Familien nicht gefährdet werden könnten oder dass sie sich an die Polizei wenden könnten. Wegen ihrer illegalen Präsenz im Iran sogar nach Afghanistan deportiert zu werden. Also mussten sie diese katastrophale Situation ertragen.

Ich kann nur sagen, dass afghanische Einwanderer nicht einmal eine Handy-SIM-Karte in ihrem Namen registrieren durften.

Unter diesen Umständen ging ich elf Jahre lang zur Schule und beschloss dann, an die Universität zu gehen, um mein Studium fortzusetzen. Zu diesem Zeitpunkt verabschiedete die iranische Regierung jedoch ein Gesetz, wonach afghanische Einwanderer die Universität nicht betreten dürfen. Wenn sie die Universität betreten möchten, müssen alle Kosten bezahlt werden. Zahlen Sie für sich. Alle meine Träume, aufs College zu gehen und Bauingenieur zu werden, und alle meine Bemühungen waren an einem Tag zerbrochen.

Mit diesem emotionalen Zustand in meinem Herzen sagte er, dass es für Sie unmöglich ist, hier zu bleiben, und ich war siebzehn Jahre alt, als ich mich entschied, zu arbeiten und das Geld zu verdienen, das ich brauchte, um nach Europa zu kommen, weil ich gehört hatte, dass ich hier frei und frei leben könnte Um vor der Unterdrückung anderer sicher zu sein.

Innsbruck

Ein Mal Flucht und zurück

Lucas Brand

„In Sicherheit geboren und geborgen, keine Kriege mehr hautnah miterlebt, wissen wir, denen es an nichts fehlt, nicht mehr wie es sich anfühlt, wenn die Welt wie wir sie kennen aus den Fugen gerät."

Vielleicht ist es vermessen zu behaupten, ich wisse was Flucht bedeutet, womöglich ist es sogar unangebracht. Menschen die auf ihrer Flucht unselige Qualen erleiden und Dinge sehen, die Medien nicht zeigen, kommen nicht aus der Wohlstandsgesellschaft. Sie sind Vertriebene, die ihre Heimat und Lieben zurücklassen mussten, weil das eigene Leben in Gefahr war. Was uns vereint – der Terror hielt Einzug und die Angst zu sterben wurde real.

Keine Geschichte mag die Ereignisse um den 5. August 2018 so wiedergeben, wie wir sie tatsächlich erlebten. Klar und ehrlich, nichts beschönigend, soll meine Erzählung der Tragödie des Erdbebens auf Lombok und den nahe gelegenen Gili Inseln sein. 480 Menschen sind gestorben. Alte wie junge Leute in der Blüte ihres Lebens wurden ihren Lieben entrissen. Menschen, die den folgenden Sonnenaufgang vom 6. August nicht mehr miterleben konnten und dies nie wieder tun werden.

Es war sieben Uhr abends. Meine Freundin und ich fuhren mit den Rädern zu unserem Appartement. Wir waren gerade in einem kleinen Strandlokal essen. Zu meinem Bedauern gab es dort keine süße Nachspeise, die meinen Erwartungen gerecht wurde, darum hielten wir auf dem Heimweg noch schnell bei einem Lebensmittelgeschäft. In den kopfhohen Glasvitrinen suchte ich nach etwas Süßem, als plötzlich eine Dame weiter hinten zu kreischen begann. Ihr Geschrei verstummte nicht und ein Gefühl sagte mir, das ist nicht normal. Umgehend suchte ich Blickkontakt zu meiner Freundin, die einige Vitrinen entfernt von mir stand. Auch ihr Blick verriet mir, dass sie sich unwohl fühlte und der Moment ihr Unbehagen breitete. Plötzlich begannen meine Beine zu zittern. Der Boden bewegte sich, er vibrierte. Das Vibrieren wurde zu einem Ruckeln. Das Ruckeln zu einem Schütteln und bald zu einer donnernden, alles zerstörenden Urgewalt. Niemals zuvor hatte ich so etwas erlebt. Die Glasvitrinen fingen an zu klirren und übertönten das Geschrei der Frau. Leute gerieten in Panik. Eine Mischung aus ohrenbetäubenden Schreien und klirrendem Glas nahm alles für sich ein. Ich verlor das Gleichgewicht und reagierte nur noch auf etwas, das nicht zu beschreiben war. Ein Moment in dem nur das Überleben zählt. In so einem Augenblick, weiß man selbst nicht einmal, dass es um Alles oder Nichts geht. Man ist sich seines Handelns nicht bewusst. Der Fluchtgedanke beherrscht alles. Ein rudimentärer Instinkt, gegen den ich mich nicht wehren konnte. Meine Reaktion auf das unbegreifliche Geschehen in jenem Moment, war nicht ritterlich. Ich lief los, suchte meinen Weg nach draußen, raus aus dem Grab aus Beton und Glas, das den Anschein hatte, jederzeit in sich zusammenzustürzen. Einzelne Vitrinen kippten um, Glas zerschellte auf dem Boden. Während meines Sprints gerade die Spur zu halten war mir nicht möglich. Die Erde bebte dermaßen stark, dass ich im zick- zack lief und breitbeinig versuchte, nicht das Gleichgewicht zu verlieren. Mein Tunnelblick orientierte sich Richtung Strand, der sich glücklicherweise direkt hinter der kleinen Promenade vor dem Markt befand. Ich war im absoluten Fluchtmodus. Dabei überrannte ich einen kleinen Jungen, der wohl zu seiner Mutter lief und meinen Weg dabei querte. Kein Blick zurück, einfach nur weg hier. Fürsorglichkeit war in meinem Handeln nicht zu finden. Das Einzige was zählte, war das Leben. Mein Leben.

Unter hunderten von Stimmen vernahm ich die Rufe meiner Freundin. Sie war bereits am Strand angekommen. Ich hastete zu ihr und wir vielen uns in die Arme. Das Beben war abgeklungen, doch der Schock saß tief. Wir sehnten uns nach Normalität und wollten zurück in unser Appartement. Zweisamkeit unter einer Bettdecke, Haut an Haut, sollte uns das alles hier vergessen lassen. Und wenn wir morgen aufwachen würden, wäre nichts davon je geschehen. Ein illusorischer Gedanke und ein Hoffnungsschimmer. Natürlich kam es anders. Gesprengte Wasserleitungen, überflutete Gehwege, eingestürzte Mauern und Häuser machten den Rückweg zum Appartement unmöglich. Die Nacht war gerade erst angebrochen. Der Strom gekappt, die Lichter der Insel erloschen. Die Finsternis kroch in meine Glieder. Sie ließ mich schaudern vor dem was gerade geschehen war und vor dem was uns noch bevorstehen würde.

ie Nacht über kauerten wir auf einer fünf mal fünf Meter großen Plane auf dem kalten Boden. Körper an Körper schmiegten sich dutzende Leute aneinander, Muslime, Hindus und Christen. Jeder kümmerte sich um den Anderen. Kaffee wurde ausgeschenkt, Kissen und Decken verteilt. Man sprach sich gegenseitig Mut zu und gab sich Wärme. Lautstark sagte ein älterer Mann: „We are all together now". Dieser Satz des Mannes beschäftigt mich noch heute. Er beschrieb die Überwindung der kulturell- religiösen Diversität, getragen durch Nächstenliebe, am besten. Und er hatte recht. Man fühlte sich, bildlich gesprochen, wie im selben Boot, auch wenn ein solches zu unserer Rettung vergeblich herbeigesehnt wurde. Wir hatten denselben Feind, Mutter Natur, dasselbe Ziel, es zu überstehen, zu überleben. Immer wieder begann die Erde zu beben. Einheimische um uns herum schickten laute, schreiende Gebete gen Himmel. Laute, „Allahu Akbar, Allah, Allah" durchbrachen flehend das donnernde Grollen von Mutter Natur. Die Gebete wurden so lautstark und forsch, fast zwingend vorgetragen, dass jene Sekunden der Verzweiflung einem Kampf glichen. Sie erbaten von ihrem Gott, er solle sie beschützen und das alles beenden, kämpfen gegen Mutter Natur und sie in ihre Schranken weisen. Solche verzweifelten Bittgesuche an Gott sollten uns noch die ganze Nacht begleiten. Auch ich betete aus meiner Verzweiflung heraus in muslimischen Wortfetzen mit, es überkam mich einfach. Es musste das dritte Nachbeben gewesen sein, als ich meine Freundin umklammernd, verzweifelt ein Allahu Akbar von mir gab. Hätte ich in der „Davorzeit" so etwas getan, wüsste jeder meiner Freunde, dass ich es lustig meinte oder zumindest ironisch, sarkastisch oder wie auch immer. Zu jenem Zeitpunkt war meine Reaktion auf die lauten flehenden Gebete der beteiligten Personen jedoch voller Ernsthaftigkeit. In meiner Not betete ich zu einem Gott, der mich ortsgebunden hier wohl am ehesten hören würde. Ich suchte mir polemisch gesagt, den besten Telefonanbieter für diese Region. So erkläre ich mir die Situation zumindest im Nachhinein. Ein Gefühl von Solidarität, in einer Gruppe von Andersgläubigen, von deren Wohlwollen man abhängig ist, spielte möglicherweise auch eine Rolle. Anflüge vom Stockholmsyndrom, gefangen auf einer Insel und umsorgt von Menschen deren Sprache du nicht verstehst.

Meine größte Sorge galt jedoch nicht den immer wiederkehrenden Beben. Was mir den Verstand raubte und meinen Körper lähmte, war die Angst vor einem Tsunami. Wer die Bilder vom Indian Ocean Tsunami aus dem Jahr 2004 kennt, weiß von was ich spreche. Ich malte mir aus, wie riesige Wasserwalzen die kleine Insel verschlingen würden. Unser nasses Grab in der dunklen Tiefe des Ozeans war gefühlt wenige Minuten entfernt. Erst nach einer Weile verstand ich, warum ein alter Mann auf seinem Fahrrad immer wieder an uns vorbeikam. Er beobachtete, ob sich das Meer merklich zurückziehen würde, was einen unaufhaltsamen Tsunami zur Folge gehabt hätte. Die Informationslosigkeit machte mich verrückt. Dieses Gefühl, nicht zu wissen was noch kommen würde, lähmte meinen Körper. Ich wollte wissen was Sache war, ob es wirklich eine Tsunamiwarnung gab. Eine Frau, etwas abseits der Gruppe sitzend, schien meine letzte Hoffnung auf sprachliche Barrierefreiheit. Langsam erhob ich mich aus dem Menschenhaufen. Vorsichtig versuchte ich mir meinen Weg über liegende Körper jeden Alters zu bahnen, ohne dabei auf jemanden zu treten. Bei der Frau angekommen, kniete ich mich zu ihr nieder und fragte hoffnungsvoll, ob sie Informationen für mich hätte. Sie blickte mich lethargisch an und meinte etwas weinerlich mit seichter Stimme: „We just can hope that the earthquake was on the land and not under the sea. The only thing we can do is hope and pray.“ Ich musste schlucken und erwiderte nur etwas nüchtern: „O.K.“ So eine Antwort hatte ich mir nicht erhofft. Die Frau machte mir Angst, und zwar richtig. Das war das letzte was ich nun hören wollte. Sie durchlitt, wie jeder andere auf der Plane, unvorstellbare Angst, vor einem weiteren Beben, welches sich stündlich durch lautes Grollen und Rütteln ankündigte. Die größte Sorge galt jedoch dem Unausgesprochenen, dessen Namen ich niemanden auf der Insel laut aussprechen hörte. Das Verschweigen sollte es wohl davon abhalten, den sicheren Tod zu bringen. Mein und der Alptraum eines jeden Inselbewohners war der Tsunami und seine tödlichen Wassermassen. Die leuchtende Schwimmweste der Frau war jedoch auch ohne Worte unmissverständlich.

Stunden voller Angst verstrichen, es herrschte eine seltsame Ruhe. Kein Tier wie sonst war zu sehen, keine Katze, die über Wellblechdächer spazierte und kein Geräusch außer dem sanften Wiegen der Palmblätter im Wind war zu hören. Ich nahm meine Freundin in den Arm und meinte nur „wir schaffen das". Ehrlich gemeinte, Mut zusprechende Durchhalteparolen an uns beide. Wir beschworen unsere Lebensgeister im Augenblick des nahenden Todes. Wenn ich jetzt, mit etwas nüchternem Abstand über diesen Satz, den Angela Merkel prägte und in die Welt hinaustrug, nachdenke, gleicht er einer billigen Phrase der Politik. Ich bestreite nicht, dass Frau Merkel das finanzielle Überleben des Staates als vorrangiges Ziel ihrer Arbeit betrachtet, und ihr Handeln mag ebenso von Solidarität getragen sein, doch kann ein solcher Satz nur aus der Emotion und Furcht des eigenen Ablebens ehrlich gemeint sein. Herausgerufen aus tiefster Seele. Aus der Angst zu sterben. Insofern äußerte Frau Merkel jenen Satz, als die angekommenen Flüchtlinge in Deutschland es bereits geschafft hatten. Sie überlebten die Bomben und Granaten in ihrer Heimat. Sie überstanden die Torturen und Qualen der beschwerlichen Reise in die Ungewissheit. Sie waren am Leben und hatten das Überleben zumindest vorerst bereits geschafft.

Der silberne Schein des Mondes wich dem Rot der aufgehenden Sonne. Wir waren am Leben und hatten die Nacht überstanden. Trotzdem zitterten meine Beine unkontrolliert und ich konnte mich auf nichts anderes konzentrieren, als den Terror. Jetzt erst begann unsere Reise in die Sicherheit. Die Evakuierung konnte beginnen. Dabei taten sich menschliche Abgründe auf. Es wurde gekämpft und gestoßen, ethische und moralische Grenzen überschritten. Alles, um so schnell wie möglich auf eine hölzerne Schaluppe zu gelangen, runter von diesem Ort, der uns beinahe verschlungen hätte. Was auf Lombok folgte, waren Bilder der Zerstörung und des Leids. Um uns herum wimmelte es an hektischem Treiben. Ein Gemenge aus Einheimischen, die genug zu tun hatten, sich selbst und ihre Angehörigen in Sicherheit zu bringen. Leere wandelnde Körper von verstörten Touristen, die ihr Gepäck hinter sich her schleppten und nicht wussten was nun. Schaulustige, die den Moment vermutlich nur zum durchschnaufen nutzten. Es waren Zombie- apokalyptische Zustände. Der Anblick, der sich uns geboten wurde, war fürchterlich. Klappbetten standen aufgereiht nebeneinander am Strand. Blutüberströmte Körper wurden darin aufgebhart, Menschen deren Wunden spärlich und provisorisch verbunden wurden. Manche schrien, manche lagen regungslos da. Infusionen neben den Betten waren die einzigen medizinischen Instrumentarien, welche an ein Krankenhaus erinnerten. So muss der Notstand eines Landes aussehen, dachte ich mir. Bilder, die ich von medialverbreiteten Berichten aus bürgerkriegsähnlichen Zuständen in Ländern der Dritten Welt kannte. Die hier jedoch ohne Emotionen aufgenommen und ungefiltert präsentiert wurden. Es war alles echt.

Eine Frau hielt den reglosen Körper ihrer Tochter in den Armen und lief an mir vorbei. Ihr Gesicht schien die Schmerzen des Verlustes einer geliebten Person zu erzählen, denn sie weinte fürchterlich. Es war ein Weinen, wie ich es bei erwachsenen Personen noch niemals gesehen hatte. Das Leid der Frau ähnelte dem eines Kleinkindes, dessen Welt zusammenbricht. Es schluchzt, heult und kreischt, schreit den bitterlichen Schmerz aus sich heraus. Die Lieder zusammenpresst, in der Hoffnung, es wird alles gut, wenn es die Augen wieder öffnet. Die Frau hievte den leblosen Körper des kleinen Mädchens mit Hilfe eines anstürmenden Mannes in sein Auto und sie fuhr los. In diesen kurzen Augenblicken zählte ich mich wohl selbst zu den sogenannten Schaulustigen. Das angetroffene Geschehen überrumpelte mich. Ich war wie perplex. Der Anblick des Hafens war katastrophal, im wahrsten Sinne des Wortes. Jedes Gebäude war bis auf die Grundmauern zerstört. Kein Stein stand mehr auf dem Anderen. Die riesige Kuppel einer Moschee lag zu unseren Füßen. Eine Rettungskette gab es nicht. Der Staat hatte versagt oder war zumindest mit der Situation komplett überfordert. Jeder kämpfte für sich alleine. Geld ist unter normalen Umständen das gewichtigste Argument eines Europäers der Mittelschicht im indonesischen Raum. Nun wurde es zur Waffe über das Fliehen oder Bleiben, es entschied über Leben oder Tod. Der Höchstbietende bekam den Zuschlag. Mit Leben wurde gespielt und verhandelt wie auf Auktionen. Wer gerettet werden wollte musste bezahlen- und zwar in bar, sofort und exorbitant viel.

PAY- DAY, PAY- DAY, wir brauchen Hilfe!

Ende

Ich geh jetzt heim

Eva Lunger

Ich sitze hier in einem fremden Garten. Was soll ich tun? Eigentlich sollte ich bügeln, Flickwäsche wartet auch auf mich und die Kinder werden bald von der Schule kommen. Ich werde einen Schokoladepudding kochen, den mögen sie immer gerne.
Es ist so schwer! Ich bin immer allein, so viele Gedanken kommen und gehen, Erinnerungen, schöne und traurige, Enttäuschungen, nicht eingehaltene Versprechen, Wünsche und Träume, die nie in Erfüllung gegangen sind. Aber es nützt nichts, ich muss wohl wieder was tun.

Es ist Montag-Vormittag. Ich bin am Weg zu meiner Mutter. Seit drei Jahren ist sie nun schon in der Senioren-Residenz. Sie ist so weit weg, hat eine Grenze überschritten, an diesen ihren neuen Heimatort können wir ihr nicht folgen. Wartet sie auf mich? Wird sie mich erkennen? Es ist beklemmend und traurig. Soviel möchte ich sie fragen, würde heute gerne die Erzählungen aus ihrer Jugend hören, die oft erzählten Geschichten über die vielen Verwandten, Basen und Tanten. Als sie uns diese erzählt hat, gingen sie uns auf die Nerven – zu oft gehört, zu langweilig – es war ja eine andere Welt, zu der wir als Kinder und Teenager keinen Bezug hatten und daher interessierten sie uns auch nicht.
Ich fahre auf den Parkplatz vor dem Heim, bleib noch ein paar Minuten sitzen – was wird mich heute erwarten?

Was sind das für Leute um mich herum? Sie reden, lachen und machen viel Lärm.

Lachen sie etwa über mich? So wie damals, als ich als junge Frau in die Familie kam. Ich sollte Knödel kochen für alle. Das war kein Problem, ich konnte ja kochen, hatte daheim für meine Geschwister oft sorgen müssen. Und dann sind sie gekommen, vom Feld, vom Acker. Sie haben sich an den Tisch gesetzt, kein „Grüß Gott", kein Danke, kein nettes Wort, sondern: „Was soll denn das sein? Die Knödel gehören hart und groß und nicht so labbrige kleine Dinger! Und den Speck muss man ja mit der Brille suchen, hast ihn aufgegessen statt in die Knödel zu tun?"
Ich bleib nicht länger da, ich will einfach nur heim.

Ich steig aus dem Auto aus und trau meinen Augen nicht. Mama kommt um die Ecke spaziert. Sie geht zielstrebig an mir vorbei. Wie ist sie aus dem Heim gekommen? Sie trägt ein Armband, das Alarm schlägt, wenn sie durch die Eingangstür hinaus geht. Aber sie ist ja von hinten gekommen, dort wo der Garten ist. Schnell lauf ich ihr nach, sprich sie an. An ihren Augen sehe ich, dass sie mich nicht erkennt, verwirrt ist, verunsichert und weiter gehen will. Ich möchte schreien, weinen, einmal wieder ihre Augen blitzen sehen, einmal spüren, dass sie mich erkennt – mich, ihre älteste Tochter. Aber diese Grenze wird wohl nie mehr fallen. So begrüße ich sie lachend, lade sie ein, mit mir spazieren zu gehen und sie geht gerne mit. Wir bestaunen die wunderbaren Gärten, riechen an den bunten Rosenknospen, die über die Zäune schaukeln, bestaunen Obstplantagen und manche Blumen bekommen von ihr den richtigen Namen, werden erkannt: Phlox, Zinien, Rittersporn, Löwenmäulchen, Sommerflieder und verblühende Iris.
Es ist Sommer, der Duft von gemähtem Heu umschmeichelt uns, Mama sieht die Schmetterlinge auf den Blumenköpfen, freut sich am Duft der Rosen, sieht die schönen, alten Bauernhäuser – wir gehen gemeinsam an einem wunderbaren Sommer-Morgen durch das Dorf, spazieren an Äckern vorbei, wo das Getreide schon hoch steht. Vogelzwitschern begleitet uns und es ist eine heile Welt. Für ein paar Stunden sind wir „zuhause" in ihrer vertrauten Welt und es ist gut so!

Warum sitze ich immer in diesem unbekannten Garten? Wo ist das Gemüse, das ich angepflanzt habe, das muss man bestimmt gießen und jäten. Da steht ein großer Stein, Wasser rinnt wie beim Stuibenfall herunter, das ist schön. Das gefällt mir und die kleinen Vögel zwitschern herum, trinken, denen geht es gut. Eine nette

junge Frau kommt und bringt mir was zum Trinken. Aber ich kenne sie auch nicht und an den anderen Tischen sitzen so viele alte Leute. Was machen die alle hier? Ich muss heim gehen, kann nicht einfach nur so herumsitzen.
Da ist doch eine Türe offen, da werde ich auf die Straße gehen und schauen, ob mich jemand mitnimmt

Heute ist wieder Montag, mein Besuchstag bei Mama. Ich gehe durch das helle, schöne Haus, Leute spazieren herum, Betreuerinnen erzählen, wie es geht und ich suche das Zimmer meiner Mutter. Es ist ein großer Raum mit einem Pflegebett, einer Couch für das Mittagsschläfchen. Der geschnitzte Zirbenschrank aus der Stube im Elternhaus, gefüllt mit Dingen, die Mama immer wichtig waren, soll ein Bisschen Heimatgefühl vermitteln. Fotos von den Enkeln und dem schon vor 20 Jahren verstorbenen Ehepartner hängen an der Wand sowie Erinnerungsfotos an schöne gemeinsame Tage. Aber Mama ist nicht da. Ich gehe in den Park, suche im oberen Stock, suche sie an ihren Lieblingsplätzen, aber sie ist nicht da. Alle helfen mit, Betreuerinnen und Mitbewohner rufen und suchen – aber vergebens, Mama ist nicht auffindbar. In diese ganze Aufregung ruft mich meine Schwester an und fragt, ob wir vielleicht Mama suchen. Aufatmen, Lachen, Erzählen.

So, jetzt muss ich nur noch schauen, ob mich jemand mit seinem Auto heimfahren kann. Die Türe war offen, ein weißgekleideter Mann hat Gemüsekisten ins Haus getragen und mich freundlich gegrüßt. Ah, da fährt eine junge Frau langsam vorbei. Ich lauf hin und wink ihr, dass sie stehenbleiben soll. Sie hält das Auto an, dreht die Fensterscheibe herunter und fragt mich, ob ich was brauche. „Ja, meine Söhne sind einkaufen gegangen und haben mich wohl vergessen. Kannst du mich in das nächste Dorf, bringen, ich möchte heimfahren und jetzt fährt kein Bus.“ Die junge Frau lacht und sagt: „Komm, steig ein. Das liegt am Weg, ich bring dich gerne heim!“ Ich weiß sogar, wo sie fahren muss und erkläre ihr den Weg. So fahren wir über die große Landesstraße, dann kommt das Ortsschild und ich sag ihr alle Abzweigungen. „So, diese Kurve kenne ich, da kannst du mich aussteigen lassen. Gott vergelts dir!“ Das Auto ist weg, jetzt stehe ich da und weiß nicht, wohin ich jetzt gehen muss. Wo bin ich, was soll ich tun, wohin soll ich gehen?“

Schnell bin ich zum Auto gelaufen, eingestiegen und losgefahren. Meine

Schwester hat erzählt, dass unsere Mama in unserem Heimatdorf an der Ecke zu unserem Elternaus gestanden ist und sehr verwirrt war. Zum Glück hat unsere Tante, die im Haus an der Kurve wohnt, Mama gesehen, ist zu ihr gelaufen, hat sie umarmt und gemeint: „Ist das schön, dass du mich besuchen kommst! Komm, trinken wir Kaffee und dann erzählst du mir, wie es dir geht." Gesagt, getan. Die zwei Frauen sind ins Haus gegangen und meine Schwester wurde benachrichtigt.

So kam ich dazu, wir plauderten, als wäre dies das Selbstverständlichste der Welt. Ich war so angespannt, was sollte ich tun, wenn unsere Mama „heimgehen" wollte. Das Haus war versperrt, der Garten öd und leer, es war kein „Zuhause" mehr. Diese Welt brach zusammen, als sie nicht mehr alleine leben konnte. Aber Mama fragte nicht nach. Als sie meinte, sie müsse jetzt wieder heimgehen, begleitete ich sie zu meinem Auto, sie stieg gerne ein und wir „fuhren heim".

Ein Ausflug, der gut ausging. Aber er führte uns vor Augen, diese Grenze ist nicht überwindbar. Wir können versuchen, Mama in ihrer Welt zu begegnen, sie liebend zu umarmen und ihr die Unsicherheit zu nehmen. Aber die Einsamkeit und die Trauer um das unwiederbringlich Verlorene wird uns begleiten.

M96

Peter Bundschuh

Den Kaffee hatte ich schwarz getrunken, so wie immer. Die Frühstücker waren mit dem Angebot zufrieden, wie immer. Auch Wurst und Käse, erweitertes Frühstück, nur ohne weiches Ei. Ähnlich einer Familienpension um 1965. Kneissel Ski, vielleicht auch die schwarzen Head, Schnallenskischuhe in Lederausführung. Die Frage nach dem Stuhlgang war beantwortet und die Tabletten unter Aufsicht eingenommen, so wie immer. Nach dem Tabletteneinnehmen wechsle ich hinüber auf die andere Seite des Ganges. Visitekontrolle, hinein in den Verhörraum, heraus in recht kurzem Takt, die Seele stellt ja kaum Ansprüche. Nein, ich verspüre keinen Suchtdruck, nein ich empfinde keine Entzugsschmerzen. Was schmerzt ist die Reduzierung. Meine Hoffnung, als etwas Zerrüttetes aber letztliche Ganzheit angesehen zu werden, habe ich angesichts der von Oberarzt Altenstrasser veranlassten Wegsperrung aufgegeben. Her zu kommen war kein Fehler aber wenig zielführend, ich muss mich auf das Risiko, mir selbst näher zu kommen einlassen. Der Richter hat mich aus der Geschlossenen herausgeholt, der Oberarzt war dagegen, bei den Anhörungen seines Teams bin ich arrogant, eine stumpfe Waffe. Man kann aber auch auf einer Leiter, deren Sprossen aus Niederlagen bestehen, schön nach oben klettern meint Konstantin Wecker.

„Kein Besuch" fragt der Mann am Sonntagabend beim Essen, die Frau die ich in der Reihe regelmäßig vorlasse. Sie strebt auch an hinter mir zu stehen zu kommen, das verbessert ihre Position in der Warteschleife. Still ist sie, manchmal macht sie bei den Brettspielen mit. Nein, kein Sonntagsbesuch.

„Die sollen bloß wegbleiben." Sie spricht ungewöhnlich laut, so als hätte sie das uns allen schon immer sagen wollen. Der Mann ist Vegetarier und bekommt als einziger gebratenes Gemüse an Stelle des Hühnergeschnetzelten mit Reis. Die Stimmung im Raum ist flau. Ehe er zu essen beginnt, weist er auf seinen Teller. Gebackener Karfiol, er sieht knusprig aus. „Magst du?" Sie schüttelt den Kopf, lächelt aber ein offenes Lächeln. Unter dem Strich war es ein erträglich guter Tag. Die Frau reiht sich beim Anstehen weiterhin hinter mir ein, egal welches Glied der Schlange ich bilde. Ich lasse sie vor, kein Protest, alle nehmen es an, es wird selbstverständlich, dann ein Ritual auf der Station, eine Form verdeckter Solidarität, ein Gären, nicht ganz ungefährlich.

Es geht dahin im Plauderton, heute war auch Herr Glauser dazu zu bewegen die Kurzwanderung über die nur wenig verschneiten Wiesen mitzumachen. Glauser fällt aber bald zurück, immer weiter zurück. Die Therapeutin lässt anhalten. Sollte sie bereits nach einer halben Stunde Marschzeit wegen dem Glauser wieder in die Anstalt zurückkehren? Die Gruppe wartet. Ja, sie muss zurück, die „Geschlossenen" sind ja dabei und wer weiß, bezahlt wird sie aber nach Stunden. Glauser kommt nach, langsam weit hinten über die Felder. Einen zum Aufpasser ernennen und weitergehen? Sie hasst Glauser, ist den Tränen nahe will weg von den Verrückten. Sie hat die Kontrolle längst verloren, funktioniert aber. Er wird den Weg schon alleine finden oder krepieren. Sie gehen weiter, Glauser endlich weg, für einige Zeit zumindest, erfroren wäre schön.

Punkt 8.00 Uhr geht es nach der Medikamentenausgabe zum Morgensport. Daran teilzunehmen liegt nicht im Ermessen der Insassen, dabei handle sich angeblich um Patienten, wiederholt werden wir darauf hingewiesen. Die Leute gehen recht gerne in die Turnhalle, manche sogar mit einem gewissen Ehrgeiz. Heute wird in der letzten Viertelstunde Federball gespielt, das ist schön.

Als „Offener" darf man auch im Park spazieren. Auf den Bergen liegt kaum Schnee und im Tal ist es aper. Wir haben den 14. Jänner, Haus drei Station B1. Der Tisch an dem ich schreibe ist stabil, das ist gut. Wir müssen uns draußen am Gang anstellen und werden dann einzeln zur Visite aufgerufen.

Der Pfleger öffnet die Tür und gibt mir die Anweisung, mich an einen quadratischen Tisch von etwa einem Meter Seitenlänge gegenüber vom Oberarzt zu setzen. Abgesehen von ihm und mir sind etwa sieben Personen im Raum, wer sie sind weiß ich nicht. Aus freien Stücken kam ich her. Der Oberarzt ist kurz angebunden und kritisiert meine Ausdrucksweise als langatmig und nicht zielführend. Er ordnet Geschlossene an. Die Kräfteverhältnisse in der Geschlossenen sind ziemlich eindeutig.

Das Anstaltsgelände ist auf eine bedrückende Weise weitläufig, marod. Hinten Fassaden mit blinden Fensterscheiben, manche auch eingeschlagen, der verkommene Hinterhof mit einer in sich zusammengestürzten Gartenlaube. Rostige Kronenkorken im dürren Gras. Wehmütige Zeugen einer vielleicht besseren Zeit? Besser für wen? Verwaiste Beete, Himbeerranken vor den Eingängen eines Bauwerkes konzipiert zwischen Baracke und Reihenhaus. Wer wohnte hier hinter diesen Mauern am Rande des Psychiatrieareals, wo heute Schutt und gebrochene Dachblatten zu Haufen liegen? Wer saß in der Abendsonne auf diesen wackeligen Bänken? Ich habe kein gutes Gefühl.

Als es am Samstag so gegen acht Uhr hell wird, hatte der Schnee dem Baum vor meinem Fenster die Hässlichkeit genommen, nicht genommen eher abgemildert. So wie Leichentücher eben sind, sein sollten, sie nivellieren, nehmen Kanten, wirken gegen den Ekel. Der kraftspendende Baum – eine Lüge. Verwachsen, orientierungslos, verschlungen, unentwirrbar. Früchte liegen lange vor ihrer Reife abgefallen von Bärten toter schwarzer Läuse überzogen im Gestrüpp unter den kranken Zweigen. Hier gibt es keine Apfelbäume auf Streuobstwiesen, nicht die Caoba des Petén, keine Schirmakazie der Kalahari.

Einige der Handläufe in den Stiegenaufgängen lassen den Schweiß noch spüren. Sie sahen durch die Fenster in den Wänden der Zwischenstöcke, deren Gewölbe man mit Balken verschließen konnte. Die Verankerungen, mehrfach mit Mauerfarbe überschmiert, sind leicht auszumachen. Keiner, keiner kam hindurch.

Es sind Chamäleons, eine strapazierte Metapher aber kein schlechtes Bild. Tiere, die ihre Farbe anpassen können, aber nicht ihre Gestalt, das relativiert ihre Fähigkeiten, macht sie beobachtbar, erlaubt es auf Distanz zu gehen. Lächle zurück, sag kein Wort und versteck die Portionspackung Nutella, die du hast mitgehen lassen sorgfältig. Seid vorsichtig, gebt Acht, passt auf euch auf und ein bisschen Widerstand.

Bilder von damals im Kopf und eine leise Traurigkeit im mir beim nächtlichen Schritte zählen, schlaflos entlang des Ganges und kehrt gemacht und wieder kehrt. „What´s this Peter?“ Die Feuer im Third Bridge Camp, drei oder vier an der Zahl und in großen Abständen glimmend sind am Erlöschen. „It´s a Hyan, I am sure“. Es ist Spider, der Einäugige. Hyänen greifen erwachsene Menschen, wenn überhaupt, dann nur im Rudel und halbverrückt vor Hunger an. Spider sucht nach Resten. Lebensmittelvorräte betreffend ist es wichtiger auf Paviane zu achten, sie stehlen hemmungslos. „I dont like their style.“ Brot nie vor dem Zelt liegen lassen und Handy nicht im Aufenthaltsraum neben dem Visitezimmer vergessen, das ist die Regel. Hyänen und Paviane können lästig sein, sind aber nicht wirklich gefährlich, man geht ihnen aber besser aus dem Weg und Chamäleons, vornehmlich in Weiß, bleiben auch ihrer Spezies treu. Ob die wenigen Gazellen sanft sind bleibt dahingestellt.

Abgesehen von der offiziellen Hierarchie sind die Strukturen der Anstalt kaum zu durchschauen, die Seilschaften bleiben verdeckt. Anpassen und durch. Vor der Kaserne bei dem großen Tor steht eine Laterne und steht sie noch davor. Ob wir uns einst wiedersehen?

München

Schaumschnurrbartundstromschnittwind

Krisha Kops

Als Nana in München ankommt weht ein Föhn von Italien her, über die Berge hinweg, so dass man die Alpen von der Stadt aus sehen kann. Er mag ihren Anblick. Für ihn sind sie wie eine Mauer, die ihn von all dem trennt, was südlicher davon liegt, alles, was er hinter sich gelassen hat, die Fremdheit, die Erinnerungen an seinen Bruder Anna, die heiratswilligen Cousinen, die Dhoti-Beinkleider, die mit Wasser vermengten Whiskys – ja, Indien. Er mag das Weiß auf den Bergspitzen, sie geben ihnen etwas Weiches. Sie erinnern ihn daran, dass diese Kälte zu jeder Jahreszeit zum Greifen nahe ist. Diese Kälte, die er ein Leben lang vermisste, ohne dass er von ihrer Existenz wusste, und die ihm nun wiederum seine Existenz beweist, jedes Mal, wenn er tief ausatmet und seine Atemwolke beobachtet, wie sie sich nach und nach auflöst. Nachdem man ihm später einmal seinen abertausend Mark teuren Mantel stiehlt, wird er niemals mehr einen tragen, auch im kältesten Winter nicht. Er wird der erste Inder sein, von dem die Bergwinde erzählen, dass er mit einem dreitilgen Anzug die Alpen auf Skiern bergab schlitterte, indessen ihm seine Krawatte um die Ohren flatterte. Er gesteht es sich nicht ein, aber besonders den Schnee mag er, weil er ihn an స్నేహితులు, snehitulu, erinnert, das Telugu-Wort für Freunde, diejenigen, die zusammenkleben wie der Schnee. Nein, er gibt es nicht zu, dass er den Schnee so gerne mag, weil er ihn an das Zusammensein erinnert.

Nanna mag auch die Ordnung, die hier überall herrscht. Mag es, wenn die Autos an den roten Ampeln stehen bleiben. Noch mehr mag er es, dass es hier überhaupt Ampeln gibt und sich nur motorisierte Gefährte auf der Straße bewegen, keine Pferde mit Karren, keine Kühe, keine wilden Hunde oder andere Tiere. Und die Menschen, sie gehen immerzu auf den Gehwegen, nur zum Überqueren benutzen sie die Straßen. Und die Straßen sind wirkliche Straßen, keine durchlöcherten Schotter- oder Erdwege. Und auf den Bus- und Straßenbahnfahrplänen stehen tatsächliche genau Zeitangaben, nach denen sich die Busse und Trambahnen richten. Selbst Tunnel für eine Untergrundbahn graben sie durch die Erde unter seinen Füßen.

Nanna mag, dass es hier überall Bier gibt. Dass man es nicht nur in Gaststätten trinkt, sondern auch draußen, auf dem Grün entlang des großen Flusses und im Schatten der riesigen Kastanienbäume. Außerdem mag er es, dass man dieses Bier immer bestellt, nicht nur mittags und abends, sondern auch zum Frühstück. Ein Bier, dass so nahrhaft ist, dass es selbst ein Frühstück sein könnte. Und er mag, dass dieses Getränk seine eigene Ästhetik besitzt, es ohne den Schaum, ohne seine Krone obenauf nicht als schön gilt. Inder und Deutsche sind nicht allzu verschieden, denkt er sich, nur dass die Deutschen Schnurbärte aus Schaum tragen. Sogar eine Königin hat dieses Bier. Und ein Fest, das man ihm jedes Jahr widmet. Und jedes Bier schüttet man in sein dazugehöriges Glas. Und das Bier hat ein Wort, das sie sich jedes Mal entgegenraunen, wenn sie ihre Gläser vor dem Trinken aneinander klirren und ihr Bier in das Glas ihrer Trinkgefährten schwappen lassen. Ja, Nanna mag es, wenn das Bier aus seinem Sprechen manchmal ein Säuseln macht, und sein Deutsch dabei schlechter und doch wieder besser wird. Neben dem Geruch von gegärtem Getreide, der ihm in der Nähe der Brauereien entgegenweht, mag er selbst den abgestanden süßlichen aus den Kneipen.

Nanna mag auch seine Arbeit bei Osram. Seine Forschungsarbeit, um die Glühbirnen noch effizienter zu machen. Hell wie der lichte Tag: er mag, wie diese Schrift den Karlsplatz erleuchten lässt. Genauso wie er es mag, dass er in der Lage ist, die ganze Nacht sein Licht anzulassen, ohne dass es ausfällt, ohne dass es auch nur ein einziges Mal zuckt. So kann er in seinem Deutschwörterbuch lesen, bis seine Lider schwer werden, seine Stirn noch schwerer und sie schließlich niedersinkt, auf ein schönes Wort wie un-um-wun-den oder be-män-teln. Manchmal lässt er das Licht sogar tagsüber an, absichtlich, einfach weil er es kann.

Heller als der lichte Tag.

Am meisten mag Nanna aber die Frauen. Ihr blondes Haar. Ihre kurzen Röcke, die ihre Schritte selbstsicher machen und ihre weißen Beine lang und nackt. Er mag, dass sie an freie Liebe glauben und Pillen zur Verhütung schlucken. Dass sie genauso gerne Bier trinken wie die Männer. Und vor allem mag er, dass sie ihn mögen.

Am aller meisten mag Nanna aber eine ganz besondere Frau, die Telefonistin, die er eines Tages an der Leitung hat, als er Amma und Appa in Indien anrufen will. Er kann es hören, durch Telefonhörer und Leitungen hindurch kann er es ganz genau hören: dass sie so schön ist wie ihre Stimme. Dass sie blond ist und Bier trinkt und Miniröcke trägt. Es liegt nicht an ihrer tiefen Stimmlage, die sich nur bricht, wenn sie am Ende eines Fragesatzes nach oben steigt, nicht an dem R, das sie etwas rollt, sondern an ihrem Lächeln, das man durch jeden Satz hindurchhört. Er gesteht es sich nicht ein, aber er mag die Telefonistin auch, weil sie seine Verbindung nach Indien ist. „Indien, das ist aber weit weg", sagt sie, während sie auf ihrer Tafel nach der Durchwahl sucht.

„Manchmal nicht weit weg genug", sagt Nanna und denkt darüber nach, ob er alles korrekt ausgesprochen hat.

„Wie ist es da so?"

Nanna denkt kurz nach. „Wärmer, viel wärmer", sagt er. „Und da ist keine Schnee ... zumindest nicht da, wo ich herkomme."

„Wie schön."

„Und da sind oft Stromschnitte", fügt er nach einer Pause hinzu. Sie schweigt. Kurzzeitig ist er von diesem Schweigen verunsichert, korrigiert sich dann: „Ich meine Stromausfalle."

Ihr Lachen klingt durch den Hörer so, als sei sie ganz nahe. „Ach so“, sagt sie, „eigentlich klingt Stromschnitte viel schöner.“

„Dann ist da oft kein Licht in der Nacht.“

„Das ist romantisch, dann kann man die Sterne besser beobachten. Ich verbinde Sie jetzt. Einen schönen Tag wünsche ich Ihnen noch“, sagt sie, bevor sie mit ihrem eckigen Kugelschreiber zu wählen beginnt.

Ein paar Wochen später hört Nanna das Lächeln der Telefonistin wieder durch den Hörer. „Sie schon wieder“, sagt sie. „Wissen Sie, was ich mich gefragt habe? Wie können Sie eigentlich sicher gehen, dass Sie jemanden in Indien erreichen, wenn der Strom dort doch dauernd ausfällt?“

„Das kann ich nicht“, sagt er. „Das ist, warum ich so oft anrufe. Indien ist weiter weg, als man denkt.“

„Haben Sie denn kein Heimweh? Ich meine, all die tausenden Kilometer … die Kultur … dann die Zeitverschiebung und die Stromausfälle …“

Nanna antwortet nicht, kann nur an das Wort „Heimweh“ denken. Er ist sich nicht sicher, was es bedeutet, aber er weiß, dass nur die deutsche Sprache solche schönen Wörter besitzt, zusammengeklebte Wörter, mit so viel Vorstellung und Schmerz. Mit so viel, ja, Sehnsucht. Die Sucht jemand oder etwas zu sehen – wie anmutig diese Sprache doch ist. „Wollen Sie mit mir essen gehen?“, fragt Nanna.

„Sprechen Sie mich bitte mit du an“, antwortet sie. „Natürlich nur wenn es Ihnen … ich meine dir genehm ist.“

Nanna mag es, wie sich durch ein einziges Wort Fremdheit in Vertrautheit wandeln lässt, Ferne in Nähe.

Ein Baum in mir

Patricia Colchado

Ich nenne Heimat diese Bank, die mich
jeden Tag warmherzig empfängt,
diesen Wind, der frei von Schießpulver und Schwefel
fliegt,
dieses Haarbüschel, dass ich meinem Opa zupfte…
Ich weiß, dass er mir gesagt hätte:
„Warum sollen wir mehr Schmerzen ertragen?
Es ist besser, im Schatten von Laubäumen
Zuflucht zu suchen, die sich
zu weniger gottlosen Himmel erheben".

Und hier bin ich,
weide meine Füße in anderen Gewässern,
ich zünde ein Lagerfeuer an, das brennt, lodert,
aber seine Wärme umhüllt mich nicht.
Diese Bank ist das einzige, was ich berühre
und sie ändert nicht ihr Aussehen,
sie wurde am Fuße eines Baumes platziert.
Ein Baum, dieser eine vielleicht so wie ich,
dem seine Wurzeln
genommen wurden?

Zwischen den Welten

Annette Westphalen-Ollech

Dort nicht mehr zuhause, hier nicht gewollt. Willkommen nur im Nirgendwo. Geschundene Seelen auf schmerzhafter Wanderschaft. Gefangen im Vakuum zwischen den Welten. Eingekeilt in politischen Verirrungen. Schutzlos der sengenden Sonne ausgeliefert. Tropfnass im Gewittersturm. Bibbernd in eisiger Kälte. Mitten im Dunkeln in der ach so bunten Welt.

Anmaßend urteilen Andere über ihr Schicksal. Stulpen die luftdichte Haube der Vorurteile über sie. Eingeschlossen sind sie zum Handeln aufgefordert. Unfähig sich zu bewegen, eingebremst und geknebelt durch sich widersprechende Anforderungen. Pauschaliert angeklagt der inneren Not. Ausgesetzt ohne Kompass im Irrgarten der unverständlichen Paragraphen. Willkür führt so manches Zepter, urteilt über gepeinigtes Menschenkind. Missachtet den stummen Schrei nach Gerechtigkeit. Bietet scheinheilige Hilfe mit gezücktem Dolch. Schüttet schwarze Farbe über alle diese schutzsuchenden Schäfchen, beschmutzt weiße Westen in blinder Referenz.

Zwischen den Welten herrscht die Kälte – in den Herzen der Regenten wütet Frost. Paart sich mit Angst und ungeprüftem Hass der Mengen. Lässt keinen Platz für Wärme, Menschlichkeit und Fürsorge. Wehe denen geboren auf der Schattenseite. Am Rande des Lichts, eben erst in Sichtweite, werden sie weggetreten. Verscheucht von glanzpolierten Stiefeln die herrisch auf und ab schreiten. Drohgebärden richten sich gegen die vermeintlich Niedrigen. Die, die nichts mehr zu verlieren haben außer Selbstachtung und Würde. Ausgegrenzt, verleumdet, gedemütigt und zynisch benutzt für die Machtspielchen der verkümmerten Möchtegerngötzen. Statisten wider Willen in armseligem Schauspiel.

Stilles gellendes Wimmern verhallt im Kanon. Der Chor der Suchenden hat wenige Zuhörer. Dort zwischen den Welten wagen nur Einige ihnen die Hand zu reichen. Ein bisschen wärmende Helligkeit zu spenden, die Wunden innen und außen zu versorgen und Unmögliches möglich zu machen. Für Momente der Menschlichkeit, für Hoffnungspfade ins Licht der Gemeinsamkeiten und des Miteinanders. Raus aus braun getünchtem Modder hin zu inspirierender Vielfalt. Für einen farbenprächtigen Regenbogen- für diese Welt als Ganzes.

Salzburg

Nebenan lebt auch ein Mensch

Nicole Hettegger

Episode 1

„Papa! PAPAAA!!"
Ein Wort mit solch geballten Emotionen, die zu stark für ihren kleinen Körper sind.
„Papaa!"
Ein Wort aus nur zwei sich abwechselnden Buchstaben, die er so sehr erwartet hat und niemals hören wird.
„Papaa"
Ein Wort, zwei Tage zu spät und mir dröhnen die Ohren. Ich presse die Hände darauf und will ein geräuschloses Vakuum entstehen lassen, das mich oder zumindest mein Trommelfell umgibt. Ihr Rufen durchbricht den Schallschutz. Sie schreit mir seinen Namen entgegen, weil nur noch ich da bin, die sie hören kann und muss.
Ich vermisse ihn doch auch!
Mein Rufen ist tonlos, kraftlos, lose Worte in meiner Vakuumwelt. Eine Welt, deren gläserner Boden durch ihr Rufen zu beben beginnt, so wie ihr rosa Körper vor mir. Wellen schlagen über den Glasboden, der mir Halt gibt. Ich spüre wie das Glas zu splittern beginnt, sich Scherben lösen aus einem Mosaik, das wie ein Kaleidoskop einen bunten Blick auf das Leben ermöglicht. Mein Leben ist ein Scherbenhaufen.
Das Glas meiner Welt klirrt im Takt zu ihren Rufen. Sie drücken mich nieder auf das Sofa, auf dem ich in direkter Schusslinie ihrer Schallwellen liege.

Nein, ich sitze noch. Mein Ellbogen ist auf der Lehne abgestützt und mein Kopf liegt Ohrmuschel an Handfläche gepresst über der Schulterhöhe. Kopf über Schulter, ich sitze doch, oder?
Rosalie liegt vor mir auf dem Boden. Mit dem rundlichen Bauch nach unten auf der Spieldecke, die um sie herum Falten geschlagen hat. Sie fixiert mich durch den Tränenschleier hindurch, während sie mit Händen und Füßen um sich schlägt. In ihrer Stimme liegt ebenso viel Kraft wie in ihrem restlichen Körper, der sich immer wieder zur Seite wirft und alles um die Spieldecke herum wegschiebt. Sie schlägt und schiebt, beansprucht ihren Raum in ihrer kleinen Welt, die ebenfalls ein Scherbenhaufen ist. Zu scharf, für ein kleines Mädchen.
Rosalies Fuß tritt nach einem Teddybären und sie hält kurz inne, als ihre Zehen gegen den harten Bauch stoßen. Für einen Moment verstummen ihre Rufe, ehe sie synchron zu der singenden Stimme des Bären einsetzen.
Das Vakuum um meine Ohren funktioniert immer noch nicht. Es wird durchdrungen von diesem einen Wort, dem mechanischen Kinderlied und meinen eigenen nicht mehr ganz so lautlosen Schluchzern. In den Geräuschesturm mischt sich auch etwas anderes, das ich zuerst nicht als einzelnen Ton herausfiltern kann. Als Rosalies Stimme aber immer wieder abbricht, erkenne ich die Klingel unserer Wohnungstür.
Ich sitze am Sofa, den Kopf knapp über Schulterhöhe, aber ich kann nicht aufstehen. Ich will die Hände nicht von meinen Ohren nehmen, mich nicht in den Lärm stürzen, denn ich weiß, die Flut an Schallwellen würde mich zum Kentern bringen.
Das Klingeln ist verstummt, als wäre ich kurz untergetaucht und an einer anderen Stelle wieder hochgekommen. Die plötzliche Leere wird von einem anderen Ton kompensiert. Einem, der nicht mehr vom Eingang klingt, sondern seine Position verändert, sich mir langsam nähert. Ein Klopfen, zuerst auf den Fliesen im Vorzimmer, dann auf Parkett. Ich brauche meinen gehaltenen erhobenen Kopf nur ein Stück zu drehen, um die Quelle des Klopfens auszumachen. Es sind schwarze Füße in weißen Sandalen, die von draußen kommen.
Ich hatte tatsächlich die Wohnungstür nicht abgesperrt. Sie muss schon seit letzter Nacht offen sein. Oder schon zwei Nächte lang? Wann habe ich das letzte Mal den Schlüssel in meiner Hand gespürt?

Ich weiß noch, wann es das letzte Mal seine Hand war.
Die beschuhten Füße nähern sich klopfend der Spieldecke. Knie werden gebeugt und der Oberkörper meiner Nachbarin Samra beugt sich nach unten. Sie hebt Rosalie hoch von der zerknüllten Spieldecke und bringt auch den Teddybären mit einem kleinen Stoß zum Schweigen.
Rosalies kleiner Körper bebt in den Armen von Samra. Aber ihre Rufe werden leiser. Leiser und weniger. Samra streicht mit einer Hand über Rosalies Rücken und flüstert ihr etwas zu. Die Worte sind so leise, dass sie von ihren Lippen direkt ihren Weg in die kleinen Ohren finden und nicht zu mir dringen. Samra verlagert Rosalies Gewicht auf ihren linken Arm. Als ich die trocknenden Bäche auf Rosalies Wangen erblicke, wird mir die Kühle auf meinem eigenen Gesicht bewusst. Wann habe ich wieder zu weinen begonnen? Ich ertrinke. In einem Strom aus Tränen und einer zerdrückten, zerrissenen Brust. Samras Füße treten näher an das Sofa. Sie streckt ihre rechte freie Hand zu mir aus und legt sie auf meine Wange. Ich ertrinke und klammere mich nicht an einen Rettungsring, sondern werde von fünf Fingern an meiner Wange gehalten.
„Es ist in Ordnung.“ Samras Stimme mischt sich in meinen Rhythmus. So sanft, dass ich sie erst nach einigen Wiederholungen bemerke. „Es ist in Ordnung. Ich bin für dich da.“
Ihre Stimme mit dem ungewohnten Akzent holt mich aus dunkler Tiefe, lässt mich atmen, lässt mich freikommen.
„Es ist in Ordnung. Ich bin für dich da.“
Ein Mantra. Wie Ebbe und Flut. Immer wiederkehrend, immer wieder mit derselben hochziehenden Wirkung. Wir steigen auf uns lassen den dunklen Meeresgrund hinter uns zurück.
„Es ist in Ordnung. Ich bin für dich da.“
Nicht nur ihre Hand, auch Samras Stimme verwandelt sich zu meinem Rettungsboot, das die Größe eines Schiffes annimmt. Habe ich darauf gewartet? War mein Schluchzen ein Rufen nach Hilfe, um aus dem Ozean gezogen zu werden?
„Ich bin für dich da.“
Ich weiß es und fühle mich längst nicht mehr von Wellen gefangen.
„Es ist in Ordnung.“
Ich glaube es und fühle mich zum ersten Mal verstanden.

Rosalie liegt noch immer am kräftigen Arm der Nachbarin. Sie ist ebenfalls auf dem Rettungsschiff und das Schaukeln der weit entfernten Wellen hat sie in den Schlaf gewiegt. Ihr rosa Pyjama ist am oberen Ende noch nass von den Tränen. Ich blicke weiter hoch auf die roten Flecken in ihrem Gesicht, die mit jedem kleinen Atemzug mehr und mehr verblassen.
„Ich will euch helfen." Samras verändertes Mantra lenkt meine Aufmerksamkeit auf sie. Ihre braunen Augen sehen zwischen mir und Rosalie hin und her. Dann nimmt sie die Hand von meiner Wange, um über Rosalies zartes Haar zu streichen. Ich bin überrascht von der Wärme, die auf meinem Gesicht zurückbleibt und den Tränenfluss versiegen hat lassen.
Samras Blick bleibt auf mir hängen. „Ich werde euch helfen und ich kümmere mich zuerst um die kleine Rosalie." Automatisch nicke ich, so von ihrer Stimme gefesselt, obwohl ich noch nicht weiß, was die Worte bedeuten. „Ich werde Rosalie waschen und ihr etwas Neues anziehen. Ruhe du dich in der Zwischenzeit aus. Es ist in Ordnung und du darfst meine Hilfe annehmen."
Wieder nicke ich und hoffe, dass sie mein Danke dahinter versteht. Ich sehe den beiden nach, wie sie im Badezimmer verschwinden und bin unendlich dankbar für das Rettungsschiff, das aus dem Nichts aufgetaucht ist, während alle anderen von mir weg segelten. Ein schwarzes Rettungsschiff, das immer in meiner Nähe war, mir aber in der Dunkelheit aufgrund meiner Blindheit nicht aufgefallen ist. Obwohl es genauso hell leuchtet.

Episode 2

„Samra. Beeerta."
„Ja, sie kommt gleich."
„Samra!"
„Du musst dich noch ein bisschen gedulden. Jetzt bin ich noch für dich da."
„Samra."
„Nein, Mama."
„Samra."
„Maaama."

Schritte auf Fliesen. Schritte am Parkett.

„Samra!“
„Hallo ihr zwei Hübschen!“
„Danke Samra, dass du gekommen bist.“
„Du weißt, dass ich immer gerne aushelfe und mit meiner Lieblingsnachbarin Zeit verbringe.“
„Samra!“
„Rosalie! Du siehst heute aber hübsch aus.“
„Ich glaube, ich kann euch ohne schlechtes Gewissen alleine lassen.“
„Natürlich kannst du das. Du weißt, wie gut wir uns verstehen. Stimmt's Rosalie?“
„Samra.“
„Ja schon, es ist trotzdem ungewohnt.“
„Es ist ungewohnt, aber es ist an der Zeit.“
„Glaubst du wirklich?“
„Du weißt, dass ich Recht habe.“
„Es kommt mir vor, als wäre es erst letzte Woche gewesen.“
„Es ist schon einen Monat her.“
„Glaubst du, meine Freundinnen mich wie früher aufnehmen werden?“
„Du weißt, dass sie dich immer lieben werden.“
„Samraaa!“
„Ja meine Rosalie, wir machen gleich die Spieldecke unsicher. Gleich wenn deine Mama sich ins Vergnügen gestürzt hat.“
„Danke Samra, dass du auf sie aufpasst.“
„Natürlich. Und jetzt geh und hab einen schönen Nachmittag.“
„Okay. Also, tschüss ihr beiden. Seid vorsichtig.“
„Das sind wir doch immer. Bis bald!“
„Mamaa?“
„Ja?“
„Schüss!“

Schritte am Parkett. Schritte auf den Fliesen. Blick in die Zukunft.

Neue Zeiten

Günther Payer

12.01.2020

Er hatte lange Zeit nicht mehr solche Angst verspürt wie in diesem Moment. Die ausdruckslosen Augen der drei Polizisten starrten an ihm vorbei. Ganz anders als die des zivilen Beamten, der ihn interessiert beobachtete, bevor er sich an den Dolmetscher wandte und sein Gesagtes ins Russische übersetzen ließ. Er stellte sich die Frage nach dem Warum. Er konnte Deutsch sprechen. Hatte es sich über die letzten Jahre mühsam erlernt und sprach es mittlerweile fast fließend. Dennoch bestand der Beamte auf der Übersetzung der Worte, die dem jungen Mann nur schwer über die Lippen kamen.
Er bestätigte die Angaben, die ihm vorgegeben wurden. Emre Manukaev, geb. am 27.01.2004 in Argun, Tschetschenien. Geflüchtet am 25.08. 2017 aufgrund politischer Gründe. Aufgegriffen in Salzburg und dort um Asyl angesucht. Derzeit wohnhaft in Schleedorf in einer Personalwohnung des Gasthauses „Drei Eichen".
Der Beamte griff daraufhin in seine Aktentasche und förderte ein Papier zutage, dass er Emre vorlegte.
Es handle sich dabei um einen Asylbescheid. Und wie diesem zu entnehmen wäre, sei dieser bereits in der zweiten Instanz negativ ausgefallen.
Er hätte den Dolmetscher auch jetzt nicht gebraucht. Er wusste, was das bedeutete: Er sollte abgeschoben werden.

20.01.2020

Die Festhalle der „Drei Eichen" war voll bis auf den letzten Platz. Knapp 200 Plätze waren für Großveranstaltungen vorgesehen. Doch teilten sich an diesem Tag über 300 Dorfbewohner den Saal um einem der ihren ihre Unterstützung kundzutun: Emre Manukaev.
Unter den Anwesenden waren Lehrer, die ihn unterstützt hatten, Deutsch zu erlernen, Mitschüler, die mit ihm drei Jahre lang die Bank gedrückt hatten und Vereinskollegen aus dem Fußballclub, bei dem er als freiwilliger Nachwuchstrainer der Miniknaben seinen Teil zur Gemeinschaft beitrug. Seine engsten Freunde waren ebenso vor Ort, wie die Leute, die ihn anfangs misstrauisch beobachtet hatten. Wie einen eben, der nicht dazugehört. Und es nun doch tat.
Ganz vorne jedoch stand Frau Geiger, die ihn nach dem erfolgreichen Hauptschulabschluss bei sich aufgenommen und ihm ermöglicht hatte, eine Lehre als Koch und Kellner zu beginnen. Ein Job, der ihn mitten in die dörfliche Gemeinschaft und dessen Mittelpunkt, dem Wirtshaus brachte. Und selbst den größten Zweiflern konnte sein gewinnendes Lächeln und sein Fleiß nicht entgehen.

Nahezu alle waren sich einig, dass das auch so bleiben sollte. 627 Stimmen hatten sie für seinen Verbleib gesammelt. Nur wenige wollten sich an der Unterschriftenaktion nicht beteiligen.
Emre Manukaev kämpfte mit den Tränen. Noch nie hatte er eine derartige Solidarität erlebt. Als ihm die grüne Abgeordnete dann noch versprach, dass sie die Petition auf sein humanitäres Bleiberecht höchst persönlich bei der Regierung einbringen werde, schöpfte er wieder Mut.
Auch Frau Geiger war sich sicher, dass alles gut werden würde, als sie ihn liebevoll in die Arme schloss.

26.01.2020

An diesem Freitag gegen 14.00 fuhren zwei Polizeiautos auf dem Hof der Wirtsstätte vor. Zu viert betraten die Beamten die Küche, in der Emre gerade mit dem Spülen der Pfannen beschäftigt war. Nur der Koch und ein Aushilfs-

kellner waren sonst noch anwesend. Frau Geiger kümmerte sich gerade um den Einkauf für das Wochenendgeschäft.
Dieses Mal brauchte es keinen Dolmetscher um dem Lehrling mitzuteilen, dass er ohne Aufhebens mitzukommen habe. Eine viertel Stunde bekomme er Zeit, um seine Sachen zu packen.
Wenig später bahnten sich die Polizisten, mit Emre Manukaev in ihrer Mitte, den Weg durch den Wirtsraum. Nur eine kleine Handvoll der Gäste versuchte sich ihnen in den Weg zu stellen. Die meisten hingegen wendeten den Blick beschämt ab. Erst als die Polizeiautos verschwunden waren, erhoben sich zahlreiche Stimmen der Entrüstung.

Frau Geiger kam zu spät., obwohl sie sofort nach Erhalt der Nachrichten auf ihrem Handy zurückgeeilt kam. Fassungslos hörte sie sich die Beschreibungen der Angestellten und der Gäste an, bevor sie mit ihrem Anwalt telefonierte.

27.01.2020

Seit 24 Stunden saß Emre nun schon in Schubhaft. Sein Handy hatten sie ihm abgenommen, genauso wie seinen Pass. Aufgrund der Fluchtgefahr, wie sie ihm mitteilten. Doch wovor sollte er denn fliehen? Er befand sich doch hier in Österreich auf der Flucht. Eine Flucht, die nicht mehr notwendig sei. So hatte es ein Beamter im Innenministerium beschlossen. Tschetschenien sei ein sicheres Land. Und ihm sei damit zuzumuten, zurückzukehren.
Doch wohin sollte er zurückkehren? Sein Vater hatte sich gegen den tschetschenischen Präsidenten aufgelehnt. Und Kadyrow hatte sofort reagiert und ihn als Staatsverräter einsperren lassen. Nur zwei Tage später hatten sie auch seinen Bruder geholt. Es war nicht seine Entscheidung gewesen, als seine Mutter ein paar Schleppern ihr letztes Erspartes in die Hand gegeben hatte, um vor dem Terrorregime zu fliehen. Doch war ihm keine andere Wahl geblieben. Das wusste er. Und nun sollte er genau dorthin wieder zurückkehren. In seine angebliche Heimat, in der Leute wie er als Sektierer und Verleumder gesehen wurden. Und nicht selten von der Bildfläche verschwanden. Hier in Österreich hatte er hingegen die Demokratie kennengelernt. Ein sicheres Bollwerk gegen die Ungerechtigkeit. So hatte er es zumindest ge-

glaubt.
Doch nun saß er in dieser Zelle, eingesperrt wie ein Verbrecher und von nirgends schien er Hilfe erwarten zu können. Selbst Frau Geiger hatte ihn vergessen.
Das zumindest stimmte nicht. Denn Frau Geiger versuchte alles Mögliche, um den Aufenthaltsort von Emre herauszufinden. Sie schloss sogar ihr Wirtshaus und versuchte gemeinsam mit ihrem Mann und ihrem Anwalt an die notwendigen Informationen zu kommen. Doch überall wurde ihr nur mitgeteilt, sie solle sich am Montag wieder melden. Am Wochenende hatte die Bürokratie scheinbar Pause.

29.01.2020

Das letzte, was Frau Geiger am Montag allerdings von einer zuständigen Beamtin des Ministeriums erfuhr war, dass ihr Lehrling bereits in einem Flugzeug nach Moskau sitzen und von dort aus nach Tschetschenien weitertransportiert werden würde. Eine Unterbringung bei einem Verwandten in Dagestan sei organisiert und der junge Mann damit bestmöglich versorgt. Mehr könne man für sie nicht mehr tun. Es seien nun mal neue Zeiten angebrochen. Frau Geiger vermeinte so etwas wie ein klein wenig Betroffenheit aus der Stimme am anderen Ende der Leitung zu hören. Vielleicht wünschte sie sich das in diesem Moment aber auch nur.

Auszug von das Buch - Verlag PIM 2018

Meine Ausbruch von Kommunismus

Constantin Gumann

Auf dem Hügel von Feleac hatte der türkische Lastwagen uns gewartet, der Fahrer begrüßte uns und sagte, er sei mehrmals von Polizeistreife gefragt worden, er motivierte, auf einen Kollegen mit einem Ersatzteil zu warten, der ersetzt werden sollte. Ich stieg für kurze Zeit in die Kabine des Lastwagens. Ein Straßenabschnitt, Dacia von Constantin begleitete uns, gab dann ein Zeichen und wandte sich Bukarest zu. Auf dem Weg zur Grenze in der Nacht auf einem Parkplatz führte der Fahrer mich in das Versteck und so viel er Rumänisch konnte, sagte er mir, wenn er den Motor abstellte, beim Zoll und an der Grenzkontrolle sein würde, um nicht zu blasen, weil die Grenzsoldaten Hunde haben, die darauf trainiert sind, Menschen zu spüren. Dann sprühte er Pfefferpulver in den Bereich des Geheimfachs, ich hatte Plastiktüten für das Nötigste und eine Flasche Wasser. Es war ein bisschen kalt, besonders nachts, mit all den Kleidern, die ich von Constantin erhalten hatte, zitterte ich mehr vor geistiger Anspannung. Die Dunkelheit des Ortes ließ mich die Zeit aus den Augen verlieren, nach ein paar Stunden ununterbrochenem Laufen stoppte es, aber nicht der Motor, und es lief ein wenig und hielt an, also stand es an der Grenze an, dann Stille ... Ich war angespannt, als ich Bellen hörte von Hunden, aber sie waren nur menschliche, arrogante Befehle. Er fuhr fort, irgendwo auf einem ungarischen Parkplatz, wahrscheinlich kam der Türke nahe an die Trennwand ... „Costica ... lebt?" ... „Ja Freund, mir ist kalt, mach weiter zum Ziel." ... Ich konnte sehen, wann es Tag war, nach dem Licht. Gegen Abend eine andere Grenze, Kontrolle, dann weiter, dann teilweises Entladen, ich war in der Tschechoslowakei und weiter, ein paar

Stunden Fahrt, Motorstopp, also eine andere Grenze, ich hörte Tschechisch, dann Deutsch, ich verstand Österreich , ... endlich das Land der Freiheit. Nach ungefähr einer Stunde zu Fuß, hör auf ... Ich hörte die Manöver mit dem Palettenhubwagen, um die Pakete zu bewegen und ... „Costica, komm raus!". Er brachte mich in die Kabine, ich war von der Kälte überwältigt, es war November 1983, die wohltuende Wärme der beheizten Kabine ertränkte mich. Auf diesem österreichischen Parkplatz kochte er Kaffee und wir hatten ein türkisches Essen mit Schafsalami und kleinem Lammsarmale, der Türke hatte eine kleine Landhausküche, einem Schlafbett in der Kabine..

Ich kam dann in Linz an, am Uhrfahrgürtel hielt der Fahrer (ein lieber Türke) auf einem Parkplatz an und verabschiedete sich, ich bezahlte ihn, obwohl er nichts erhalten wollte, und sagte, dass so etwas nicht bezahlt werden könne, wenn es entdeckt würde er will nicht einmal über die Konsequenzen nachdenken. Und er muss auch der Freund Dumitriu mitbringen. Ich habe Ihm gesagt; „Ich möchte dich erwähnen, um Allah zu danken, ... wie heißt du?"... „Arkadasch", antwortete er gelassen. ... „Vielen Dank von ganzem Herzen, lieber Arkadasch, für die Rettung meines Lebens" ... Später in Österreich fand ich von einem anderen Türken heraus, dass Arcadaş in der Übersetzung aus dem Türkischen „Freund" bedeutet und kein Eigenname ist. Gott gibt dir, wenn du mehr als einen wahren Freund brauchst. Danke Gott, dass du nicht vergessen hast. Zwei Tage und zwei Nächte,inklusiv Lieferstopp, hat ganze fahrt über Ungarn, Tschechien, Slowakei, Österreich, gedauert.

Ich ging ein wenig, bis ich auf ein Taxi stieß, das mich zu der Adresse auf dem Zettel brachte, auf dem Tante Elvira lebte, die ihren Ehemann Karl, einen Polizisten, gerne empfahl. Wir haben Geschichten ausgetauscht, der Tod ihrer Schwester, meiner Mutter, aber besonders die Protestaktion, meine Verhaftung in Bukarest die Folter mit Elektroschocks in Untersuchungshaft, beeindruckten sie und erzeugten Gefühle des Hasses und des Ekels über den Kommunismus. Karl war kein Rumäne, er kannte die Sprache nicht, aber er hörte uns mit Mitgefühl zu, er sagte:
„Kommunismus, Scheiße".

Karl sagte mir, dass ich mich innerhalb von maximal 3 Tagen im Lager Traiskirchen in der Nähe von Wien melden muss, um legal zu werden und die notwendigen Dokumente zu erstellen. Dies sind die offiziellen Bestimmungen. Ich bemerkte ihre Verlegenheit, dass ein österreichischer Polizist wahrscheinlich einen Flüchtling beschützte, und zeigte ihm dass ich 3.000 Dollar bei mir hatte und ich würde gerne andere Rumänen treffen, bis ich im Lager Traiskirchen bin. „JA, es ist eine Art Treffpunkt für Rumänen in Linz im Bukarester Restaurant in der Salzburger Straße." OK, ruf mich ein Taxi, damit ich leichter dorthin komme. " Es fühlt sich an, als ob Sie zu 100% irgendwo gesucht werden ... Liebe mit Gewalt existiert nicht. Der Türke „Arcadasch" hat sich mehr um mich gekümmert, sagte er mir in seinem Glauben, dass ich Verständnis finden würde, wenn ich Probleme hätte, türkische Familien anzusprechen. Aber Menschen sind überall, die Auserwählten haben keine bestimmte Nationalität, sondern setzen sich aus Menschen von guter Qualität aus allen Nationen des Planeten zusammen. Das auserwählte Volk sind die GUTEN MENSCHEN, ich bin historisch davon überzeugt, dass das rumänische Volk GUT ist, sonst hätte es nicht etwa 2,5 Millionen Roma aus Punjab-Indien in Rumänien vor 300 Jahren Lebensraum bekommen.

Das Restaurant, „Bukarest", war eigentlich eine Art Bistro kleiner mit 6 Tischen , es war nur am Nachmittag geöffnet. Ich klopfte an die Tür: ... „war wollen Sie?" .... „Ich bin heimlich aus Rumänien angekommen" . „CE,?! WAS !... (es war eine Seltenheit für jemanden aus Rumänien zu fliehen) ... "Mihai !! Komm und sieh dir eine Überraschung an,.. nimm Platz, sag es uns. " Die beiden Rumänen, Ehemann und Ehefrau, empfingen mich mit großer Freude, Krautwickel, Cevapcici, Brandy, usw. erschienen auf dem Tisch. Die Geschichten gingen bis spät in die Nacht weiter. „Ja, ich muss ins Lager, um Dokumente zu bekommen, aber ich bleibe bis übermorgen hier." Ich hätte nie gedacht, dass wir Rumänen für einen Fremden so gastfreundlich sein könnten. Diese beiden Menschen, er arbeitete auch als Maurer, waren nicht reich, in ihrer Bescheidenheit haben sie mich beeindruckt und ich habe heute noch einen guten Gedanken für sie. Sie erklärten mir die Schritte, die ich unternehmen musste, um dann mit Zurückhaltung zum Interview im Traiskirchen-Lager zu gehen, denn derjenige, der die Interviews mit den Rumänen führt, Herr Hermann, er ist ein Collaborateur von Securitate. Gut gemacht, wir sind immer noch eine Nation, die nicht sterben wird, wenn unsere Feinde es wollen. Wir sind uns einig. Ich habe diese wundervolle Familie mit dem Mut verlassen,uns allem zu stellen, sogar dem ausverkauften offiziellen Hermann. Das Schlimmste ist zu warten, nicht zu wissen, was es sein wird, Unsicherheit, aber jetzt war ich gründlich vorbereitet.

Ich war erstaunt über alles in Österreich, über das Grün der Wiesen (im November!), Über den Reichtum der Geschäfte, über die Ruhe der Straßen, abends sah man nur Autos, sehr selten Menschen. Ich konnte nicht glauben, dass es so viele Arten von Brot oder Fleisch gab. Das Angebot der Konsumgesellschaft ist auf den ersten Blick faszinierend, die Wahlfreiheit von den Produkten bis zum politischen Führer. Der Sprung war riesig ... Gott sei Dank haben Sie mir die Gelegenheit gegeben zu sehen, wie freie Menschen leben. In Ceausescus Rumänien hatten Sie nur eine Option, oder wie der kubanische Führer Castro sagt, auf den letzten hundert Metern des Verschwindens des Kommunismus „Sozialismus oder Tod“. Wie kann ein Intellektueller, ein denkender Mann, etwas akzeptieren, das von einem anderen vorgefertigt wurde und die ABSOLUTE WAHRHEIT, das garantierte System, genannt wird? Man muss sehr primitiv sein, um den Slogan zu akzeptieren: WIR ARBEITEN, WIR DENKEN NICHT. Und es wurde von einem ehemaligen Präsidenten geschaffen, einem ehrenwerten Mann mit ehrenwerten Gedanken, und.?.. Brutus war auch ein ehrenwerter Mann ... aber die Praxis bringt uns um. Weiter..

Das Lager Traiskirchen (drei Kirchen) beeindruckte mich mit dem Wort Lager ... und Ausschwitz war ein Lager ... es war eine Kaserne ähnlich dem Internat in Klausenburg, Architektur vom Typ Maria-Tereza, es brachte mich irgendwie nach Hause. Es gibt auch eine Quarantäne, in der ich 6 Tage mit 2 Interviews blieb, weil mein Deutsch zu der Zeit sehr zu wünschen übrig ließ. Ich hatte einen Übersetzer, der meine ungewöhnlichere Geschichte, insbesondere in den Sequenzen mit Elektroschock- Folter, hörte Tränen. Herr Hermann, der Polizist, der das Interview schrieb, war sehr zurückhaltend, fast feindselig. Mein Fall war aufgrund der Werbung im Radiosender Free Europe bekannt, die Folgen wurden nicht verzögert, die Gewährung von politischem Asyl. Die Lagerverwaltung hatte auch Mitarbeiter rumänischer Herkunft, wie Frau Cozic, von der ich bald erfuhr, dass Herr Hermann arbeitet nicht mehr bei der Lagerpolizei. Aus der Presse ging jedoch der Grund hervor, dass er bei der Untersuchung des österreichischen Innenministeriums der rumänischen Sicherheit Informationen über die Aussagen der Flüchtlinge in Interviews und andere Details zur Verfügung gestellt hätte.

Im Lager (1983) lebten ungefähr 1600 polnische Bürger, 400 Ungarn, 100 Rumänen,kleinere Zahlen und andere Nationalitäten aus der ganzen Welt. Ich, der andere Bedingungen eines kommunistischen Lagers kannte, fühlte mich wie in einem Heim für Nicht-Familienmitglieder, in dem es keine Propaganda über die Pflege von Menschen gab, weil es von medizinischer Versorgung über Kantine bis hin zu bestimmten kulturellen Aktivitäten existierte, wunderbar.

Der österreichische Staat bot uns großzügige Unterkünfte und politisches Asyl an, wenn es gute Gründe gab. Wenn nicht, halfen sie Ihnen bei der Auswanderung in andere Länder, die wirtschaftliches Asyl erhielten, wie Neuseeland, Kanada,etc.

Kurz darauf erschien mein Freund Dumitriu mit seinem Sohn Mihăiţă, Arcadasch hatte seine menschliche Pflicht erfüllt, Dumitrius Sohn hatte von Geburt an Diabetes, der Westen bot ihm verschiedene Behandlungsmöglichkeiten an.

Nach einer Woche Lager trennten sich unsere Wege, aber er, Dumitriu, der profranzösisch war, ging weiter nach Frankreich, für mich war Österreich die Heimat der Adoption. Geburtsland von meine Mutter, in Czernowitz 1912. Apolinaire hat ein Gedicht:

Mit jedem Abschied sterben wir ein wenig,
Du fühlst dich mehr allein, ausländig.

Klagenfurt

Land der Verheißung

Dagmar Cechak

Sie sitzt auf dem aufgeweichten Boden, hinter sich den Grenzzaun. Die Augen strahlen. Sie ist angekommen.

Schritt für Schritt hat sie sich genähert, dem Land der Verheißung. Hat zu Hause die Tür hinter sich abgeschlossen, die Tür zu dem Haus, in dessen Küchenwand ein Loch vom Durchmesser eines halben Meters klafft, ihr Haus.

Ein schönes Haus, gebaut von ihrem Mann und seinen Brüdern. Gesungen haben sie, als sie die Balken zurecht sägten und die Mauern hochzogen. Gesungen und gelacht! Ein schönes Haus sollte es werden, ein Haus, in dem sie, die neue Braut, sich wohlfühlen sollte. Die Böden mit Teppichen ausgelegt, die Wände mit Tüchern und Bildern behangen, der Innenraum von ihr mit Liebe ausgeschmückt. Ein schönes Haus, dessen Dach nun von Geschoßen durchsiebt, dessen Wände durchlöchert sind. Der Mann ist schon lange vorher losgezogen. Arbeit wollte er finden im fernen Land, dort wo immer Frieden herrscht, wo niemand schießt und mordet, wo alle, die Not leiden, freundlich aufgenommen würden. So haben sie es berichtet.

Drei Monate sollte sie warten, dann würde er sie holen. Sie hat gewartet mit den beiden Kindern. Sie hörte nichts von ihm. Sie hat gewartet, bis eines Morgens, gerade, als sie mit den Kindern aus dem Haus ging, die Explosion die Mauern erschütterte und das riesige Loch in der Küchenwand zurückblieb. Da hat sie noch mit ihrem Handy die Räume des Hauses gefilmt, auch das Loch in der Wand, hat die gepackten Taschen genommen, die Kinder gerufen und sich aufgemacht ins Land der Verheißung.

Vierzig Tage waren sie unterwegs. Schritt für Schritt von einer Grenze zur nächsten, von einem Land ins andere, nie das Ziel aus den Augen verloren. Die Grenzkontrollen wurden immer strenger, die Zäune höher, aber sie schafften es irgendwie bis hinter den letzten Grenzzaun.

Da sitzt sie nun auf dem aufgeweichten Boden, sie kann nicht mehr aufstehen, ist zu erschöpft, die Kinder auf ihrem Schoß zu müde zum Schlafen. Doch sie lächelt. Sie hat es erreicht, das Land, wo immer Frieden ist, wo nie geschossen und gemordet wird, das Land der Verheißung. Sie wird ihn finden, ihren Mann, das kann nun nicht mehr so schwer sein. Er wird sich freuen, er braucht nicht mehr zurück, um sie zu holen.

Sie ist schon da.

Um zu atmen, um zu singen

Anna Katharina Kramer

Der Wind erhob sich mitsamt den Schallwellen, die einem eine verletzlich zarte Melodie ins Ohr hauchte. Die Sonne streckte ihre Strahlen zu wallenden Scheinwerfern aus und eine für den ungeübten Zuschauer bedeutungslose Erhöhung wurde zur Lebensbühne der Erinnerungen an ein vergangenes Leben. Hier lebten sie ein anderes, nur nicht barmherzigeres. War es besser, besser am Leben zu sein als dem Tod die Hand zu reichen? Sie hätten den Tod nie mit offenen Armen empfangen. Er war die Grenzschwelle, vor der sie geflohen waren. Eine Grenze mit zwei Seiten. Sie hatten sich nicht ausgesucht, auf welcher sie standen. Sie lebten und bezwangen den Tod, mussten es für ihre Familien und sich. Ein ständiger Kampf mit dem Leben, ein ständiger Wettstreit mit sich selbst, mit der Welt. Sie kämpften, um zu überleben, aber sie wollten leben. Sie wollten ihre Stimme erheben, ihr Schicksal verkünden, ihre Liebe, ihr Leid, ihr Ein und Alles, was sie über Wüsten, Wälder, Furten und über verlassene Straßen, kollidierte Häuser und ausgelöschte Städte mit sich getragen hatten, ihre Seele und ihr pochendes Herz. Es verweigerte seine Herzensmacht abzugeben, es schallte, dass es leben wollte. Ich hörte zu. Die Sonne versengte meine Haut, während es unvorstellbar war, dass diese Leidenschaft und dieses Temperament in einer fernen Sprache, die ich nicht verstand, mit einer solchen Kraft und Ausdauer jene Klänge erzeugen konnte. Wie ich kosteten sie die Sonne an dem Tag, an dem ich ihrem Konzert lauschte. Wie sie Wärme spendete, verbrannte ihre Hitze die Leiber, wie die Pflanzen ihr Licht benötigten, ließ es das Wasser verdampfen, und sie waren ihr alle ausgesetzt, mussten Schutz im Schatten suchen. Ich hörte zu, wie sie von der Fremde sangen, die einstig ihre Heimat gewesen war. Von der Heimat, die ihnen zur Fremde wurde, von der Fremde, die ihnen zur Heimat wurde. Wie sie auf einer Grenze tanzten, wie zwei Seiten zu einer Linie heranwuchsen. Die Linie bauten die Geflohen zu ihrer Rettungsleine aus, die Frauen woben, die Männer zogen. Die Kinder reisten Huckepack am Rücken der Geschwister, die Alten schleppten die verbliebenen Habseligkeiten, ein Spielzeugpferd aus Holz, die letzten Scheiben vertrockneten Brotes, Lumpen und durchlöcherte Schuhe, mit sich. Sie stürzten und fielen, waren so tief gefallen und kämpften, um sich zu erheben, um zu atmen und zu singen. Zu lachen, um mit mir hier zu lachen. Die Kinder und ich wirbelten in Kreisen auf und ab, wenigstens in diesen Minuten stimmten wir einen Friedensreigen an. Ich weinte, weil sie nach allem noch fähig waren Freude zu empfinden. Darin war eine Authentizität verborgen, ein Gefühl der Echtheit, der Wahrheit. Ein Gefühl des Lebendig-Seins, das ihnen niemand nehmen konnte und sie hatten ihnen fast alles genommen, nur ihr Lächeln nicht, ihre Hoffnung. Doch zu viel. Zu viel, das niemand ertragen sollte.

Für ihre Courage werden sie ausgesperrt. Sie haben überlebt, sie haben den Preis gezahlt, die Masken verloren, des Gesichts beraubt. Wir lassen sie für das Leben einen noch höheren Preis zahlen, lassen sie vergessen, dass sie Menschen sind, weil wir es selbst ablehnen zu glauben. Wir sehen Irrlichter und Gespenster, tauchen unsere Hände in den Wunschbrunnen des Konsums, der Selbstverwirklichung des Individuums. Wir waschen unsere Hände im Blut der anderen, die anderen kümmern uns ja nicht. Sie sind ja anders. Die anderen als Masse, die anderen als Klumpen. Wir reduzieren sie auf eine Rebe, auf ihr Ganzes, wenn sie aus allerlei Trauben bestehen, wenn sie alle jemand sind wie wir. Ein Niemand, ein Jemand. Wir sind alle jemand, alle Menschen. Alle Menschen. Wir sind alle eine Welt, alle eine Erde. Sie zerteilen uns in unsere Bruchstücke. Sie brechen mich auf, brechen die Berge, brechen die Bäche, über Stock und Stein ziehen sie die Grenzen. Die Mauern werden hochgezogen, die Wände in den Köpfen einbetoniert. Ich lief gegen eine Mauer, weil ich meine Augen schloss, weil ich zuhörte und nicht sprach. Ich schreibe jetzt: Humanität. Ich singe jetzt: Bildung. Ich hatte einen Traum, habe einen Traum. Sie sagen, gib Acht auf deinen Traum.

Sie sangen von der Vorstellung etwas zu fühlen. Sie hatten ihre Stimme behalten. *Es ist alles. Alles in Einem, wenn sich die Lider unter einem nächtlichen Blinken verschließen, wenn die Lippen kribbeln. Sie sehnen sich nach Ausdehnung, nach einem Lächeln. Zu fühlen ist mehr als Glück. Zu leben ist sterblich zu sein, in der Nussschale des Glücks treibend. Zu fühlen, lebt im Vergessen sterblich zu sein, wenn sich im Augenblick die Ewigkeit offenbart. Es ist alles in einem, auch das eine hat ein Ende. Wenn wir uns vergessen, vergessen wir die Welt nie wieder. Das Gefühl des Lebens in einer brüchigen Stimme. Zu laut – zu hoch. Zu falsch. Lauter, höher, brüchiger. Sie folgen den Klängen. Die Atome eines Körpers schwingen, die Zellen ächzen. Das Tier setzt zum Sprung an. Anspannung, die Muskeln werden für den Kampf gestählt. Ein Faustschlag ins Unmögliche, solange du dich nicht selbst triffst. Die Vorstellung etwas zu fühlen, übersteigt das Leben – siehe die Todesrose in ihrem blutigen Schmunzeln. Verblutend für das Gefühl. Das Wettrennen in Erwartung, wem es bestimmt ist, Unbestimmte in Ketten für Granatäpfel. Die Läufer kennen die Schatten nicht, die ihnen folgen. Ein Paradies, so künstlich – ich hätte es in einem Labor erschaffen. Glas bricht, ein Werk in Fluten. Es ist doch ach, verblüht. Das Gift ist zurückgeflossen. Dies ater. Es ist alles dahin. Was nützt die Glaskuppel? Draußen schürten sie die Müllhalde zwischen ihren Sklaven und Verhungerten. Alles dem Geldtrieb. Ein Spiel zu viel, ein Sprung zu weit. Nicht nach vorne. Ich fühle. Ipse vivat – Homo vivat.*

Aber ich lebe noch nicht lange für mich, dann wäre ich mir ja selbst fremd. Der Mensch braucht ein Gegenüber, der Mensch braucht die Trennung. Nur eine Grenze brauchen wir nicht. Sie bauen die Grenze zwischen Hautfarben, zwischen Sprachen, zwischen Kulturen und Religionen. Glauben wir nicht alle an denselben Gott, ist seine Botschaft im Grunde nicht dieselbe? Religion muss kein Glaube sein, Religion ist Macht und Gott hat keine Macht, er hat nur die Liebe in sich, in der Welt, in uns. Puzzleteile sind in der Lage sich selbst zu regieren, nur eine Gesamterscheinung ergeben sie erst als Ganzes. Es ist ein Kinderspiel, es wird gesucht, was am besten zusammenpasst. Köpfe werden an Rücken geklebt, Pfoten an Mäuler, Stacheln an Schwänze, Augen an Bäuche. Was für eine verkehrte Welt da nur Kopf steht. Sie häufen sich Spielbälle an, Schachfiguren ziehen über Schwarz-Weiß-Felder. Menschenleben werden abgemessen, abgezählt, einsortiert, kategorisiert, qualifiziert, quantifiziert, zu Daten, Prozentsätzen und Statistiken erhoben. Geld lebt nicht, Geld erhält es, aber das Mittel zum Zweck verfließt. Die Länder kreisen sich ein, es geht um ihre Leute, es geht um ihre Sicherheit, die Priorität hat. Es wird differenziert und unterschieden. Mein Volk und dein Volk, Du und Ich. Ich versichere dir, dass wir zwei Seiten eines Blattes sind, wo du zwei halluzinierst und dir heraufbeschwörst. Das eine ist ein Trugbild, ein falscher Schirm ohne eigene Energie.

Einer der Sänger fragte mich, von wo die Feindseligkeit und das Misstrauen der Menschen stamme. Für eine Frage gibt es viele Antworten. Eine wäre der Evolution in die Schuhe zu schieben. Überlebenswille, Selbsterhaltungstrieb. Das Ich kann sich im Versuch der Selbsterhaltung genauso unter Umständen selbst zerstören. Fluchtinstinkt? Seit dem Sesshaft-Werden jagt und sammelt niemand mehr. Wir lassen uns lieber bedienen von Großplantagen und Pestiziden, von Arbeitern, die durch unseren Luxus in der Hölle landen. Das sind die Schattenseiten der Menschheit, während wir in einer Blase lamentieren. Wehe, jemand weckt uns aus unserem Dornröschenschlaf. Wehe, jemand berührt uns im Paradies. Die Schlange frisst sich bekanntlich von selbst auf. Daher die Feindbilder, daher die Sündenböcke, daher die Andersartigen, da die Monster unter dem Bett nicht mehr existieren, der schwarze Mann überholt wurde, die Hexen entzaubert wurden und in Flammen aufgingen und Unschuldige in Asche verwandelt wurden. Selbstzerstörung, denke ich. Für ein Vakuum ohne Luft geben wir die Verantwortung ab, werden zu Tauben und Blinden, verlernen das Wort. Der Mensch belügt sich gerne.

Ich habe einen Traum. Ich auch, sagte die Frau des Sängers, der mir die Frage stellte. Die Stimme brüchig und unsicher, sie testete die Worte aus, ihr Gaumen schmeckte sie. Sie klangen so neu und ungewohnt. Sie vermisst ihre Eltern, sie sind zurückgeblieben, erzählt sie scheu. Ihre Mutter hatte sie noch lebend gesehen, ihr Vater starb, wurde erschossen. Sie weinte und griff nach der Hand ihres Babys, als würde sie auch um sein Leben bangen, als könnte eine Bombe am Himmel aufblitzen und uns alle stürzen. Ich war Ärztin, gestand sie. Jetzt bin ich Asylwerberin, jetzt bin ich Flüchtling. Ist das alles, was ich bin? Ich nahm ihre freie Hand, drückte sie. Du bist mutig und stark, eine Ärztin, eine Mutter, eine Frau, sagte ich im Gegenzug. Ich wusste nicht, was ich sonst sagen sollte. Sie nickte. It's time to pray, I thank God everyday, verabschiedete sie sich auf Englisch. Das tat ich nicht und hoffte, dass ich nicht zu undankbar war. Ich brach in Bewunderung aus, weil sie ihr Leben zu schätzen wusste und dankbar dafür war. Es benötigte wohl nicht viel zu einem guten Leben. Gib Acht auf deinen Traum, murmelte ich, ohne zu wissen, was ihr Traum war.

Wir flüchten alle einmal, am meisten vor uns selbst. Wir projizieren die Schatten nach außen, in die Fremde, wenn sie in uns leben. Doch wir verleugnen sie, halten uns von ihnen fern. Sie werden in der Gesellschaft nicht akzeptiert, sie werden verurteilt. Wir verurteilen uns selbst und schreiben es anderen zu. Wir flüchten alle einmal. Auf jeder Reise, die wir antreten, um frischen Wind auf unserer Haut zu spüren, um die Lasten zu vergessen, tragen wir sie mit und ihr Gewicht wird schwerer, wenn wir zurückkehren, wird schwerer, wenn wir Halt machen. Wir tun alles, um nicht zurückzuschauen. Wir flüchten alle einmal.

Ich blickte auf ein Erbe zurück, als ich vom Fest nach Hause ging. Ich blickte auf die Menschen dort zurück, die alle an diesem Tag zusammengekommen waren und ihre Euphorie wie ihre Geschichten und Lieder miteinander teilten. Ich blickte auf die Sängerfamilie zurück, die aus dem Iran geflüchtet waren. Die Lieder und Stimmen in dieser Sprache aus dem Nahen Osten schwollen zu einer Hymne ans Leben an, welches so menschlich war, so menschlich. Ich blickte auf Traditionen und Bräuche zurück, auf die Fenster der Stadt. Wie können wir Menschen kein Heim geben, wie können wir sie abweisen? Wie bringen wir es übers Herz? Österreich war ein Vielvölkerstaat, Vielvölker. Viele Völker, wir waren viele. Mein Großvater floh auch als kleiner Junge aus dem Sudetenland, heutigem Tschechien. Seine ganze Familie wurde nach dem 2. Weltkrieg ausgesiedelt, für sie war kein Platz mehr an jenem Ort, an dem sie ihre Wurzeln geschlagen hatten. Der Vater meines Großvaters besaß die österreichische Staatsbürgerschaft, das war sein Glück, das sein Ass, um eine Grenze zu überwinden. Es stand nicht in meiner Gabe anzunehmen, wie meine Familie andernfalls heute aussehen würde, wenn der Krieg ihn nicht zu meiner Großmutter getragen hätte. Es wäre genauso wenig auszumalen, wie viele verschont geblieben wären, hätte damals und dort der Wille zum Frieden und die Abwesenheit von Kriegsbereitschaft gesiegt, hätten die

Menschen gehandelt und nicht weggesehen. Die Linie bleibt bestehen, sie ist schwer auszuradieren. Es obliegt jeder der zwei Seiten einen Schritt näher an sie heranzutreten, in Zweisamkeit ergrünt das Blatt. Wir träumen uns ein Leben von Harmonie, von Unbeschwertheit vor. Es ist ein schöner Traum, aber die Welt kann grausam sein, grausamer als uns lieb ist. Wir können grausam sein, ohne eine Farbe. Es liegt an uns diese Grenze zu überwinden. Es liegt an uns frei zu sein und zu singen, wie sie es tun. Wir müssen sie nur lassen und uns trauen.

Gate38

Ulrike Krappinger

Ich betrete den Athener Flughafen, natürlich mit Mundschutz. Selbst die Kinder tragen einen. Die Anzeigetafel zeigt mein Gate und ich begebe mich dorthin. Nummer 38. Stehe dort ziemlich alleine und vorbeigehende Leute machen mich aufmerksam, dass es vermutlich eine Gate-Änderung geben wird. Beschließe abzuwarten. Ein junger Mann spricht mich an, zuerst auf griechisch, dann auf englisch, ich zähle 7 große und kleine Menschen hinter ihm und jede Menge Handgepäck.
„ Richtiges Gate für Wien? Es sei kompliziert mit all den Kindern und soviel Gepäck". Ich beruhige ihn,
meine „Ja".
Bin auch bereit anzupacken, falls wir wechseln müssen. Wir müssen letztlich nicht. Als ich, wie kann es anders sein, in letzter Minute auf die Toilette hetze, passen die Kinder auf mein Gepäck auf.

Inzwischen weiß ich: Sie kommen aus Syrien, haben den Krieg erlebt, leben seit 3 Jahren in Wien, d.h. die Männer. Mohamed und Shebat, die Brüder sind, haben einen positiven Asylbescheid, dürfen reisen, sind EU-Bürger. Es ist Shebat, der mich um meinen Namen fragt und seine Familie als Ältester vorstellt.
Mohamed, der mich angesprochen hat, wirkt entspannter als die Situation es wirklich ist.

Die Frauen, die Namen habe ich leider vergessen, lebten oder leben auch in

Athen, so genau verstehe ich das nicht. Erst seit einiger Zeit sind sie mit den Kindern bei ihren Männern in Wien. Sie sehen so jung aus, dass ich dachte, sie seien Geschwister, nicht Ehepartner. Wir lachen ob meiner Verwirrung. Die Kinder, 3 Mädchen, 1 Junge sind lebendig und fröhlich, das älteste Mädchen weicht fast nicht von meiner Seite, vielleicht erinnere ich sie an Ihre Großmutter in Syrien...

Inzwischen reden wir deutsch und sie unter sich abwechselnd arabisch und griechisch.
Wir reden über Athen und Wien, wie sie die Lebensqualität in diesen Städten empfinden und sie sagen, „wie kann man anders als glücklich sein, wenn man arbeiten darf und reisen und freier Bürger und Bürgerin ist?“ Es gibt noch eine Menge Verwandter, v.a. die Mütter und Väter, sie Alle sind noch in den Kriegsgebieten und das ist der Wermutstropfen und die Angst, die mitschwingt. In Athen sei das Leben schwierig, wenig Arbeit und viel Armut. Wien biete mehr Lebensqualität, sobald man arbeiten darf.

Was mir und sicherlich auch den anderen Wartenden auffällt, ist die Gereiztheit des griechischen Boarding-Personals. Plötzlich befinden sich viele Sicherheitsbeamte in diesem kleinen Raum vor dem Gate und ein ziemlich junger Mann, eigentlich noch ein Junge wird genötigt, sich abseits zu setzen. Ich schaue mich nach ihm um als ich Richtung Flugzeug gehe und als ich an ihm und dem Sicherheitspersonal vorbeigehe bin ich versucht zu fragen, aber ich frage nicht. Später schaue ich, ob ich ihn im Flugzeug entdecke, aber er ist nicht mehr unter den Passagieren.

Im Flugzeug sitzen ich und die syrische Familie weit auseinander, „ich habe das Glück“ die letzte Reihe für mich zu haben und nicht mit Maskierten teilen zu müssen. Hätte ich meinen Platz mit dem jungen Mann geteilt?

In Wien, durch die verspätete Abreise am Athener Flughafen erwische ich gerade noch rechtzeitig die letzte S-Bahn. Als sich die Türen schließen, sehe ich die syrische Familie mit einer Menge Koffer die Rolltreppe herunterkommen, die Frauen und Kinder sind die ersten und wir halten die Türen auf, bis die Männer mit den Koffern es geschafft haben. Das Mädchen fungiert als

Übersetzerin. Und wir lachen.

Plötzlich weiß ich nicht mehr, wie ich zu meiner Freundin komme, U3 oder U4? Jedenfalls Hietzing oder doch Schönbrunner Gegend? Mohamed meint, „kein Problem, fährst du mit uns, wir haben dieselbe Richtung“. Ich gebe Mohamed die Adresse und er schaut über google maps und schließlich vertraue ich mich Ihnen an und wir sitzen in der gleichen U-Bahn. Ich werde von der Familie förmlich in der Mitte mitgenommen.
Als sie sich verabschieden, sagen sie mir noch genau, wie weit ich fahren muss.

Der Abschied ist herzlich und unsere Bekanntschaft dauerte von 20h in Athen bis 24h in Wien, also 3 Stunden.
1h Zeitunterschied ist plötzlich soviel wie ein Jahrhundert nicht gelebte Humanität, die, wenn zu spät gelebt, nicht mehr aufgeholt werden kann. Wie eine Stunde, die einfach in Zeitzonen versickert und nicht mehr auffindbar ist. Oder wie ein Mensch, der namenlos, weil ohne Dokument oder die falschen, verschwindet. Erinnerungskultur im nächsten Jahrzehnt, Jahrhundert für abertausende Kinder aus Kriegsgebieten und an Rohstoffen brutal ausgebeuteten Ländern oder vergessen wir die Menschen einfach, damit wir ein gutes Leben haben?

Als ich gegen 1h Früh bei meiner Freundin ankomme fühle ich mich heiß und erschöpft, meine Körpertemperatur beträgt gefühlte 38 Grad Celsius.

Epilog

: zufällig beschäftige ich mich seit den 90er Jahren mit Migrationsbewegungen und weiß selbst von meinen small-budget-Reisen, dass es mitunter nicht so einfach ist in fernen Ländern.
Wie ist es dann, wenn du gar nichts hast oder noch dazu verschuldet bist, weil die Schlepper den Leuten, oftmals naiven Kindern und Jugendlichen alles abknöpfen, was sich holen lässt? Und nicht arbeiten darfst, obwohl du jung bist, eine gute Ausbildung hast und es liebst, etwas für die Gesellschaft zu tun oder zurückzugeben? Und wenn du arbeiten darfst, dann als Prostituerte, als Stricher, als moderne Haussklavin oder Pflegerin oder als Zeitarbeiterin möglichst ohne Versicherungsschutz im endlosen Plastikmeer von

Almería, El Ejido oder Sizilien.
Wenn du in einem der vielen Lager eingesperrt bist und jetzt zu Zeiten von COVID tagelang oder mitunter wochenlang warten musst, bis du einmal das Lager verlassen kannst, um dir draußen in der Stadt oder im Dorf etwas zu kaufen, was dringend notwendig ist, du eine medizinische Untersuchung oder Behandlung brauchst, eine Frauenberatungsstelle aufsuchen kannst oder etwa die ONE HAPPY Familiy auf Lesvos, um ein bis drei Stunden einfach nur in einer sauberen und nicht Kot, Schmutz, und Müllbelasteten Umgebung zu verschnaufen.
Ich kann und will mir das einfach nicht vorstellen, aber ich muss es mir vorstellen, sonst würde ich mich totstellen, „habe von all dem nichts gewusst".
In Athen siehst du wenig Flüchtlinge in der Stadt, es gibt sie aber zu Hunderten in „Lagern" und Wäldern und zu Abertausenden auf den Inseln Lesvos, Kos, Leros, Samos, Chios. Es gibt sie in Kroatien, in Frankreich, Italien, Ungarn.... und allzuoft hinter Stacheldraht.
Wo dieser Junge jetzt wohl ist?

Wien

Der Umstand der verlorenen Heimat

Margit Heumann

Wir haben die Heimat verloren, aber ihre Zerrbilder schleppen wir mit uns herum, wenn wir in Gruppen ziellos durch die Stadt schlendern, an einer Straßenecke stehen, am Bahnhof die Zeit tot schlagen. Auch wenn es schon eine Weile her ist, dass ich ein Neuankömmling war, erkenne ich euch überall und sofort. Ich erkenne euch an der Resignation in eurem Schritt, an der schicksalsergebenen Haltung, an der Kapitulation im Blick. Der Flüchtling steht euch ins Gesicht geschrieben und in euren Augen spiegelt sich meine eigene Heimatlosigkeit.

Wir sind Kronzeugen unserer zerstörten Heimat und leiden darunter, doch wir murren nicht, wir jammern nicht, alle Tränen sind längst geweint. Nach den Gräueln des Gestern tun wir uns schwer mit dem Heute und wissen nichts von morgen. Ich, jünger an Jahren, doch als Flüchtling der Ältere, gebe mich souverän, als hätte ich Lösungen für jedes Problem parat, wenn das Handy aussetzt, das Essen fremd schmeckt, die Zimmerkollegen schnarchen und einer aufschreit im Schlaf und ein anderer weint, jede Nacht. Es sind die immer gleichen Geschichten, meine, eure, die der anderen, in denen das Wesentliche verschleiert und das Wichtige ungesagt bleibt. Mag sein, dieser Anschein und Unterton wird nur für uns deutlich, die wir alle so reden und alle so hören und alle so fühlen, weil wir dem gleichen Umstand zum Opfer gefallen sind, dem Umstand der verlorenen Heimat.

Dass der Umstand schmerzhaft ist, überrascht uns nicht. Wohl aber, dass er uns Schuldgefühle verursacht, obwohl wir keine Wahl hatten. Er lässt nicht zu, dass wir uns loskaufen, obwohl wir teuer dafür bezahlt haben. Er macht uns zu traumatisierten Bildträgern, randvoll mit Erinnerungsansichten, zum Platzen voll, und gleichzeitig versiegelt er uns die Lippen, sodass wir nichts sagen können. Zumindest nicht das, was gesagt werden will. Die Bilder in unseren Köpfen drängen nach Ausdruck, aber unsere Zungen gehorchen ihnen nicht, die Stimmbänder verweigern ihren Dienst, der Kehlkopf streikt. Um nicht an dem Ungesagten zu ersticken, reden wir uns selbst gut zu, irgendwann wird das, was jetzt in uns brennt, nicht mehr weh tun, irgendwann werden wir uns daran gewöhnen, dass das, wovon wir für immer Teil sein wollten, nicht mehr zu uns gehört.

Wenn wir so in Gruppen ziellos durch die Stadt schlendern, an einer Straßenecke stehen, am Bahnhof die Zeit tot schlagen, kommt unweigerlich der Moment, wo Lider flackern, Lippen zittern und einer von uns sich innerlich verabschiedet, magisch angezogen von dem schwarzen Loch, an dessen Rand wir Heimatlosen entlang taumeln. Stumm holt ein anderer ein Päckchen Filterlose aus der Tasche, sucht umständlich nach dem Feuerzeug, das Anzünden reihum dauert, schweigend paffen und inhalieren und blasen wir Rauch in die Luft, bis der Sog nachlässt und die Augen zurückkehren ins Hier und Heute. Nach dem Blick in den Abgrund sind die Themen andere, wir erörtern das karge Leben syrischer Landwirte, den kriegsbedingten Rückgang des Tourismus, die Einzigartigkeit unserer antiken Stätten, die Wichtigkeit der Erdgasproduktion, und es ist abgemacht, dass alles Erzählte im Allgemeinen und ohne persönlichen Bezug bleibt, auf leerer Bühne stattfindet, vor bereinigter Kulisse, ohne Hintergrund, im luftleeren Raum. Weil wir den Himmel über Syrien lange nicht mehr blau oder grau gesehen haben, sondern viel zu oft feuerrot, weil ganze Distrikte IS-Gebiet sind und die Täler nicht mehr Viehweiden, sondern Kriegsgebiet, die Städte und Dörfer nicht mehr voller Leben, sondern Geisterorte und die Wüsten nicht mehr Wüsten, sondern Schlachtfelder.

Auch ich habe die Schießereien, die Bomben, die Gewalt, die zerstörten Häuser, die vergewaltigten Frauen, die weinenden Kinder hinter mir gelassen. Ich habe alles hinter mir gelassen, was nicht mehr Heimat war. Ich habe mich auf den Weg gemacht, bei Nacht und Nebel, in Eiseskälte und brütender Hitze, über die Berge, über grüne Grenzen, ich habe mich in Wäldern versteckt, in Zelten gefroren, in Lagern gehungert, ich habe Schlepper gesucht und gefunden, Geld bezahlt, um auf einem maroden Kahn übers Meer zu fahren, ich bin mit Vielen aufgebrochen, mit Wenigen weitergezogen, mit einer Handvoll in Österreich gelandet. Angekommen bin ich noch lange nicht.

Am Ende der Flucht bin ich gestrandet in einem Zwischenreich, registriert, fotografiert, administriert und eingeschlossen in eine Blase aus Fluchtursachen, Flüchtlingsströmen, Massenflucht, Flüchtlingskrise, Fluchtzielen, Flüchtlingshilfe. Nichts anderes existiert mehr, und ich agiere, wenn ich überhaupt agiere und nicht nur sprach- und stimmlos fremdgesteuert bin, in dieser Fluchtblase, die von Selbstachtung ebenso blankgefegt ist wie die hinter uns gelassene bereinigte Heimatbühne. Mit dem einen Unterschied: Hier fallen keine Bomben, hier ist keine unmittelbare Lebensgefahr. Frieden ist trotzdem nicht. Hier toben Kleinkriege um ein Bett in der Flüchtlingsunterkunft, um Schlaf im Chor der Schnarcher im Sechser-Zimmer, um einen Platz in der Schlange vor dem Amt, um Legal Advice im Asylverfahren, um die Zulassung zum Deutschunterricht.

Deutsch fällt mir schwer. Das liegt nicht daran, dass ich nicht will, auch nicht daran, dass Deutsch schwierig ist oder meine Sprechwerkzeuge sich nicht eignen oder ich zu dumm bin. Es fällt mir schwer, weil meine Muttersprache das Letzte ist, das ich, im Gegensatz zur zerstörten Heimat, mehr oder weniger unversehrt im Gepäck habe und in dem ich mich noch heimisch fühle. Es ist diese sanfte Tonfolge des Arabischen, in dem meine Vergangenheit unauslöschlich konserviert ist und die sich unversehens und zu ungewissen Anlässen in eine Bilderreihe verwandelt, einen Film, den ich weder abrufen noch zurückweisen kann. Der häufig im Zeitraffer abgespielt wird, bisweilen in Zeitlupe dahin kriecht und manchmal zu einem Standbild wird, das mir den Blick auf eine belebte und beseelte Heimatbühne gönnt: Mit dem Vater beim Ziegenhüten. Die Wüste. Der Nachthimmel über dem Feuer. Fruchtbare Weizenfelder. Die Großeltern vor ihrem Lehmhaus. Das moderne Damaskus. Dicke Teppiche unter nackten Füßen. Mutters Essen. Die Koranschule, wo man im Chor rezitiert, was man kaum ansatzweise begreift.

Im Deutschkurs geht es um Bedeutung. Immer um Bedeutung. Fremde Zeichen unter farbigen Zeichnungen bedeuten Mann, Frau, Kind, Wasser, Brot. Stockend spreche ich nach: *Mann. Frau. Kind. Wasser. Brot.* Die Begriffe kommen mir nur zäh über die Lippen. Ich lerne Buchstaben und Wörter: A wie Asyl, das kannte ich schon vorher, Ausweis, Amt und – ganz wichtig – Adresse. Ich lese die A-Wörter: *Asyl. Ausweis. Amt. Adresse.* Es fällt schwer, weil ich mit jedem deutschen Wort ein arabisches verrate. Eines Tages stehen Wörter unter dem Bild einer österreichischen Landschaft: Berg, Tal, Fluss, Himmel. Während ich *Berg* sage, erinnere ich جبل [dʒabal] und die schneebedeckten Golanhöhen. Bei *Tal* lese ich واد [waːdin/iː] und sehe die fruchtbare Dschazira vor mir. Im Wort *Fluss* rauscht mit نهر [nahr] auch der Euphrat durchs Bild. Und während mein Mund *Himmel* ausspricht und mein Gehirn سماء [saˈmaːʔ] denkt, gehen der österreichische und der syrische Himmel ineinander über und werden ein gemeinsamer, grenzenloser. Nach und nach verbinden sich fremde Laute mit vertrauten Erinnerungen und österreichische Landschaft mit arabischer Sprache, und mit diesen sich gegenseitig überblendenden Bildern im Kopf scheint es nicht mehr unmöglich, hier eine neue Heimat zu finden ohne die frühere zu verraten.

Und wenn ich mit dieser Erkenntnis gegen eure Resignation anrede, während wir ziellos durch die Stadt schlendern, an einer Straßenecke stehen, am Bahnhof die Zeit tot schlagen, schaut ihr ungläubig, doch in eure Augen – ich sehe es genau – stiehlt sich ein Fünkchen Hoffnung, dass man sich mit der Syrien im Herzen auf Österreich einlassen kann.

Der Ort!

Hosab Gamarjan

Wohnen, bewohnen oder aufhalten erscheinen mir auf deutsch nicht die richtige Interpretation meines Gefühls. Mir fehlt vielleicht das Gefühl auf deutsch für diese Begriffe. Kommt es mit der Zeit? Es ist eine offene Frage! Gibt es einen Unterschied zwischen WOHNEN UND BEWOHNEN? Laut meinen bescheidenen Wörterbüchern gibt es fast keinen Unterschied!

Soweit ich mich erinnern konnte, hatte ich das Gefühl, dass mein Geburtsort nicht der Ort war, an dem ich leben wollte. Ist das aufgrund unserer Geschichte oder passiert es allen ? Das weiß ich nicht.

Als ich ca. Fünf Jahre alt war, habe ich angefangen zu bemerken, dass die Leute rundherum eine fremde Sprache sprechen. Sie sprachen nicht die Sprache, die wir zu Hause gesprochen haben. Und es dauerte ein paar Jahre, bis sich herausgestellt hat, dass nicht die Anderen, sondern ich die fremde Sprache gesprochen haben! Wir sind mit der Geschichte aufgewachsen, dass wir unseren Heimatort wegen des Genozids verlassen mussten und mein Urgroßvater der einzige war, der den Genozid überlebt hat und im Jahr 1915 zu Fuss nach Aleppo gegangen ist. Urfa ist/war der Ort, aus dem wir stammen. Temporär war die Verbindung zwischen mir und meinem Wohnort. Es blieb so, bis ich ungefähr 30 Jahre alt war. In diesem Alter konnte ich allmählich anfangen mich an diesem Ort (Syrien, Aleppo) wohlzufühlen. Mein Freundeskreis, eine stabile Arbeit, ein gutes Einkommen und vor allem die syrische Identität, die ich mir freiwillig ausgesucht habe, waren genügend Gründe mich wohlzufühlen. In dieser Zeit reiste ich überall hin und nach kurzer Zeit hatte ich immer Sehnsucht nach meiner Heimat. Doch diese Flitterwochen haben nicht sehr lange gedauert und wegen des Kriegs musste ich meine neu entdeckte, freiwillig ausgesuchte Heimat (ALEPPO) 2012 verlassen. Solch ein unvorstellbares Szenario konnte ich mir nie vorstellen. Ich wartete in Lattakia (einer Stadt in Syrien) 3 Jahre lang, in der Hoffnung, dass ich zurückkehren kann, aber es war umsonst. Die Raketen sind uns bis Lattakia gefolgt.

Ich und meine schwangere Frau haben angefangen einen neuen Ort zu suchen, wo Sicherheit herrscht. Und es war uns der Ort egal. 2005 habe ich mir zufällig den Film THE SOUND OF MUSIC angeschaut, durch den ich mich in Salzburg verliebt habe. Österreich war dadurch unsere Entscheidung!

Obwohl wir hier in Österreich angekommen sind, haben wir diesen Ort nicht erreicht!

Aus meiner vorherigen Erfahrung bedeutet in einem Ort zu leben, nicht ihn zu erreichen.

„Das braucht Zeit`` wurde uns gesagt. Aber ich habe mir nie vorgestellt, dass diese Zeit, die man braucht, machmal so schwer zu verbringen ist.

Nachdem unser Kind hier in Wien geboren ist, hat der Begriff „Ort`` eine andere Bedeutung bekommen. Unsere Plaudertasche dominiert den Ort und die Zeit. In einem Satz mischt er 3 Sprachen.

„Hast du dich hier In Österreich eingelebt“? An mich wurde und wird diese Frage gerichtet. Und die Antwort ist immer ein schüchternes JA!

Ich bin mit Dostojewskis einverstanden,wenn er sagt: „DENN ES KOMMEN ZEITEN VOR; WO MAN UNBEDINGT IRGENDWOHIN GEHEN MUSS“ aber nur unter der Bedingung, dass es Heimat einschließt!

„Nein, aber wo kommst du wirklich her?" II

Anonym

Österreich ist das Land der Berge. Nepal auch. Werden deshalb Sherpas auf österreichischen Berg-, Alm- und Schutzhütten als Saisonarbeitskräfte beschäftigt?

Österreich ist das Land am Strome. Fließt die Donau nur durch Österreich?

Österreich ist das Land der Äcker. Wer pflückt die Gurkerl, wer sticht den Spargel, wer bückt sich nach den Krauthappeln?

Österreich ist das Land der Dome. Warum sind Stupas und Minarette so umstritten?

Österreich ist das Land der Hämmer. Wer macht noch eine Lehre in einem Mangelberuf, außer von der Abschiebung bedrohte Asylwerber unter 25 Jahren?

Österreich ist zukunftsreich. Wer pflegt seine großen Töchter und Söhne, wenn sie Pflegestufe 3 erreichen?

Die neuen Gastarbajteri wünschen sich ein besseres Leben, zumindest für ihre Familien. Schreiten sie deswegen in die neuen Zeiten, arbeitsfroh und hoffnungsreich?

Österreich ist vielgerühmt, vielgeprüft, heiß umfehdet, wild umstritten. Es gibt sechs als autochthone Volksgruppen anerkannte, nationale Minderheiten: die burgenlandkroatische, die slowenische, die ungarische, die tschechische und die slowakische, sowie jene der Roma. Aber schon die Ortstafeln waren problematisch.

In der Pause soll Deutsch gesprochen werden – Deutsch ist Bildungssprache. Die Führerscheinprüfung darf nicht auf Türkisch abgelegt werden – Deutsch ist Amtssprache. Wo befinden sich Pawlatschen, wie schmecken Powidlgolatschen, wann wird tachiniert und warum gibt es Zores?

Österreich ist frei und gläubig. Warum wurde Angelo Soliman ausgestopft? Warum waren Menschenzoos und Völkerschauen so populär? Warum wurden in den 1990ern so viele Briefbomben verschickt? Wer legt heute noch Schweineköpfe vor Moscheen?

Einig sollen wir in Jubelchören dem Vaterland die Treue schwören – aber immer noch fragen sie uns: „Nein, aber wo kommst du wirklich her?“

Graz

Hosen und TShirts

Anonym

Wie lange wir schon in dem Lastwagen waren wußte ich irgendwann nicht mehr, es war laut, dunkel und heiß. Minuten wurden zu Stunden, Stunden zu Sekunden und Tage zu Nächten. Kinder weinten, sie waren müde, hungrig, und vor allem durstig. Die Hitze machte den Alten aber noch mehr zu schaffen, diese litten aber stumm. Kein Wort war von ihnen zu hören. Anfangs versuchten sie noch die Kinder zu beruhigen, erzählten Geschichten, von früher, von dem was mal war, und von dem was sein wird. Von grünen Wiesen auf denen Schmetterlinge fliegen und man keine Angst haben muss wo man hinsteigt. Von blauen Himmel, von denen keine Bomben fallen, sondern nur der Regen. Von Städten in denen sich Frauen, Kinder, Mädchen und Jungen frei bewegen können, ohne Angst zu haben. Angst vor Gewalt gegen sie, obwohl sie doch gar nichts gemacht haben. (Wie erklärt man einem Kind dass es jederzeit bestraft werden kann, wo es doch nichts verbrochen hat?). Von Ländern, in denen Mädchen ebenso in die Schule gehen wie Jungen, gleich lange, und wenn sie möchten auch in der gleichen Kleidung. Wo sie wählen können mit wem sie zusammensein wollen, und wann sie Kinder haben möchten. Länder, wo sie nicht ein Handelsgut zwischen Familien sind, eine Ware, verkauft an den Bestbietenden, oder – meist noch schlimmer – um Fehden zu schlichten, wo sie dann doch immer nur „die andere“ bleibt. Wo sie selbst entscheiden können wann sie Mütter werden möchten, und sogar die Wahl haben alleine und ohne Kinder zu bleiben wenn sie das möchten.

Dann wurde es ganz still im Lastwagen, alle hörten zu und freuten sich auf das was kommen wird. Vergessen waren für einen Moment was war. Vergessen war das was früher war: Hunger, Angst, Gewalt und Unterdrückung. Vergessen war, was gerade war: Hunger, Angst, Gewalt und Unterdrückung. Doch irgendwann konnten die Alten nicht mehr reden, wurden die Geräusche des Lastwagens wieder lauter, die Hitze nahm zu, und die Enge wurde immer unerträglicher. Den Gestank konnte man ausblenden, die Enge nicht.

Dann versuchten die jungen Mütter wieder die Kinder zu beruhigen, ihre eigenen und die, die von ihren Eltern vor lauter Verzweiflung alleine in den Lastwagen gesetzt wurden. Doch die Mütter waren schwach, sie hatten zu lange nichts mehr gegessen und getrunken, sie hatten alles den Kindern gegeben.

Es sollte noch lange dauern bis der Lastwagen schließlich angekommen war. Wie lange wir darin waren kann ich auch heute noch nicht sagen. Die Hoffnung hielt uns am Leben, sie blieb auch noch, als es bereits laut, dunkel und heiß war. Ich beschloss, wenn unsere neue Heimat all das ist, was die Alten erzählten, dann will ich alles davon so gut es geht ausnutzen. Barfuß über Wiesen laufen, Lernen, Arbeiten und die Kleidung tragen, die ich will.

Und die Alten im Lastwagen hatten recht: die Wiesen in Österreich sind grün und voller Schmetterlinge, der Himmel blau und ruhig, wir können uns frei bewegen, in die Schule gehen. Ich werde Lernen, Studieren und Arbeiten. Ich werde selbst entscheiden wann ich wen heiraten werde. Ich werde jeden Tag in Frieden genießen. Und ich werde jeden Tag Hosen und TShirts tragen.

Ausländer raus!

Virginia Argarate

„Ausländer raus!" mein 16-jähriger argentinisch/kanadischer Sohn scherzt mit meinem Partner, einem „reinrassigen Österreicher. Es ist ein saurer Witz, weil er den Kern jedes Menschen berührt, den Kern der Zugehörigkeit. Es ist aber auch ein sehr aktueller Witz, zu veranschaulichen wie Ausländer und Grenzen in einer großen und multikulturellen Familie wahrgenommen werden.

Dieser harmlose Witz – wir selbst leben seit 9 Jahren in Graz und haben die österreichische Staatsbürgerschaft – enthält die umfassendste Definition von Grenze, die ich mir vorstellen kann. In der humorvollen Provokation finde ich auch die Antwort auf meine Fragen zu Integration, Inklusion, Ausgrenzung, Diskriminierung, Willkommenskultur usw, usw...

Es geht nicht nur um geografische Grenzen, Staatsbürgerschaften, Pässe und rechtlichen Status. Und es geht viel um die Möglichkeit, sich tatsachlich in der Nachbarschaft, in der Stadt und in dem Land, in dem wir leben, zu Hause zu fühlen. Ich rede von der Möglichkeit, sich als wichtiger und aktiver Teil einer Gemeinschaft zu wahrnehmen zu können.

Ich reflektiere aus meiner Erfahrung heraus, die, wie jede persönliche Erfahrung begrenzt ist, und von Zufällen, Gluck, Pech sowie Privilegien und Nachteilen bestimmt wird.

Multikulti ist die Farbe meiner Welt
Aus argentinischen Eltern wurden nur zwei meiner fünf Kinder in diesem Land geboren, das mein Land ist (obwohl nicht das Land aller meiner Vorfahren) Zwei weitere meiner Kinder wurden in Deutschland geboren, wo wir 8 Jahre lang lebten, bevor wir nach Kanada zogen. Hier, so weit und so kalt, wurde das fünfte meiner Kinder geboren, das sich mit dem Witz über Ausländern amüsiert. Wir haben 8 Jahre in Kanada gelebt, bevor wir nach Österreich gekommen sind. Nach fast 25 Jahren des Umherwanderns haben wir ein *Potpourri* an Pässen und Staatsbürgschaften – einschließlich der Österreichischer -und in ständiger Bearbeitung die Frage der Zugehörigkeit.

In Österreich ist unsere Familie weitergewachsen. Meine älteste Tochter hat einen deutschen Partner, die zweite hat einen österreichischen Partner und die dritte – das Mädchen, das an *Sprachweh* leidet - lebt mit ihrem englischen Freund zusammen, der keine Anzeichen macht, dass er seine Heimat vermisst. Er fühlt sich in Graz sehr wohl.

Meine drei Enkelinnen sind Österreicherinnen mit einem österreichischen Vater und einer argentinisch- kanadischen Mutter.

STOP! Ich denke, dass diese genealogische Erklärung zu einem Zungenbrecher geworden ist...aber ich erwähne noch, meine spanischen und Italienische Großeltern und Urgroßeltern, die einmal selbst nach Argentinien ausgewandert sind ....

Dies ist der familiäre und kulturelle Kontext, in dem sich der Witz wiederholt. Es ist eine Art Bumerang, den der junge Mann von dem, was er erhalten hat, in die Gesellschaft zurückwirft: „Ausländer raus!“

In diesem Zusammenhang hat ein Jugendlicher, der einem Einheimischen „bestraft“, indem er ihn scherzhaft als „Ausländer“ bezeichnet, mehrere Funktionen:

1 -Es erinnert den Einheimischen daran, dass er eine Minderheit in einer bestimmten Gruppe ist

2 – Es erinnert den Eiheimischen, dass er sich bemühen muss, um das Risiko des Ausschlusses zu vermeiden.

3- Der Jugendliche geht davon aus, dass er als Teil der Mehrheit die Möglichkeit und das Recht hat, Unterschiedliche auszuschließen.

4- Zugehörigkeit oder Fremd sein haben mit Staatsangehörigkeit und Reisepass weniger zu tun, als mit der Haltung der Mehrheitsgruppe, der Gruppe, die in einem bestimmten Kontext die Macht innehat.

Die Ministerien und Gesetze entscheiden, wer in einem Land leben darf. Dies ist eine politische Frage. Mein Punkt ist jedoch, dass die wahre Grenze, die geöffnet werden muss, damit sich jemand, der in einem anderen Land geboren wurde, integrieren kann – die Grenze der Mehrheitsbürger ist. Sie entscheiden im täglichen Zusammenleben mit den Ankommenden, wer der „Ausländer", der Außenseiter ist.

Das folgende ist eine Geschichte einer Begegnung, die vor kurzem stattgefunden hat. Deshalb kann es ich im Detail und mit einem gewissen Zorne erzählen.

Die Verdammte Frage: Wo sind sie Zuhause?

Ich sagte nur gelegentlich „Hallo" und „Guten Morgen", während Franz und ich durch den Leechwald gingen. Ein Sonntag von so vielen.
Der Mann kam zu uns, um uns zu begrüßen und zu reden
Ich lächelte ihn an und machte Augenkontakt, während ich einem Gespräch, das mir fremd war, aufmerksam zuhörte.
Der Herr spürte die „Waffe" an seiner Taille und spielte mit seinen Fingern in einer entspannten und selbstbewussten Haltung.
Er war mir nicht unangenehm, aber ein Mann in Alarmbereitschaft. Plötzlich schoss die Frage, die auf seine Lippen guckte:

- *Und Sie, wo ist sein Zuhause?*
- *In Graz*

- *Ich meine: wo sind sie zu Hause?*
- *In Graz. Mein Zuhause ist seit neun Jahren Graz. Seit vier Jahren bin ich Österreicherin.*

Bereits mit einem Hauch von Ungeduld schoss der Herr eine verbesserte Version seiner Frage:

- *Welche Sprache sprechen Sie? Was ist ihre Muttersprache?*
- *Meine Muttersprache ist Spanisch, weil ich in Argentinien geboren wurde und dort mein halbes Leben verbracht habe.*

Langsam werde ich selbst ungeduldig. Ich bin auch defensiv und „bewaffnet“, wenn ich durch Graz gehe.

- *Und Sie, wo sind Sie Zuhause?*
- *In Graz natürlich. Ich komme aus Graz. Wie gefällt Ihnen mein Graz?*
- *Mir gefällt UNSER Graz sehr gut.*

Es ist ein wunderschöner Sonntag. Wir gehen den Weg der Menschenrechte im Grazer Leechwald. Der Gentleman hat es geschafft, mich zu irritieren. Ein paar Meter dahinter befindet sich das Plakat, das uns an das Recht Nummer 13 erinnert, das genau das Recht ist, ein Zuhause zu bauen und sich wie zu Hause zu fühlen. (Jeder Mensch hat das Recht, sich innerhalb eines Staates frei zu bewegen und den Aufenthaltsort frei zu wählen.)

Putzt man bei Ihnen die Fenster auch mit Zeitungspapier?

Simone Philipp

10. August, Montag

Grüß Gott, Guten Tag. Da sind Sie ja. Ich habe schon auf Sie gewartet. Kommen Sie nur herein. Immer nur weiter. Die Schuhe können Sie ruhig anlassen. Sie machen ja dann ohnehin sauber. Ihre Tasche können Sie hier abstellen. Wollen Sie nicht das Kopftuch ablegen? Darunter muss Ihnen ja furchtbar heiß sein.

Kommen Sie, kommen Sie. Ich zeig Ihnen schnell noch alles. Eigentlich müsste ich ja schon los... Hatte Ihr Bus Verspätung? Ach, Sie sind mit dem Auto gekommen? Na, da wundert mich gar nichts um diese Uhrzeit. Besser ist es, Sie fahren in Zukunft mit dem Bus. Sie verstehen mich doch, oder?

Hier ist die Küche. Da drüben das Bad. Das Klo ist extra. Sehen Sie? Hier in diesem Schrank sind die Putzmittel, Besen und da drüben die Wischtücher. Ach, Sie werden schon zurechtkommen und alles finden. So schwierig ist das ja nicht.

Jetzt muss ich aber los. Was denken Sie, wie lange Sie brauchen werden? Die Kinder kommen um vier, bis dahin sollten Sie jedenfalls fertig sein.

Nun, also dann.

13. August, Donnerstag

Hallo. Sind Sie heute mit dem Bus gefahren? Das geht doch viel besser, oder? Ich hab mir gedacht, Sie könnten die Gardinen von den Fenstern abnehmen und in die Waschmaschine stecken. Die soll das alles durchwaschen, während

Sie die Fenster putzen. Hier hab ich Ihnen schon einen Eimer bereitgestellt. Und die Zeitungen von dieser Woche hab ich auch noch nicht entsorgt. Putzt man bei Ihnen die Fenster auch mit Zeitungspapier?
Ich bin so froh, dass meine Freundin Karin den Kontakt zwischen uns hergestellt hat. So haben wir beide etwas davon. Eine Win-win-Situation sozusagen. Wie sind Sie eigentlich nach Europa gekommen? Über Ägypten? Ein schönes Land! Die Pyramiden und das Meer. Und der Nil natürlich. Mein Mann und ich haben einmal eine Kreuzfahrt gemacht. Vor Jahren. Das war noch vor den Kindern. Wie die Zeit vergeht... Nun muss ich aber.
Ach ja, bevor ich es vergesse: könnten Sie nächste Woche Dienstag und Freitag kommen? Das macht Ihnen doch nichts aus, wenn wir das immer so spontan vereinbaren?

18. August, Dienstag
Guten Morgen. Sie sind ja früh dran heute. Ich hatte noch gar nicht mit Ihnen gerechnet. Aber kommen Sie nur. Ich bin gerade beim Kaffee trinken. Sie können trotzdem schon anfangen.
Was ich arbeite? Ich bin Modedesignerin. Selbständig. Ja, das ist sehr zeitaufwendig. Da bleibt der Haushalt schon mal liegen. Aber Gott sei Dank kommen Sie ja jetzt zu uns. Ich kann Ihnen gar nicht sagen, wie sehr mich das entlastet.
Ach, Sie waren tatsächlich Richterin in Syrien? Ist das nicht ein gefährlicher Job dort unten? Ja, deswegen sind Sie dann wohl auch von dort weg. In Österreich ist Ihre Ausbildung nicht anerkannt? Na ja, das muss man schon verstehen. Wir haben hier ja auch ein ganz anderes Rechtssystem. Viel fortschrittlicher.
Seien Sie froh, dass Sie von dort weg sind. Hier können Sie doch viel freier leben. Und ich bin froh, dass Sie schon da sind. Dann kann ich ja jetzt flitzen.

21. August, Freitag
Setzen Sie sich einen Augenblick her zu mir. Ich wollte Sie das letztes Mal schon fragen. Ich denke es mir eh, aber haben Sie Kinder? Na, das trifft sich doch perfekt. Wissen Sie was? Bevor Sie das nächste Mal kommen, suche ich ein paar Spiele und Klamotten von meinen Kindern zusammen und pack sie Ihnen ein. Sachen, die wir nicht mehr brauchen. Die können Sie mitnehmen.

Die sind dann für Sie.
Wie? Was reden Sie denn da? Ich, rassistisch? Was soll das heißen? Ich wollte doch nur nett zu Ihnen sein. Wollte Ihnen eine Gelegenheit geben, sich ein bisschen Geld dazuzuverdienen. So einfach ist das für Sie ja wohl nicht mit drei Kindern und einem Kopftuch. Probieren Sie es doch mal am richtigen Arbeitsmarkt. Da werden Sie merken, was echter Rassismus ist. Aber Sie müssen ja nicht zu uns kommen, wenn Sie nicht wollen. Wir finden schon jemand anderen.
Aber… Da läuft sie nun wirklich davon. Versteht das wer?

Linz

Eine grenzenlose Welt?!

Anonym

Eigentlich bin ich gegen Grenzen. Am liebsten wäre mir eine grenzenlose Gesellschaft, wo jeder sein kann wie er oder sie will, und machen kann was er/sie will. Eine grenzenlose Gesellschaft, das wäre doch wunderbar. Niemand der dich kritisiert oder verurteilt für das was du bist, wen du liebst, wen du wählst, zu wem du abends beim zu Bett gehen betest, oder was du isst. Dafür alle Optionen, du kannst deine Interessen ausleben und deine Ziele verfolgen.

Und dann denke ich mir eines Tages, dieser Freund von mir, mit dem komme ich nicht klar. Er nutzt andere aus, seine Familie und seine Freunde. Auf ihn ist kein Verlass, man kann nicht auf ihn zählen. Er nimmt was er braucht, ohne Rücksicht auf die anderen, gibt aber nichts zurück. So kann gesellschaftliches Zusammenleben nicht funktionieren. Ich komme mit ihm nicht klar, muss ich nach einigem Nachdenken feststellen, weil er einfach sämtliche Grenzen überschreitet. Grenzen des Anstandes, Grenzen der Moral und Grenzen des gesellschaftlichen Miteinanders.

Es gibt Regeln, an die man sich halten sollte, wenn man Teil der Gesellschaft sein will. Moralische, ethische Regeln. Diese zu brechen heißt eigentlich Grenzen zu überschreiten. Wo ist sie denn dann, meine grenzenlose, freie Gesellschaft?

Ich glaube es gibt zwei Arten von Grenzen. Grenzen die der Norm entsprechen, natürlich sind, die man akzeptieren muss und an die man sich halten und in seinem Leben orientieren sollte. Und Grenzen die darüber hinaus gehen, unnatürlich erscheinen, sinnlos sind, an die man sich nicht halten sollte. Folglich ist wohl die große Frage, wer den Unterschied definieren sollte. Ich glaube an Grenzen, welche die Gesellschaft definiert hat, für mich ist mein Freund grenzenlos und damit selbst begrenzt, begrenzt gesellschaftsfähig, begrenzt dankes-fähig. Für ihn ist das wohl nicht so, für ihn gelten andere gesellschaftliche Normen und Grenzen.

Da geht sie dahin, meine Utopie einer grenzenlosen Welt. Es ist wohl genau andersrum, wir alle haben Grenzen, an die wir uns halten oder auch nicht, die wir akzeptieren oder auch nicht. Und da für uns jeden individuelle Grenzen gelten, ist wohl nur eines grenzenlos in dieser Welt, die Grenzen, die existieren, für einen jeden, für uns alle.

Ahmets Weg in Österreich

Anonym

Ahmet war elf Jahre alt, als er aus der Türkei nach Österreich kam. Er hatte die fünfte Klasse der Volksschule abgeschlossen, als er, seine Mutter und die Geschwister nach Österreich auswanderten. Sein Vater lebte bereits seit vielen Jahren in Österreich, so durften sie damals alle auf legalen Wegen nach Österreich fliegen.

Er und alle seine Familienmitglieder stellten sich Europa als einen Ort ohne Probleme und Sorgen vor. Sie kannten Dorfbewohner, die nach einer Emigration nach Europa auf Urlaub in die Türkei zurückkehrten. Diese hatten oft ein teures Auto und ganz neue und schöne Kleidungen, weswegen sie von vielen Dorfbewohnern beneidet wurden. Auch Ahmets Familie wollte einmal in dieser Form ihren Urlaub in der Türkei verbringen.

Als Ahmet und seine Familie – ohne den Vater – im Flugzeug saßen und auf Nacht Wien von oben mit seiner beeindruckenden Lichtvielfalt betrachteten, wurden sie noch stärker aufgeregt und mit größerer Freude erfüllt. Am Flughafen holte der Vater die Familie ab und sie fuhren gemeinsam nach Oberösterreich, wo ihr neues Zuhause auf sie wartete. Sie waren zwar alle müde, doch übertraf die Freude die Müdigkeit, sodass sie ihre Augen nicht schlossen und aus den Fenstern des Autos sich die Straßen und die umliegenden Gebäuden ansahen. Denn endlich konnte die ganze Familie zusammen mit dem Vater in Österreich leben. Davor konnte der Vater sie nur einmal im Jahr für wenige Wochen besuchen.

Nachdem sie in Oberösterreich in ihrem neuen Haus angekommen waren, musste Ahmet beim Eingang feststellen, dass die Realität seinen Vorstellungen nicht ganz entsprach. Denn ihr „neues“ Haus war sehr alt und in einem schlechten Zustand. Nichtsdestotrotz waren er und alle anderen Familienmitglieder sehr froh, dass sie endlich in Österreich sein konnten… Das war im Laufe eines heißen Julis.

Am folgenden Tag begann er mit seinen Geschwistern die Umgebung zu erkunden. Sie gingen immer jeweils einige hunderte Meter weg und kehrten wieder schnell zurück, um den Weg nach Hause nicht zu verlieren.
Die Nachbarn wunderten sich über die vielen Geschwister von ihm – die meisten von ihnen waren allerdings Ahmet und seiner Familie gegenüber freundlich gesinnt.

Ahmet und seine Familie begannen in diesem Sommer bei einer Deutschlehrerin die deutsche Sprache zu lernen, um im Alltag ohne die Hilfe des Vaters zurechtkommen und in der Schule dem Unterricht folgen zu können.

Am ersten Schultag wurden Ahmet und sein älterer Bruder von der Mutter und einer Dame, die der deutschen Sprache mächtig war, in die Hauptschule (damals hieß die [Neue] Mittelschule noch so) gebracht. Sie wurden vor dem Konferenzzimmer Lehrern anvertraut. Ahmet wurde in eine zweite Klasse gebracht und sein Bruder in eine andere.

Ahmet konnte weder die Klassenvorständin noch seine Mitschüler verstehen. Er fühlte sich unter vielen Menschen ganz allein. Die Lehrerin versuchte, mit ihm ein Gespräch zu führen. Das Gespräch dauerte jedoch nicht lange, weil Ahmet nur wenige deutsche Phrasen kannte *(z. B. Ich heiße Ahmet und bin elf Jahre alt. Ich komme aus der Türkei.)*.

Ahmets Mathematiklehrerin kannte seine Situation und wollte mit ihm Deutsch lernen. Sie half ihm auch bei den mathematischen Inhalten, weswegen er ihr sehr dankbar war. Ahmet lernte die deutsche Sprache sehr schnell. Er war offiziell außerordentlicher Schüler, aber hatte ab seinem zweiten Jahr in Österreich in der dritten Klasse regulären Unterricht. Er war in jedem Fach positiv, denn damals wollte er Rechtsanwalt werden. Er wusste, dass er dafür viel lernen müsste – mehr als alle anderen Schüler, die die deutsche Sprache nicht lernen mussten.

Sein Eifer und seine guten Leistungen fielen allen Lehrkräften auf. Er bekam daher gute Noten. Viele Mitschüler beneideten ihn, weil er die deutsche Sprache noch nicht so gut beherrschte, aber trotzdem gute Noten bekommen konnte. Sie wollten daher keine Freundschaft mit ihm beginnen, sondern versuchten, ihn aus der Gruppe auszuschließen, mit ihm nicht zu reden. Außer einigen Mitschülern verhielten sich die meisten so ähnlich. Trotz dieser schwierigen Situation, in der er war, konzentrierte er sich intensiv auf die Schule. Auch in der letzten Klasse der Hauptschule blieben für ihn die Umstände gleich, weswegen er möglichst schnell diese Schule abschließen wollte.

Neben den schulischen Herausforderungen gab es auch in der Familie Schwierigkeiten. Die Familie hatte mit finanziellen und gesundheitlichen Problemen mancher Familienmitglieder zu kämpfen. Ahmet musste mit all diesen Schwierigkeiten umgehen. Trotz allem versuchte er immer wieder, sich auf die Schule zu konzentrieren, um sein Ziel zu erreichen.

Nach der Hauptschule besuchte er die Polytechnische Schule, dann eine Allgemeinbildende Höhere Schule. Während seiner letzten Schule entschied er sich für das Lehramt und studierte es nach der Matura auch. Heute ist Ahmet ein Lehrer, der anderen Schülern helfen will, damit auch sie ihre Ziele erreichen können.

Zur Legitimation von Minderheitenrechten

Anonym

Wer heute eine beliebige Tageszeitung aufschlägt, findet mit hoher Wahrscheinlichkeit einen Bericht zum Thema ‚Migration' oder ‚Migranten. Bei längerer Beobachtung der Medienlandschaft zieht sich das wie ein roter Faden durch alle Bereiche der Berichterstattung. Meist mit negativem Beigeschmack, sind es doch ‚die anderen', die für so viele Missstände im Land verantwortlich sind. Der Umgang mit Zugezogenen, besonders aus den nicht-westlichen Ländern - ein Begriff der gerne als Sammeltopf für alles was sich offensichtlich von ‚uns' unterscheidet herhalten muss - ist ein brisantes Thema und lässt sich gut verkaufen. ‚Österreich ist ein Einwanderungsland!'. Diese mehr oder weniger ‚bedrohliche' Schlagzeile findet sich die Tage häufig. Die hohe Aufmerksamkeit, welche die Bevölkerung dem Thema beimisst, findet sich auch im politischen und wissenschaftlichen Diskurs wieder. Die Grenzen zwischen den Ländern werden weicher, mit Marshall McLuhans Worten nähern wir uns dem globalen Dorf, welches die Verbindungen zwischen Ländern quer über den Globus vereinfacht und fördert. Das betrifft auch die Wanderungsmöglichkeiten der Menschen. Sei es nun freiwillig, etwa die Wirtschaftsmigration, oder unfreiwillig, gezwungen durch Bürgerkrieg und Ausbeutung im eigenen Land, Menschen werden dynamischer.
Daraus ergibt sich als Konsequenz, das immer mehr Menschen in Ländern leben, welche nicht die ‚Kultur' und ‚Tradition' ihres Heimatlandes darstellen. Ebenso das Rechtssystem ist weltweit nicht homogen. Das führte spätestens in den 80er und 90er Jahren zu einem neuen Schlagwort, dem ‚Multikulturalismus'. Verschiedene Menschen mit unterschiedlichem kulturellem

Background leben nebeneinander und miteinander, so die Vorstellung des Multikulturalismus. Liberalität und Offenheit gegenüber anderen Kulturen und deren kulturell legitimierten Praktiken galten als Sicherheit für eine nicht- diskriminierende ‚Ausländerpolitik'. Auch im wissenschaftlichen Bereich wurde diese Haltung begrüßt und unterstützt.
Mittlerweile ist der Diskurs differenzierter. So erkannte man sowohl in der politischen Praxis, als auch in der Wissenschaft, dass ein laissez-faire Prinzip nicht gleichzusetzen ist mit wahrer Gleichberechtigung.
Die Diskussion rund um die Minderheitenrechte entstand. Sollen zugezogene Menschen und ihre Familien die Traditionen ihres Heimatlandes hier weiterhin leben können, oder sollen sie so gut als möglich den hiesigen ‚Gepflogenheiten' angepasst werden, also integriert oder gar assimiliert werden? Schützen spezielle Rechte Minderheiten oder kann nur eine Gleichbehandlung die Gleichstellung der Menschen ermöglichen? Sind Minderheitenrechte geeignet Ungerechtigkeiten in der Gesellschaft vorzubeugen oder verstärken sie diese?

Der Begriff des Multikulturalismus

Der Begriff des Multikulturalismus wurde in den 80ern und 90ern sowohl im wissenschaftlichen Bereich, als auch in der Umgangssprache zum gängigen Ausdruck für die Existenz und Akzeptanz von verschiedenen kulturellen Gruppen in einem Gebiet. Multikulturalismus fordert den Schutz und die Gleichberechtigung aller Menschen eines Landes, egal welcher Kultur sie angehören. Er sagt, dass Menschen mit unterschiedlicher kultureller Erfahrung gemeinsam in einem Gebiet leben und trotz ihrer Unterschiede die gleichen Chancen und Möglichkeiten haben. Angehörige einer kulturellen Minderheit sollen nicht in die Massengesellschaft assimiliert werden, sondern ihre Traditionen gleichberechtigt ausführen dürfen. Gegenseitige Toleranz ist Voraussetzung.
Als die Multikulturalismusdebatte an Popularität gewann, stand die Annahme im Zentrum, dass sich eine Minderheit in einer Mehrheitsgesellschaft nur dann völlig entfalten kann, wenn sie spezielle Rechte hat. Gemeint war damit das Recht, kulturelle Spezifika frei leben zu können. Die Betonung lag klar auf einer kulturrelativistischen Sichtweise, welche die Unterschiede zwischen den kulturellen Gruppen betonte und deren Unvereinbarkeit the-

matisierte. So war in der öffentlichen Debatte zentral, dass die Staaten ihren Bürgern durch Ignorieren ihrer kulturellen Identitäten im gleichen Maße schaden wie durch Verleugnen ihrer Rechte. Denn die Rechte, Pflichten und Institutionen in einem Land sind der Mehrheitsgesellschaft angepasst. Somit sind Minderheitenrechte notwendig um Ungerechtigkeiten zu kompensieren. Kultur wird also ein so hoher Stellenwert im Leben eines Menschen beigemessen, dass diese durch spezielle Rechte geschützt werden muss. Nur mit Minderheitenrechten, welche die freie Ausübung einer Kultur garantieren, ist den Menschen einer Minderheit ein gleichberechtigtes Leben möglich. Jede Form der Assimilierung bedeutet in dieser Sichtweise Zwangausübung und somit Unterdrückung der Angehörigen einer Minderheit.

In den 90er Jahren war Multikulturalismus also weitgehend akzeptiert, die internationale Haltung ändert sich jedoch schnell. Ein weiterer Argumentationspunkt seitens der Regierungen um eine striktere Politik gegenüber Einwanderern einzunehmen, war die Möglichkeit der Integration in die Nation. So heißt es, dass eine zu hohe Akzeptanz von Unterschieden die Identifizierung mit und das Einleben in die Nation verhindern würde und weiters terroristische Tendenzen fördert. Im Namen des Kampfes gegen den Terror ist es also für die Verantwortlichen ein Leichtes Minderheitenrechte sukzessive einzuschränken. Die neue Bedrohung durch Terroristen ermöglicht den Regierungen nun eine starre Haltung gegenüber Angehöriger anderer Kulturen, welche sich wahrscheinlich auf Dauer genauso wenig bestätigen wird, wie die anfängliche gegenteilige Haltung. Zwangassimilierung kann nicht die Lösung sein, ebenso wenig wie unreflektierte Minderheitenrechte.

Die Loslösung von Minderheitenrechte und Kultur als Lösung?

Während die westlichen Gesellschaften den Anspruch erheben ‚de-ethnicised' zu sein, ein eigenes liberales Wertesystem zur besitzen, welches nicht mehr auf spezifischen kulturellen Normen basiert, und somit vom moralischen Standpunkt aus zu handeln, wird bei der Minderheit der Begriff der Kultur sehr selektiv verwendet um das Handeln zu erklären. Beispielsweise Kurse für Immigranten, welche Werte wie Demokratie, Toleranz und Gleichheit aller Menschen vermitteln, als ob diese eine westliche Erfindung wären, die den Immigranten fremd sind. Auch der Sozialpädagoge C., mit dem ich

ein Interview führte, sieht den Unterschied zwischen Minderheiten und der österreichischen Gesellschaft ähnlich. Auch er betont also die allgemeinen, demokratischen Wertvorstellungen in Österreich, an welche sich Immigranten halten sollten. Zudem thematisiert er damit ein weiteres Problem, nämlich ob Minderheitenrechte das freie Leben eines Menschen in einem anderen Land fördert, oder ob sie das Miteinander zusätzlich erschweren. Wie C. sagt, gibt es in einer Gesellschaft Ansichten darüber, was akzeptiert werden kann und was nicht. Gerade bei kulturellen Praktiken, welche durch die Religion legitimiert werden, ist es schwierig einen Konsens zu finden.
Er ist der Meinung, dass Minderheitenrechte nicht dazu führen dürfen, dass die Normen der Mehrheit über Bord geworfen werden. Somit wird ein Minderheitenrecht, egal ob erteilt oder bewusst nicht erteilt, immer für Kontroversen sorgen. Denn auch wenn ein Minderheitenrecht im Idealfall in einem demokratischen Prozess innerhalb der Minderheit entwickelt wurde, wenn es zu zunehmenden Spannungen innerhalb der gesamten Gesellschaft führt, so wird es langfristig gesehen der Minderheit wieder schaden, wenn es sie von der Mehrheit zusätzlich entfernt. Durch einen Multikulturalismus, der auf die einzelnen Aspekte einer Kultur und die Unterschiede zwischen den Kulturen fokussiert, werden diese zentralisiert und die Gemeinsamkeiten der Menschen im Allgemeinen verdrängt. Die Unterschiede zwischen den Gruppen werden zum zentralen Merkmal, gleichzeitig wird die Homogenität innerhalb der Gruppe überzeichnet. Das führt dann in Folge zu einem Abschwächen der Solidarität zwischen den Menschen, der Wille zum Teilen, ein zentrales Element des Wohlfahrtsystems, sinkt und gegenseitige Ablehnung wächst. Eine Betonung der Unterschiede führt zu einem extremen Kulturrelativismus, welcher Integration verhindert und in Folge den Boden für Terrorismus und extreme Handlungen nährt.
Außerdem wird durch eine Fokussierung auf die kulturellen Unterschiede und auch durch Gesetze, welche sich auf die ethnische Zugehörigkeit beziehen, die gegenseitige Beeinflussung von Kulturen außer Acht gelassen. Eine Lösung dieses Problems würde in der Trennung von Moral und Politik liegen, da gewisse Normen unseres Miteinanders nicht auf territoriale Grenzen zu beziehen sind. Kulturen stehen miteinander im Austausch, und es gibt Kulturübergreifende Vorstellungen von Recht und Ordnung, wie die Menschenrechtsdeklaration.

Diese müssen zwar ständig überarbeitet und neu definiert werden, aber es gibt limitierende Prinzipien wie allgemein gültige Moralvorstellungen. Diese sind beispielsweise die Gleichberechtigung der Geschlechter und der Schutz vor psychischem und physischem Leid. Die Trennung von Moral und Politik würde die Basis bieten, gleichberechtigt neben und miteinander zu leben, egal welcher Kultur man angehört. Trotzdem wäre es möglich Kritik auszuüben und in der Justiz mit den gleichen Maßstäben zu messen. Denn vor dem Strafgericht darf es keinen Unterschied machen, welcher Kultur man sich zugehörig fühlt.

Die heutigen, sozusagen ‚westlichen' Gesellschaften sind längst von einer Vielzahl anderer Kulturen und Werten beeinflusst. Der Zuzug aus verschiedensten Teilen der Welt nimmt stetig zu. In einer Gesellschaft, die eine Vielzahl von verschiedenen Menschen aus den verschiedensten Kulturen und den verschiedensten ethnischen Zugehörigkeiten beherbergt, darf Kultur nicht mehr über Recht entscheiden. Gemeinschaften wie die EU oder die UNO und andere internationale Organisationen basieren darauf, dass es einen gemeinsamen Nenner gibt und ein Wertesystem, das hinter der kulturellen Zugehörigkeit liegt und die Menschen verbindet, sowie Verständnis füreinander schafft. Der einzige Weg kann nur die Förderung von Selbstbestimmung, Eigenständigkeit und Selbstbewusstsein sein, und zwar aller Menschen, egal welchen Geschlechts, Kultur oder Religion sie sich zugehörig fühlen. Wenn für alle Personen die gleichen Rechte gelten, erst dann kann das Individuum seine persönliche Kultur, Religion und sein Geschlecht leben, gestalten und interpretieren.

Zürich

Grenzen überwinden

Fatmire Sopa

Viele Jahre sind vergangen, aber in meinen Gedanken sind die Erinnerungen an den Krieg, die Folterungen, die Getöteten und Massaker, die Flucht und die Leiden immer noch frisch. Mir scheint, als wäre gestern alles passiert.
Ich verstand es nicht, warum wir unser Zuhause verlassen mussten, den Ort, in dem wir geboren sind, wir waren in unserem zu Hause, in unserer Heimat, die auch die Heimat unserer Grosseltern war.
Wie kann man diesen schrecklichen Schultag vergessen, den Tag, der mein ganzes Leben verändert hat. Ich ging in die 8. Klasse, die erste Stunde endete, wir begannen mit der zweiten Stunde, der Klassenlehrer hatte das Thema geändert und uns gesagt, dass wir heute Frühlingsblumen zeichnen werden, ``Frühling zeichnen und färben, wie Sie es wünschen``, und dann werden wir alle nach Hause gehen.
Wir fingen an, den Frühling voller Blumen zu zeichnen, aber wir haben es nicht geschafft, die Zeichnung fertig zu machen. Plötzlich drang eine Flut von Kugeln aus dem Fenster in unser Klassenzimmer ein. Wir hörten die Stimme des Lehrers schreien,`` legte euch schnell hin, legt euch schnell hin`` , aber sie hielt nicht an und die Stimme des Lehrers war nicht mehr zu hören. Ich lag unter der Bank, Händchen haltend mit meiner Freundin Agnesa.
Nach ein paar Minuten hörten die Kugeln auf. Wir weinten alle, einige wegen Verletzungen und einige aus Angst, aber nur die Stimme meiner Freundin wurde nicht gehört. Ich rief ihr zu, aber sie sprach nicht mehr mit mir. ``Bitte wach auf``, bat ich sie ununterbrochen, aber sie hatte bereits ihre Augen geschlossen, Blut floss aus ihrem linken Arm, Sie hielt das Zeichenblatt mit

den Händen und die Frühlingsblumen waren rot geworden, sie hatte sie mit ihrem Blut gemalt.
Mein Lehrer lag auf dem Boden, sein ganzer Körper war voller Blut, die anderen Kinder hatten Angst, wir mussten gehen. Ich hatte nicht die Kraft zu gehen und meine Freundin und meinen Lehrer auf dem Boden liegen zu lassen, aber die anderen Lehrer sagten uns, wir sollten gehen. , sie sagten auch, dass wir die Getöteten und Verletzten mitnehmen werden.
Der Weg nach Hause streckte sich und hatte kein Ende. Ich konnte kaum nach Hause kommen, meine verängstigten Eltern warteten auf mich, die Bombenangriffe hörten nicht auf, wir gingen alle in den Keller des Hauses, um den Bomben und Kugeln zu entkommen, aber diesen Kugeln konnte mein Vater nicht entkommen.
Er war am Bein verletzt, ich versuchte die Blutung mit einigen Bandagen zu stoppen, die wir zu Hause hatten, aber die Blutung hörte nicht auf, er begann schwächer zu werden und die Kraft zu verlieren, mit Seelenschmerzen, versehentlich tropften meine Tränen auf die Wunde meines Vaters und er öffnete sofort seine Augen und sah mich an, strich mir durch die Haare und sagte, mach dir keine Sorgen, es geht mir gut. Nach Einbruch der Dunkelheit hörten die Bombenangriffe auf. Die einzige Hoffnung auf Überleben bestand darin, in die Berge zu fliehen. Das ganze Dorf floh zu dem Berg. Inmitten von Angst und Entsetzen schien nur der Mond und ermöglichte es den Verwundeten ihre Wunden mit Hilfe seines Lichts zu verbinden.
Ich hatte viel Angst, ich hatte keine Angst vor dem Tod, sondern vor den Folterungen durch die Soldaten. Wir flohen in die Berge, ohne Orientierung, verloren, verängstigt, müde und hungrig. Nach vier Tagen auf dem Berg und unserem Treffen mit einem Arzt wurde mein Vater etwas stärker.
Zehn Monate Flucht, von Dorf zu Dorf, von Berg zu Berg. Bomben und Kugeln waren unsere Lebensgefährten geworden, aber das Schwierigste war, durch die Leichen und Verwundeten zu gehen und ihnen nicht helfen zu können. Erinnerungen, die nicht vergessen werden. Ich kann den März 1999 nicht vergessen, als wir gezwungen waren, nicht nur unser Zuhause, sondern auch unser Land zu verlassen.
Sechs Tage in den schneebedeckten Bergen ins Nachbarland zu gehen, war ein Kampf um Leben oder Tod, Weg, den Tausende von Menschen gingen,

der Weg war rutschig, jeden Moment konnten wir in einen Abgrund fallen, unsere Körper zitterten vor Kälte, wir trauten uns nicht anzuhalten, weil wir wegen der Kälte sterben würden.
Wie kann ich den Moment vergessen, in dem ich eine Frau sah, mit ihrem Baby im Arm in der Nähe eines Felsens erfroren, neben dem eine andere alte Frau tot auf einem Stein lag. Alle 20 Meter trafen wir Leichen, wir wurden auch wie zu Geistern, gingen auf dem Weg wie lebende Tote. Wegen der Kälte mussten wir weiter marschieren, wir spürten unsere Körperglieder nicht, wir waren so müde, dass wir nicht einmal mehr das Leben wollten.
Es war 7 Uhr morgens, und plötzlich wurde unsere Gruppe von Soldaten angegriffen, wir waren über 200 Menschen, jetzt stand der Tod vor unseren Augen, sie lachten uns aus und beleidigten uns mit schmutzigsten Wörtern. Sie hatten überhaupt keine Gnade für uns und schlugen uns so hart wie möglich, einer der Soldaten schlug mich auf die Schulter mit dem Maschinengewehr, ich lag sofort vor Schmerzen auf dem Boden, meine Mutter fing an zu schreien, mein Vater versuchte den Soldaten weg zu zerren, der mich schlug, aber er schlug auch meinen Vater, auch mein Vater fiel zu Boden, fast bewusstlos .
Wie kann ich den Moment vergessen als auf der Spitze der Berge, gefroren von der Kälte, hungrig, die Gefühle der Gliedmassen verloren gingen, während die Soldaten begannen, Männer und Frauen in zwei Gruppen aufzuteilen, eine Taktik, die uns bereits bekannt geworden war.
Wir wussten schon, was passieren würde, wir wussten, was uns erwartete. Die Männer stellten sie alle auf der einen Seite auf, die Frauen und Kinder auf der anderen Seite, dutzende Soldaten standen vor uns, mit automatischen Waffen vor uns. Sie sprachen laut miteinander - `` was sollen wir jetzt tun? Sie sofort töten oder noch etwas warten? –Nein, nein, wir töten sie nicht, sagte der andere. -Zeigen wir Ihnen etwas Wichtiges? - Allen Männern banden sie Hände und Füsse zusammen und fingen an, wie verrückt zu lachen. - Jetzt werdet ihr etwas sehr Aufregendes sehen, sagte einer der Soldaten und näherte sich den jungen Frauen. - Jetzt werdet ihr sehen, wie Sex gemacht wird.
Wie wilde Tiere finge sie an, ihre Kleider zu zerreissen, sie hatten nicht genug Kraft sich selbst zu verteidigen, sie schrien mit aller Kraft Nein, Nein, Nein. Ihre Stimmen Drang tief in die hohen Berge ein, ihr Schicksal war schrecklich, gleich schrecklich war auch für uns, dass wir nicht die Kraft

hatten, ihnen zu helfen. Ihre Körper bluteten aus den Nägeln der Kriminellen, sie wurden rücksichtslos vergewaltigt, vor den Eltern, Brüdern und ihren Kindern.
Die Soldaten hörten auf, Frauen zu vergewaltigen, nachdem einige automatische Schüsse zu hören waren, aber die Kriminellen drehten sofort ihre Gewehre in die Richtung der Männer und erschossen sie alle, dann flohen sie. Der Tod war für sie die Rettung, während 20 junge Frauen mit zerrissenen und vergewaltigten Kleidern auf dem kalten Schnee standen. Die Hilfe für uns war zu spät, die Männer starben unter uns, mein Vater, ich berührte sein Gesicht, ich hoffte, er würde aufwachen, aber er sprach nicht mit mir, ich nahm eine Hand voll Schnee und begann, das Blut aus seinen Augen zu entfernen, damit er sie öffnen konnte , aber er konnte sie nicht öffnen, ich löste seine Beine und Arme, damit er sie bewegen konnte, aber es war immer noch nutzlos, er konnte sie nicht bewegen, ich brachte mein Ohr nahe, um seinen Herzschlag zu hören, aber sein Herz hatte aufgehört zu schlagen, ich wollte ihn ein letztes Mal umarmen aber er bewegte sich nicht, er bewegte sich nicht mehr, -Papa Wach bitte auf, schrie ich ununterbrochen.
Ich hatte mich in diesem Entsetzen verloren, ich hoffte, dass alles ein Traum sein würde und ich aus dieser Angst aufwachen würde, aber niemand weckte mich, aus der Wirklichkeit kannst du nicht aufwachen, du musst sie erleben und erleiden.
Für ein paar Minuten vergassen wir die vergewaltigten Frauen, um die Toten zu retten, plötzlich waren ihre Stimmen zu hören, sie hielten sich alle an den Händen, sie sprangen vom Felsen und fielen hin, ihre Stimmen hallten zum Himmel. Alles geschah vor unseren Augen, von dem Entsetzen, das ich erlebt hatte, hatte ich das Bewusstsein verloren, ich weiss nicht, was als nächstes geschah, ich weiss nur, dass eine Gruppe von Soldaten aus dem Nachbarland uns gefunden und gerettet hatte. Nach zwei Tagen wachte ich in einem Zelt auf, das als Krankenhaus in einem Flüchtlingslager gebaut worden war. Sobald ich meine Augen öffnete, sah ich meine Mutter neben mir stehen, meine jüngere Schwester und mein Bruder waren in der Nähe. Ich fragte sie nach meinem Vater, aber sie antworteten nicht, Antwort für mich waren die Tränen, die über ihre Wangen flossen.
Wir hatten alles verloren, was wir hatten, wir hatten nur den Schmerz und Leid bei uns.

Wir blieben zwei Monate im Flüchtlingslager. Von den Organisationen der verschiedenen internationalen Verbände nahmen sie uns mit und schickten uns nach Deutschland.
Ich möchte den Krieg vergessen, ich möchte mich täuschen, dass alles nur ein Albtraum war, aber vergebens. Jedes Mal, wenn ich meine Augen schliesse, fühle ich die Hand meiner Freundin in meiner Hand, höre ich die Stimme des Lehrers und anderer Schüler, ich höre die Stimmen und Schreie von vergewaltigten Mädchen, ich höre die Stimmen von Babys, die unaufhörlich weinten, ich höre die Schüsse, die meinen Vater töteten, ich fühle die Kälte dieses März und die Hoffnung, dass der Frühling wieder kommt.

Ich will Hoffnung

Akife Hüseynova

Ich bin Akife, ich will Hoffnung
Merhaba, ich bin die Akife Hüseynova,36 Jahre alt, verheiratet, Mutter von 2 Kindern, Vorschullehrerin, Schachlehrerin und Frau.

Ich bin Bürgerin des diktatorisch geführten Aserbaidschan. Wir sind aus unserer Heimat in die Schweiz geflüchtet und führen nun hier als Flüchtlinge unser Leben. Leider führen wir ein unglückliches Leben. Wieso? Wir warten, es ist eine schwierige Situation? Warum müssen wir überhaupt diese Lebenssituation durchstehen?

Es ist so ungerecht in ein Land geboren worden zu sein, welches als demokratisch betitelt aber tatsächlich unter diktatorischer Führung steht. Dieses Gefühl der Ungerechtigkeit ist so widerlich und unerträglich. Mein Leben lang kenne ich nichts anderes als, grausamsten Unterdrückungen, Gewalt, Kriege, Hungersnöte, Arbeitslosigkeit und Korruption.

Seit 1990 leben wir im Krieg, wir haben bis zu 20 % unseres Landes, ohne Rücksicht auf Kinder, Fauen , Alte, Gebrechliche, auf qualvollste Weise, an die Feinde verloren. Es herrscht weiterhin Krieg, jeden Tag fallen unsere Soldaten, unsere Kinder. Eigentlich wählt man den Staatsoberhaupt mit den Stimmen des Volkes, dieser wurde aber nicht mit der Stimme des Volkes gewählt. Nein, dieser hat sich selbst bestimmt. Es heißt, meine Heimat sei Reich an Erdöl und Erdgas, aber warum nutzt man dieses Reichtum nicht für seine 10 mio Einwohner ?

Ach ja, wenn der Präsident ein Diktator ist, kümmert dieser sich erstmal um sein eigenes Wohl, dann um das Wohl seiner Familie, dann kommt die Verwandtschaft dann sein nahes Umfeld..... Ach ja, das Volk, dieses verarmt und verhungert.

Bitte erklärt mir doch eins, wie kann ein Jemand sich seit 17Jahren ununterbrochen zum Staatsoberhaupt berufen lass?

2016 hat der Präsident eigenmächtig die Amtsdauer im Grundgesetzt verändert, die Amtsdauer wurde von 5 auf 7 Jahre verlängert. Ist die Demokratie?

Aber warum erhebt sich niemand dagegen?

Mein Leben lang habe ich für Menschenrechte in Aserbaidschan gekämpft und nach Gerechtigkeit gesucht. Aktiv, als Parteimitglied und Frau habe ich gegen das Regime, trotz der Polizeigewalten demonstriert, an Konferenzen und Treffen teilgenommen. Jedes Mal habe ich die Gewalt der Polizei zu spüren bekommen, körperlich. Mit schmerzlichen Verlusten. Aber ich habe nicht aufgegeben.

Nur für meiner Tochter (13JAhre alt) sind wir geflüchtet, weil wir Ihr eine Zukunft mit Zuversicht und Sicherheit bieten wollten. Mein Hoffnungsträger ist die Schweiz, hier gibt es Menschenrechte und Respekt. Es ist einfach so schön hier...,

Schon mein Onkel, Politiker Gabil Rzayev ist vor 17 Jahren in die Schweiz geflüchtet, da er sich nicht mehr den Unterdrückungen und Ungerechtigkeiten beugen wollte. Auch ich bin aktiv in seiner Partei und möchte mich nicht beugen.

Erst nach 34 Jahren Lebenserfahrung durfte ich spüren, dass ich bisher nicht gelebt, geatmet oder geliebt habe.

Erst jetzt atme ich auf, erst jetzt Lebe ich, erst jetzt spüre ich Lebenslust, erst jetzt verspüre ich FREIHEIT..

Bevor wir in die Schweiz flüchteten hatte ich nur meine Tochter in meinen Armen, meine anderen Babys habe ich wegen der Gewalt Einflüsse verloren und durfte kein weiteres Mutterglück verspüren. Aber die Schweiz wurde meine Hoffnung, meine Sicherheit, meine Zuversicht. Wir wurden beschenkt, meine Hoffnung, mein Sinn, mein Sohn, Ali Asaf. Dieses kleine Wesen schenkte mir erneut das wärmste Gefühl auf Erden. Alleine deswegen, gilt meine unendliche Dankbarkeit diesem Land, der Schweiz.

Meine Tochter, Guluzar Hüseynova .ist leidenschaftliche Schachspielerin, sie ist ein kluges und herzensliebes Mädchen, Sie besucht die Sekundarschule, innerhalb der letzten 3 Jahren hat sie 2 Meisterschaften bei den Schweizer Mädchen Turnieren gewonnen, durfte bei der Weltmeisterschaft in Spanien, erfolgreich die Schweiz vertreten und hat bisher mit ihren 13 Jahren 15 Pokale gewonnen.

Wir wollen leben, wir wollen Freiheit, wir wollen Atmen.

Auch wir durchleben den Prozess des Asylverfahrens, es ist sehr frustrierend. Leider haben wir auch hier bereits einen Tiefschlag erleiden müssen, das war so schlimm, besonders als Mutter. In unserer Heimat werden wir in den Zeitungen gedemütigt und als Vaterlandsverräter betitelt, uns wird Brutalität, Folter, Demütigung , Lebenslang Haft erwarten und wir werden von unseren Kindern getrennt . Lieber würde ich sterben als lebendig getrennt von unseren Kindern zu sein

BITTE SCHLIESST UNS IN EURE Arme und haltet uns fest, raubt uns nicht unsere Hoffnung , unser Leben unsere Luft zum Atmen.

«Dialektik der Grenze» Ein Essay zum Stand der Freizügigkeit

Julia Rüegger

„Wo ist dieses freie Land, das den schönen Namen Europa trägt? Ich sehe nur Staaten. In einem dieser Staaten, in Belgien, gibt es ein Parlament, das Europaparlament, das ist bekannt. Bekannt ist auch, dass viele, Tausende, sogar Hunderttausende nach Europa ziehen. Millionen andere ziehen in Europa um, brechen auf, verlassen ihr Land und lassen sich woanders nieder. Europa hat die Menschen dazu gebracht, sich in Bewegung zu setzen. Aber wo ist das Land? Je tiefer sie nach Europa einwandern, umso mehr scheint es zu verschwinden." (Maxi Obexer)

Basel im April 2020. Es wird oft gesagt, die Corona-Pandemie wäre radikal egalitär und demokratisch insofern sie uns „alle gleichermassen" trifft. Angesichts dieser durch einen Virus ausgelösten globalen Krise und der damit erhöhten physischen und psychischen Erfahrbarkeit von Grenzen für grosse Teile der Menschheit bestätigt sich aber in Wirklichkeit einmal mehr, dass Grenzen keineswegs eine „neutrale" Schranke sind, die jeden und jede auf die gleiche Weise betrifft. Vielmehr zeigt die Coronakrise verschärft, was auch in Nicht-Pandemiezeiten für staatliche Grenzen in unserer Welt gilt: dass sich ihre Bedeutung, ihre Wirkungsweise, ihre (Nicht-)Passierbarkeit und das Mass ihrer Gewaltförmigkeit eklatant unterscheiden abhängig davon, wer mit ihnen in Berührung kommt. Im Zusammenspiel damit, dass Wirtschaftskrisen, die Folgen der Klimaerwärmung und die Effekte neoliberaler Marktlogik bestimmte Menschen und Personengruppen ungleich stärker treffen als andere und die drohende Arbeitslosigkeit, Insolvenz oder gesundheitliche Risiken infolge der Pandemie bestimmte Menschen besonders existenziell bedrohen, sind auch die Grenzen ein Ort, an dem sich politische, rechtliche und sozial-ökonomische Unterschiede in aller Härte manifestieren. Vielleicht sind Grenzen sogar der Schauplatz schlechthin, an dem die historisch gewachsene und postkolonial fortgesetzte Klassifikation und Selektion von Menschen nach Nationalität, Herkunft und Staatsbürgerschaft – und damit das Urteil darüber, wieviel ein Leben wert ist oder nicht – am unverhohlensten zum Ausdruck kommt.

Während sich die einen, zumindest in „Nicht-Pandemiezeiten", praktisch unbehelligt und schlimmstenfalls mit einem bürokratischen Mehraufwand quer durch die ganze Welt bewegen können und dabei keine gravierende gesundheitliche, ökonomische oder andere existenzielle Risiken auf sich nehmen müssen, bedeuten für Millionen anderer Menschen Grenzen zugleich die Hoffnung, bei ihrer Überwindung ein Leben in Schutz und Freiheit zu erlangen und andererseits die Gefahr, durch diese Grenzen einer elenden Maschinerie ausgesetzt zu werden, die von katastrophalen Bedingungen in überfüllten und unterversorgten Flüchtlingscamps über bürokratische Schikane und Spiralen erneuter Gewalterfahrung reicht. Für diese Menschen sind Grenzen und die Möglichkeit ihrer gelingenden Überwindung oftmals eine Frage auf Leben und Tod, zumindest aber Instanzen der Entscheidung darüber, ob und welches Recht auf Selbstbestimmung und ein würdevolles Leben ihnen zugestanden wird. Ein Recht, das für die meisten, die mit europäischem Pass in Europa geboren wurden, als „unantastbar"gilt.

Genau diese Asymmetrie, die von und durch Grenzen (mit-)produziert und zementiert wird, ist laut der Soziologin Nandita Sharma das Perfide und der Grund, wieso eine Veränderung der gegenwärtigen Grenzregime so schwierig ist. Wären Grenzen für alle Menschen gleich undurchdringlich und entwürdigend, hätte es vermutlich schon längst einen Aufstand gegeben. So aber glauben viele, gerade auch Europäer*Innen, die liebend gerne die Personenfreizügigkeit nutzen, um als Tourist*Innen unterwegs zu sein, Grenzen schützten nur die legitime nationalstaatliche Souveränität und markierten damit eine scheinbar naturgegebene Ordnung, die durch migrierende, flüchtende oder um Asyl suchende Menschen bedroht werde. Ein solcher Glaube, der Nationalstaaten und damit auch ihre Grenzen naturalisiert, lässt uns ignorieren, dass Grenzen hochgradig politische und damit menschengemachte Gebilde sind – und dass die aktuellen Grenzregime in Europa, zwischen den USA und Mexiko oder Israel und Palästina und anderswo demonstrieren, was der italienische Philosoph Giorgio Agamben andeutet, wenn er das Lager als Paradigma der Moderne bezeichnet. Als Teil eines solchen Paradigmas führen Grenzen dazu, dass zahlreiche Menschen, die aufgrund von Flucht, Verfolgung, Hunger und Armut ohnehin zu den verletzbarsten gehören, weiter marginalisiert und diskriminiert werden, indem sie sie in ausgedehnten Grenzzonen internieren, sie in rechtlichen Grauzonen festsetzen und in schutzlose und entmachtende Positionen zwingt. Um das zu sehen muss man nicht an die EU-Aussengrenzen fahren, es reicht ein Blick durch die Stacheldrahtzäune der zahlreichen Ausschaffungsgefängnisse und Asylantenheime. Dabei ist die restriktive Kontrolle der Grenzen weit mehr ein Instrument politischer Machtausübung denn tatsächlich effektives Mittel, um die Bewegung und Migration von Menschen zu verhindern. So führt sie weniger zu einer Konfliktlösung als einer zunehmenden Illegalisierung von Migration, eine Tatsache, die in Diskussionen um Grenzkontrollen oftmals keine Beachtung findet.

Ich besitze einen Schweizer Pass und ich wünschte, dass die Lotterie, mit dem dieser Pass zu tun hat, allen Schweizer*Innen so bewusst wäre wie Milo Rau, dem Schweizer Autor und Regisseur, der 2019 in einem Interview sagte: „Es gibt keine grössere Lotterie als bei der Geburt; beim Ort, an dem man geboren wird." Vielleicht ist es kein Zufall, dass Milo Rau als Schweizer diese Lotterie betont und das Bewusstsein von ihr in seiner Arbeit kritisch einsetzt. Die Schweiz gilt seit jeher als eines der sichersten und reichsten Länder der Welt, als ein Land, das trotz seiner zentralen Lage mitten in Europa vom ersten und vom zweiten Weltkrieg grösstenteils verschont wurde oder sogar Profit daraus geschlagen hat, als ein Land, in dem ein starkes Sozialversicherungs-, Bildungs- und Gesundheitssystem, breite Kulturförderung und nicht zuletzt eine verfassungsstarke Demokratie gesellschaftlichen Wohlstand auf hohem Niveau sichern. Es kommt mir zwar falsch vor, daraus den Schluss zu ziehen, dass automatisch alle, die in der Schweiz oder mit Schweizer Pass geboren werden, ein Glückslotto gezogen haben – denn natürlich gibt es vielfach andere soziale und ökonomische Kategorien, die Menschen auch innerhalb eines Landes voneinander unterscheiden – dennoch bin ich mir des Privilegs dieser Zufallsgeburt bewusst, eines Privilegs, das ich durch nichts rechtfertigen kann und durch kein eigenes Zutun verdient habe und das mir zugleich den Zugang zu Rechten, Chancen und öffentlichen Infrastrukturen verschafft, die an anderen Orten unvorstellbar sind. Zudem ermöglicht mir die Schweizer Staatsbürgerschaft eine Freiheit, die auf beiden Seiten der Grenze gilt: einerseits kann ich ins Ausland gehen, wann immer ich will, andererseits kann ich jederzeit in meine Heimat zurückkehren. Und was vielleicht noch schwerer wiegt: keine der beiden Bewegungen bedroht die rechtlich geschützte Unversehrbarkeit meiner Person.

Als ich Matura gemacht hatte und entschied, in Deutschland zu studieren, konnte ich dies problemlos tun. Mein Aufenthaltsvisum kostete um die 16 Euro und war für die nächsten paar Jahre uneingeschränkt gültig, und das, obwohl die Schweiz nach wie vor nicht zur Europäischen Union gehört. Es war ein so unkompliziertes und scheinbar belangloses Verfahren, dass ich kaum je daran zurückdachte und das kleine grüne Papier schon bei meinem allerersten Umzug verlor, ohne mir danach einen Ersatz zu besorgen. Das war auch gar nicht nötig: ich musste meine Aufenthaltsgenehmigung – und übrigens auch meinen Pass – in sieben Jahren kein einziges Mal vorzeigen. Als ich nach Abschluss meines Masterstudiums entschied, zurück in die Schweiz zu ziehen, konnte ich auch dies problemlos tun. Es geht aber nicht nur darum, dass mir das Recht auf Bewegungsfreiheit so umstandslos zugestanden wird, sondern auch darum, wie flexibel und zuverlässig zugleich ich davon Gebrauch machen kann. Während ich weggewesen war, musste ich keine Angst haben, dass die Schweiz zerstört oder invadiert würde oder sich in eine Diktatur verwandeln könnte. Ich zweifelte keine Sekunde am Fortbestand der Schweizer Demokratie und dem Funktionieren ihres Rechtssystems oder daran, dass meine Freund*Innen, meine Eltern und Verwandten vom Staat, der Sozialhilfe oder der Krankenkasse unterstützt würden, wenn sie krank oder arbeitslos würden. Wenn ich zu Besuch war, musste ich mich nicht darum sorgen, vielleicht nicht mehr ausreisen zu können, vom Militär eingezogen oder an der Grenze gestoppt zu werden. Auch in Deutschland war ich gesundheitsversichert und von meiner Familie finanziert, ich konnte leben und studieren, wie es mir gefiel. Abgesehen von einigen Monaten, die ich auf Reisen verbrachte, habe ich bisher nur an Orten gelebt, in denen ich ausgehen, demonstrieren, mich informieren und weiterbilden, Petitionen unterschreiben und politisch aktiv werden konnte. An Orten, an denen ich glücklicher oder weniger glücklich war, mein Begehren und meine Sexualität, mein Bildungshunger und meine Interessen aber ungehindert ausleben konnte. All das sind Freiheiten, die natürlich nicht nur mit meiner Nationalität zu tun haben, sondern auch mit meinem sozioökonomischen Status. Meinem Schweizer Pass kommt darin dennoch eine Schlüsselrolle zu. Diese zweifache Freiheit, sowohl bleiben als auch gehen, gehen und zurückkehren, reisen und daheimbleiben zu können, über beide Möglichkeiten selbstbestimmt zu entscheiden und im Falle beider Entscheidungen gut aufgehoben zu sein, ist angesichts der weltweiten Grenzregime ein ungeheures Zufallsglück – und vor allem Resultat einer massiven globalen Ungleichheit.

Dass dieses Herkunftsprivileg wie alle Privilegien politisch und Teil einer Logik ist, die die Benachteiligung und Entrechtung anderer impliziert, zeigt, dass Grenzen nicht nur die betreffen, für die sie in voller Härte als Grenzen spürbar sind. Grenzen gehen uns alle etwas an, gerade, weil sie nicht nur geografische Grenzen sind und weil die Grenzpolitik kein abgekoppeltes Feld, sondern essentieller Bestandteil unserer gegenwärtigen postkolonialen und neoliberalen Weltordnung ist. Das heisst nicht, dass sich privilegierte Grenzgänger*Innen aus blossem Mitleid zur Aufnahmebereitschaft gegenüber Flüchtenden oder Migrierenden bewegen lassen sollten oder sich diesen gegenüber als Retter*Innen in der Not verstehen sollten, mögen sie dies zuweilen auch in gewisser Weise sein. So wenig wie Grenzen bloss geografische Grenzen sind, so wenig geht es nur darum, offizielle Grenzen einmal zu überwinden als erschöpften sie sich in einer physischen Entsprechung der Linien auf einer Landkarte. Zum Dispositiv der Grenze gehört fundamental das, was Grenzen auf beiden Seiten, nach innen und nach aussen, mit uns machen. Es geht darum, welche Rollen und welchen Subjektstatus sie uns zuweisen, welche Chancen sie den einen ermöglichen und welche Freiheiten der anderen sie von vornherein zum Scheitern verurteilen. Neben wem die Polizei auf der Strasse anhält, um den Ausweis zu kontrollieren, wer am Flughafenzoll wegen eines fremd klingelnden Namens oder seiner Hautfarbe beäugt und zur Seite genommen wird; kurz, welche Spaltungen Grenzen vornehmen und wie sie dadurch unser Leben (mit-)bestimmen.

In diesem Kontext beschreibt der Philosoph Robin Celikates, dass Grenzen heute einerseits ubiquitär, also ausgeweitet und omnipräsent und andererseits diffus geworden sind. Grenzkontrollen werden so zu ausgedehnten Grenzzonen und Menschen, die auf der Flucht Grenzen überqueren und Aufnahme suchen, „passieren die Grenze nicht einfach, die Grenze begleitet sie." Auf der anderen Seite durchziehen Grenzen auch das Innere von Gemeinschaften. Sie übernehmen die Funktion einer „symbolischen und imaginären Kommunikation nach Innen" und sind konstitutiv für politische Identitäten. Dementsprechend häufig werden Grenzen instrumentalisiert, um ein Einheits- und Nationalgefühl zu schüren oder, besonders in Krisenzeiten, von Politiker*Innen und Medien dazu genutzt, durch eine Darstellung von „Grenzspektakeln" den eigenen Bürger*innen das Gefühl zu vermitteln, die Regierung habe alles unter Kontrolle. Es ist dieses Zusammenspiel von angstvollem Nationalismus und der Abgrenzung von Migrant*Innen als den „ganz und gar Anderen und Fremden", die Nandita Sharma als eine zugrundeliegende Strukturierung heutiger Grenzpolitik identifiziert. Und sie erinnert daran, dass es nie eine Gesellschaft gab, die sich ausschliesslich aus Staatsangehörigen zusammengesetzt hat. Die Einheit und Homogenität einer Gesellschaft im „Inneren" ist so konstruiert und ideologisch überzeichnet wie die scheinbare Bedrohlichkeit des Fremden, der „von aussen", von „jenseits der Grenze" kommt. Genau diese Erzählung von Migration als Gefahr, vom Fremden als potentieller Bedrohung oder als Opfer und damit auch die stilisierte Vorstellung der eigenen Identität heisst es zu durchbrechen – und anzuerkennen, dass unsere Welt längst eine globale und von Migration vielfältig durchwobene ist, eine Welt, in der die oder der Andere so vielschichtig und widersprüchlich ist wie ich selbst.

Während die gewohnte Mobilität und Bewegungsfreiheit aufgrund der Coronakrise gerade für die allermeisten Menschen eingeschränkt wird, befinden sich Geflüchtete auf Lesbos und anderswo in einem Ausnahmezustand, der auch unabhängig vom Virus andauert. Dennoch wirkt sich die Krise auf die Ein- und Ausschliessung geflüchteter und asylsuchender Menschen besonders drastisch aus. Das globale Ausmass der Coronakrise stellt einerseits eine Chance dar für transnationale Kooperationen und einen fundamentalen Wandel der kapitalistisch geprägten Globalisierung. Die Art und Weise, wie wir Mobilität, Austausch und Konsum, aber auch Nachhaltigkeit, Care und Solidarität zukünftig gestalten, kann neu überdacht und zum Positiven verändert werden. Die Krise kann aber auch zu einer weiteren Abschottung und Erstarkung nationalistischer Tendenzen führen. Ein solcher „Katastrophennationalismus" (Celikates) würde einmal mehr vor allem auf Kosten jener Personen gehen, die ohnehin zu den vulnerabelsten gehören; auf Kosten Staatenloser und Marginalisierter, denen „das Recht, Rechte zu haben", von dem Hannah Arendt sprach, tagtäglich abgesprochen wird. Daher ist die Coronakrise auch ein Aufruf dazu, eine der schwierigsten und zugleich dringendsten Aufgaben unserer Zeit, die Demokratisierung der Grenzen, anzugehen, damit unsere Welt keine Welt der Lager und Grenzen, sondern eine der bedingungslos und nicht nur exklusiv geltenden Menschenrechte, eine Welt der Begegnung und des Austauschs wird.

Quellen: Maxi Obexer: *Europas letzter Sommer*, Berlin 2017 / Nandita Sharma: „Schrecken und Gnade an der Grenze", in: *Wir haben nichts zu verlieren außer unsere Angst. Vom Widerstand in schwierigen Zeiten*, hrsg. v. F. Jeffries, übers. v. S. Wolf, Zürich 2019 / Giorgio Agamben: *Homo sacer. Die souveräne Macht und das nackte Leben*, übers. v. H. Thüring, Frankfurt am Main 2002 / Hannah Arendt: „Es gibt nur ein einziges Menschenrecht", in *Die Revolution der Menschenrechte*, hrsg. v. C. Menke u. F. Raimondi, Berlin 2011 / Robin Celikates: „Grenzen". Youtube-Vortrag des Frankfurter Arbeitskreises im Rahmen des Pandemie-Glossars 2020.

https://www.youtube.com/watch?v=pWm58feLF4s

Penzberg

Hoffnungen

Alien from Planet Carrotcake

Ich höre das leise Rauschen der Wellen, wie sie sich ungerührt von all dem hier zum Ufer hinbewegen. Fühle die mich umgebende Kälte, wie sie mir Stück für Stück die für mich lebensnotwendige Wärme entzieht. Rieche das befreiende Aroma der frischen Luft, wie sie meine Lungen liebkost. Spüre das leise Flüstern des Windes, wie es meine von den Tränen genässte Wangen trocknet. Ich weine nicht um mich. Nicht um uns. Nicht um diejenigen, die ich zurückgelassen hatte. Und nicht um diejenigen, die Tag für Tag, beim Vorhaben wie die Unserem gestorben sind, immer noch sterben, noch sterben werden. Ich weine einfach.

Eigentlich weine ich nie.

Ich hasse es zu weinen.

Ich hasste es schon immer.

Ich fand nie ein Sinn darin, sinnlose Tränen zu vergießen, wenn sich die Situation, in der ich mich befinde, wegen der ich weinte, dadurch nicht änderte. Woher ich das weiß? Manch einer würde vielleicht sagen, dass ich es nicht wissen kann. Dass ich nicht wissen kann, was gewesen wäre, hätte ich es gemacht, oder eben nicht gemacht.

Doch ich kann es wissen.

Denn nichts kann die Tatsache ändern, dass wir – wir hundert – auf einem rostigen, alten Boot sitzen, das jederzeit zur Sinken droht, und uns somit für immer der gnadenlosen, nassen Tiefe ausliefern würde.

Nichts kann etwas daran ändern, dass wir alles von uns Geliebte verlassen mussten. Unsere Familien, unsere Freunde – unsere Heimat. Dass wir vielleicht schon tot wären, wären wir nicht geflohen. Dass sie vielleicht schon tot sind. Nichts kann ändern, dass wir, sogar falls wir es schaffen würden, fremde wären – Außenseiter. Eine fremde Sprache sprechend. Einem fremden Land angehörend. Eine fremde Kultur besitzend. Aber alles ist besser als das, wovor wir geflohen sind.

Nicht kann etwas an all dem ändern.

Und schon gar keine Tränen.

Ich habe oft darüber nachgedacht, was wohl passiert, wenn wir hier sterben – Erfrieren oder ertrinken. Und bin zum folgenden Schluss gekommen: nichts. Es wird sich nichts ändern.

Denn wir sind nur 100 Fremde, die auf einem alten, rostigen Boot versuchen, ihre Vergangenheit zu besiegeln – ein neues Leben anzufangen.

Keiner kümmert sich um unsere Leben.

Wir werden nur Teil dieser Zahl sein. Manch einer wird vielleicht traurig sein, wenn er sie in der Zeitung liest. Vielleicht werden manchmal sogar Tränen fließen. Aber keiner wir um uns trauen – um das Mädchen, mit nur einem Auge und den Brandwunden, um den in der hintersten Ecke zusammengekauerten Jungen. Weder um das Mädchen, das immer wieder ihre Kette umfasst, die Augen schließt, und Worte vor sich hin flüstert, die vom Wind fortgetragen werden, noch um den Mann, der den Kindern jeden Abend Geschichten erzählt, um sie von der eiskalten Realität abzulenken, wenn auch nur für ein paar Minuten.

Nein, sie werden nicht um sie trauen, nicht um uns trauen. Sie werden um die Zahl trauen. Die Zahl, die sie am nächsten Morgen wieder vergessen haben. Die Zahl, über die all diese Politiker, Sachen wie „es ist traurig, dass es dazu kommen konnte“, oder „so etwas dürfen wir nicht zulassen“ sagen werden. Die Zahl, die den kläglichen Versuch gestartet hat, die unzähligen Toten zusammenzufassen, die sich in der Hoffnung auf ein besseres Leben – von der Angst von ihrem jetzigen geleitet – in den sicheren Tot begeben haben.

Die Zahl, die den Versuch gestartet hat, die Möglichkeit zu geben, tausende von Menschen zu verstehen, um sie zu trauen, sie zu kennen. Doch es ist ihr nicht gelungen – es wird ihr nie gelingen. Denn sie alle kennen nur die Zahl, nicht die Geschichten, die Wünsche – die Leben, die dahinterstecken. Die Toten, zu denen ich weiß, dass wir bald gehören werden, seit ich das kalte Wasser um meine Füße gespürt habe.

Eine Flucht vergißt man nie

Petra Joos

Meine heute 82-jährige Mutter hatte mir immer wieder etwas von ihrer Flucht erzählt. Heute möchte ich es für sie und die Leser zusammenfassen.

Eine Flucht vergißt man nie

Erste Flucht Januar 1945

Einen Krieg zu erleben ist schrecklich, eine Flucht ebenfalls. Mitten in der Nacht heulten die Sirenen und wir gingen schnell in den Luftschutzbunker. Dort brannte elektrisches Licht. Es war dort sehr beklemmend, mit den vielen fremden Menschen. Schnell die Türe zu und schon fiel eine Bombe. Und das war oft in der Nacht. Eine Frau vom Haus klopfte an der Tür „es ist wieder so weit, wir haben Warnung bekommen, ihr müsst schnell in den Bunker". Leider mussten wir unseren kleinen Dackel Strolchi immer in der Wohnung lassen, das war sehr traurig. Meinem Papa seine Mutter wohnte in Ratibor. Der Nachbar züchtete Hunde und so kamen wir zu unserem Strolchi. Meine Oma brachte diesen in der Handtasche mit nach Hause. Den Opa väterlicherseits kannte ich nicht.

Wir sind zwei mal geflüchtet. Einmal war es 1945, ich war 6 ½ Jahre alt. Meine Schwester 5 und mein Bruder 11 Jahre. Ich wohnte mit meiner Familie in Cosel bei Ratibor, das ist Oberschlesien. Heute gehört es zu Polen und das schon seit dem Sommer 1945.

Von Cosel sind wir nach Berlin geflohen. Wir waren in verschiedenen Lagern. Auf dem Weg dort hin hatten wir uns mit vielen Leuten versammelt, die ebenso wie wir warteten und keine Ahnung hatten, wo es genau hin geht. Es fuhren LKWs vor und wir wurden damit alle abtransportiert, einschließlich unserem spärlichen Gepäck. Ich werde nie die ängstlichen Augen meiner kleinen Schwester vergessen, zum Glück sah ich meine nicht. Natürlich hatten wir alle Angst. Und zwar davor, nicht zu wissen, was im nächsten Moment passiert und wie es weiter geht. Ein großes Kino wurde zuvor leer geräumt und stand uns für eine Nacht als Unterkunft zur Verfügung. Wir lagen auf Stroh, waren müde und doch hellwach. Irgendwann schliefen wir dann ein. Am nächsten Tag ging es wieder weiter. Wir gingen teilweise zu Fuß und standen vor einem großen Bauernhaus. Dort wohnte eine reiche Familie, wie uns gesagt wurde. Wir fragten nach, ob wir bleiben können. Ja, wir durften. Wieder schliefen wir auf Stroh und auch auf Heu. Ein oder zwei Nächte durften wir bleiben. Dann sagte die Familie, sie müsste selbst fliehen. Wir mussten das glauben. Zu essen und trinken gab es dort nicht viel.

Es ging weiter Richtung Jüterbog. Hier verbrachten wir in irgendeiner Ort-schaft auch ein paar Tage. Dort waren wir aber nicht in einem Lager untergebracht. Alle Familien wurden auf verschiedene Ortschaften verteilt. Am Bahnhof schliefen wir eine Nacht auf einer Bank. Mit dem Zug ging es weiter. In dem Zug saßen auch Soldaten, wir hatten viel Angst. Sie sagten, wir bräuchten keine Angst zu haben. Unterwegs stieg meine Oma, die auch mit dabei war, aus, und holte für uns Suppe von draußen und sie schaffte es gerade rechtzeitig, wieder einzusteigen, bevor der Zug weiter fuhr.

Mein Vater war im Krieg, er kam ab und zu nach Hause. Er war auch in Amerika in Kriegsgefangenschaft. Den Soldaten ging es dort den Umständen entsprechend gut. Sie bekamen auch Schokolade und Kakao.

Mein erster Opa war im Krieg gefallen. Meine Oma bekam seine persönlichen Sachen geschickt, das war sehr sehr traurig und schlimm. Später hatte Oma nochmals geheiratet.

Meine Mutter hatte schon als Kind viel gearbeitet und ihren kleinen Bruder versorgt, gewaschen und gekocht.

Meine Oma, meine Mutter und wir drei Kinder waren ohne Strolchi unterwegs. Wir mussten ihn zurücklassen. Mein Bruder weinte sehr, er wollte ihn gerne mitnehmen. So blieben wir ein paar Tage länger und dann mussten wir aber fort. Ein Soldat kümmerte sich um den Hund.

Wir hatten auf der Flucht ein Federbett und einen Koffer für uns alle dabei. Meine Oma und meine Mutter trugen abwechselnd das Federbett auf dem Rücken. Damit konnten wir uns teilweise unterwegs zudecken und hatten einen gewissen Schutz vor der Kälte und erfroren nicht. Die Winter waren sehr kalt, das kann man sich heute gar nicht mehr vorstellen, es hatte minus 35 bis minus 40 Grad. Meine Mutter hatte uns Kinder sehr warm angezogen, richtig dick eingepackt. Dicke Schals hatte sie uns um das Gesicht gewickelt, so dass nur noch die Augen raus schauten. Wir liefen die Straßen entlang. Einige Kinder von anderen Familien erfroren unterwegs und wurden einfach liegen gelassen. Man konnte keine Zeit verlieren und musste sein eigenes Leben retten. Wir sahen diese Kinder zum Glück nicht, wir hörten nur davon.

Wir kamen in Jüterbog an und wohnten abwechselnd in zwei unterschiedlichen Wohnungen. Entweder bei meiner Oma oder bei ehemaligen Nachbarn. Bei diesen haben meine Großeltern früher gelebt. Diese Nachbarn hatten selbst einige Kinder und so wurde aus Platzgründen eben immer wieder gewechselt.

Eines Tages kamen die Soldaten durch den Ort. Sie kamen einfach über die Zäune rüber und brachen in die Häuser ein. Sie überrumpelten die Leute und warfen diese aus ihren Wohnungen heraus. Teilweise hatten sie ziemliche Verwüstungen und Dreck hinterlassen. So machten sie eingedünstete Gläser auf und verteilten den Inhalt auf den Fußböden. Meine Schwester hatte eine Puppe mit einem Porzellankopf. Sie drückte diese fest an sich, als der Soldat im Haus war, dieser entriss ihr die Puppe und warf sie zu Boden. Sie zerbrach und meine Schwester weinte sehr. Später wohnten wir ganz bei Oma. Die Soldaten brachen wieder ins Haus ein. Aus Angst, dass sie uns was taten, hatte meine Mutter alle Haare ins Gesicht gekämmt und sich ein Kopftuch aufgesetzt, damit sie älter aussah. Meine Mutter hatte eines Tages über Nacht weiße Haare am Pony aus Angst und Sorgen bekommen.

Vor den Soldaten hatte immer Angst gehabt. Als Kind wachte ich öfters nachts schweißgebadet auf und hatte Alpträume. Ich hatte eine ganz liebe Freundin gefunden. Auf dem Weg zu ihr schaute ich immer ganz aufmerksam, wenn ich Soldaten wahr nahm. Ich versteckte mich hinter einem dicken Baum, bis ich diese nicht mehr sah. Die Soldaten hatten damals viele Frauen auf dem Feld bei deren Arbeit vergewaltigt. Die Mutter meiner Freundin leider auch. Sie erzählte mir, einmal hatten sie ihre Mutter im Keller versteckt. Dort standen Kartoffelkisten, da stieg die Mutter rein und sie legten Kartoffeln drauf, damit ihre Mutter nicht nochmals Opfer wurde.

Meine Mutter sagte immer, lieber das Hab und Gut verlieren, aber dass wir als Familie zusammen bleiben. Trotz allem Elend glaubten wir immer an das Gute. Sonst hätten wir das nicht geschafft, in jeglicher Hinsicht.

Hungern mussten wir nicht, es gab oft nicht viel zu essen, aber es musste irgendwie reichen. Damit waren wir zufrieden, es blieb uns auch nichts anderes übrig. Wir mussten natürlich schon schauen, wo wir was zum Essen her bekamen. In den Ferien gingen wir Kinder Kartoffeln stoppeln. An den kilometerlangen Felder von den Bauern liefen wir entlang und sammelten die Kartoffeln von Hand auf, die die Maschinen übrig ließen. Manchmal bekamen wir bis zu einem Zentner zusammen. Wir brachten diese auf dem Fahrrad nach Hause. Neben den Kartoffeln sammelten wir auch Ähren.

Mein Papa war wieder bei uns. Ich war 15 Jahre alt und wir zogen um. Und zwar ging es von Jüterbog nach Luckenwalde. Meine Eltern und später auch wir drei Kinder hatten das Friseurhandwerk erlernt. In Luckenwalde gelang es meinen Eltern, ein Friseurgeschäft zu eröffnen. Es war sehr schwer am Anfang, dort von den Menschen akzeptiert zu werden. So waren wir doch die Flüchtlinge. Aber der Fleiß meiner Eltern und die Freundlichkeit hatte sich ausgezahlt. Bald kamen alle Kunden sehr gerne. Meine Eltern mussten die Strecke bis zum Wohnort mit dem Motorrad zurücklegen. Und das bei Wind und Wetter. Es war öfters der Fall, dass meine Eltern sehr viel später als üblich abends nach Hause kamen. Wir machten uns große Sorgen und hatten immer Angst, dass etwas passiert sei. Aber zum Glück war es dann meistens „nur" eine Motorradpanne. Irgendwann wurde eine Wohnung in dem Geschäftshaus frei, in diese Wohnung konnten wir dann einziehen.

Zweite Flucht Mai 1953 von Lucken-walde nach Berlin

Wir wurden zum zweiten Mal vertrieben und mussten nach Berlin in ein Flüchtlingslager. Dort gab es einen großen Schlafsaal. Meine Schwester schlief oben im Stockbett und fiel einmal nachts raus. Der ganze Saal wachte auf. Aber sie hatte sich nichts gebrochen. Insgesamt lebten wir ein Jahr im Flüchtlingslager. Man musste sich zum Essen im Speisesaal anstellen. Die Waschräume waren groß und sauber und wir standen alle nebeneinander. Mein Vater fragte, ob er den Leuten im Lager die Haare schneiden könnte. Er bekam hierfür 10 Pfennige, das sind heute 5 Cent, und er erhielt ab und zu auch ein paar Sachspenden. Eine Schule gab es damals leider nicht, als wir im Lager waren.

Von Berlin aus ging es nach diesem Jahr mit einem 4-motorigen Flugzeug nach München. Es schwankte sehr und es war für mich ein aufregendes Erlebnis.

In München waren wir auch eine Weile im Flüchtlingslager. Dort hatten wir sogar ein Zimmer oder eine kleine Wohnung. Das weiß ich gar nicht mehr genau. Von München aus ging es dann nach Weinsberg. Aber es war alles nicht so einfach...

Wir suchten eine Wohnung und fanden eine. Mein Vater war täglich unterwegs und hatte Friseurgeschäfte aufgesucht, um eine Arbeit zu bekommen. Was dann aber nicht der Fall war, so hatten meine Eltern sich zum zweiten Mal ein eigenes Geschäft aufgebaut.

Im Ort zog man später um. Durch den guten Service unserer Eltern und die Zufriedenheit der Kunden mussten meine Eltern sich räumlich vergrößern.

Wir hatten sehr liebe Eltern, meine Mutter war eine sehr fleißige Frau, sie hatte sehr viel geschuftet. Jeden Sonntag buk sie Kuchen für uns und machte selbst Nudeln für die Suppe. Da wir vierzig Stallhasen hatten, mussten wir Kinder täglich frisches Gras holen. Wir Mädchen rupften dieses mit der Hand und schleppten einen großen Korb nach Hause. Unser Bruder machte es sich leichter und nahm die Sichel auf dem Fahrrad mit. Jeden Sonntag gab es Hasenbraten und Knödel. Meine Eltern gingen sonntags mit uns spazieren und wir bekamen oft ein Eis.

Es ist schon so eine lange Zeit her aber eine Flucht vergisst man nie.

Aufgeschrieben von der Tochter Petra Joos

Religion bei Frau Schlesig

Maria Janßen

Es ist Donnerstag und an diesem Tag steht ein ganz besonderer Unterricht auf dem Programm:

Religion bei Frau Schlesig.

Frau Schlesig ist an die sechzig, hat Haare wie ein Vogeljunges, trägt meist farblose, weite Gewänder und kommt immer mit einem Servierwagen ins Klassenzimmer geschoben, auf dem sie all ihre Utensilien für den Unterricht mit sich führt. An diesem Servierwagen kann sie sich gut festhalten, wenn sie die Gänge entlang wandert, denn sie scheint Probleme mit der Hüfte zu haben. Das tut ihrer positiven Er-scheinung jedoch keinen Abbruch, im Gegenteil. Nur Frau Schlesig gelingt es, in farblosen Gewändern einen metallischen Servierwagen vor sich herzuschieben und dabei auf eine gemütliche Art elegant zu wirken. Diese Lehrerin strahlt einfach immer Wärme, Güte und Freundlichkeit aus und als Referendarin ist es mir immer ein großes Vergnügen, in ihrem Unterricht zu hospitieren.

In ein paar Tagen ist Allerheiligen und Frau Schlesig thematisiert das Fest in ihrem heutigen Unterricht. Zunächst möchte sie herausfinden, wie gut sich die Kinder auskennen.

Frau Schlesig: „Welcher Feiertag ist in den Ferien? Und ich will jetzt nicht Halloween hören!"

Murat: „Georgiritt!"

Dass Murat am katholischen Religionsunterricht teilnimmt, ist allein der Tatsache geschuldet, dass an der Schule keine Alternative für Muslime angeboten wird. Es gab hier einfach keine muslimischen Kinder bisher. Murat ist jedenfalls mit Begeisterung dabei und um keine Wortmeldung verlegen – auch wenn seine Antworten nicht immer richtig sind.

Johannes: „Heilig drei... ach, nein."

Thomas: „Heilig drei König!"

Frau Schlesig: „Nein, Heilig drei König feiern wir erst im Januar und das gehört zu einem anderen, viel größeren Fest. Was feiern wir denn zwei Wochen vor Hl. Drei König, am 24. Dezember?"

Rebecca: „Weiß ich nicht."

Murat: „Weihnachten!"

Frau Schlesig: „Ja, richtig, Weihnachten. Und was feiert man an Weihnachten?"

Anna: „Fasching!"

Johannes: „Da ist Gott geboren."

Nun, wenigstens ist das geklärt. Was es mit Allerheiligen auf sich hat, erklärt Frau Schlesig den Kindern als nächstes. Sie berichtet von den Heiligen, die ja die Namenspatrone eines jeden Christen sind.

Frau Schlesig: „Anton, wer ist dein Namenspatron?"

Anton: „Weiß ich nicht."

Frau Schlesig: „Der heilige Antonius aus... ähm..."

Jetzt muss sie selbst kurz überlegen. Doch Anton hilft ihr auf die Sprünge: „Aus Tirol!"

Was im Unterricht von Frau Schlesig niemals fehlen darf, ist ein Lied, denn sie singt für ihr Leben gern. Heute ist es jedoch kein Lied, das Frau Schlesig anstimmt, sondern eine Litanei mit Fürbitten an alle Namenspatrone der Kinder. Mit dem Hit vom Anton aus Tirol hat diese Litanei natürlich nicht viel gemeinsam. Dennoch ist die Klasse erfreut, als die Lehrerin ein Teelicht entzündet und dabei in hohem Sopran losträllert:

„Heilige Rebecca, bitte für uns!"

Ganz ehrfürchtig sitzen die Kinder auf ihren Stühlen. Mit einem Heiligen werden die meisten von ihnen nur sehr selten in Verbindung gebracht.

„Heiliger Johannes, bitte für uns!"

Wieder wird ein Teelicht entzündet und Johannes' Augen leuchten auf. Zwei Plätze weiter sitzt Murat. Erwartungsvoll blickt er auf die brennenden

Teelichter.
Bald ist er an der Reihe!
Doch Murat hat keinen katholischen Heiligen als Namenspatron. Plötzlich bekomme ich Mitleid mit dem Jungen. Wie enttäuscht wird er sein, wenn er nicht Teil des Rituals von Frau Schlesig wird! Ich komme ins Grübeln: Wie würde ich als Lehrerin mit dieser Zwickmühle umgehen? Gibt es eine Entsprechung zu Murat? Vielleicht Martin? Oder Markus? Gespannt warte ich, wie Frau Schlesig die Situation auflöst.

Gerade wurde die Kerze für Thomas, Murats Sitznachbarn, entzündet. Frau Schlesig stellt das Teelicht ab, blickt auf, schaut Murat an, nimmt ein neues Licht, entzündet es und singt laut:

„Heiliger Murat, bitte für uns!"

So einfach.
Murat grinst verlegen, aber auch ein wenig stolz und ich denke beschämt: manchmal sind die Grenzen eben nur in unseren Köpfen.

Böblingen

Mein Weg in die politische Bildung

Konstantinos Kosmidis

Schwer zu verdauen – oder wie ich meinen Weg in die politische Bildung fand

Ich habe neulich in einem Telefongespräch von meiner Mutter etwas erfahren, das ich nicht wusste. Es hat mich zum Nachdenken gebracht und mir bestimmte Aspekte aus der Vergangenheit in einem neuen Licht sehen lassen. Meine Oma verstarb an Hautkrebs. Mir war allerdings nicht bewusst, dass dieser Hautkrebs nicht Ergebnis ihrer Sonnenexposition, ihres Lebensstils oder gar ihrer Ernährung war, sondern eine Metastase ihres Pankreaskarzinoms. Ein Tod durch Hautkrebs wäre in ihrem Fall eigentlich verwunderlich, denn meine Oma war zäh, ihre Hautfarbe sehr dunkel und ihr Leben von Feldarbeit unter freier mediterraner Sonne geprägt. Sie verstand es noch bis in ihr hohes Alter von über 80 Jahren sich mit Gemüse und Kräutern aus ihrem Garten zu versorgen. Sie ging Fischen im Fluss und trotzte so ziemlich allen Absonderlichkeiten, die ihr das Leben zu bieten hatte. Aber wahrscheinlich nur scheinbar.

Denn wie soll man das alles verdauen, was sie erlebt hat. Sie wurde zu Beginn des 20. Jahrhunderts als ältestes Kind in eine Großgrundbesitzerfamilie im damals noch zaristischen Schwarzmeeridyll Suchumi geboren. Sie erlebte, wie ihre Mutter nach der Geburt des einzigen Bruders, des fünften überlebenden Kindes, am Kindsbettfieber starb, wie ihr Vater im georgischen Bürgerkrieg von anderen Großgrundbesitzern gemeuchelt wurde und wie sie gemeinsam mit ihren vier Geschwistern vor dem anrollenden russischen Bürgerkrieg flüchten musste. In der neuen Heimat im Norden Griechenlands wartete das Landleben und die Trennung von ihren drei Schwestern auf sie. Lediglich ihren kleinen Bruder konnte sie in die neue Familie mitnehmen. Eine Bauernfamilie pontischer Kleinbauern. Sie erlebte bittere Armut in einem kargen Landstrich, einen griechisch-türkischen Krieg, der ihren Ehemann in einen Menschen verwandelte, der seine Zeit lieber mit Tieren und Tabak, als mit Menschen verbrachte. Einen zweiten Weltkrieg, der aus der griechischen Gesellschaft eine Bürgerkriegsgesellschaft formte. In dieser Zeit brachte sie 7 Kinder zur Welt, 5 davon überlebten. Dennoch musste sie als Mutter von 5 Kindern im Bürgerkrieg hinter Gitter und wurde über Monate hinweg grausam gefoltert, während ihre Familie hungerte und bangte. Sie erlebte schwere Nachkriegsjahre geprägt von Armut, Angst, Rassismus und aufkeimender Hoffnung, bis alle ihre Kinder nach und nach das Land verließen, weil die Umstände nie wirklich besser wurden.

Dass diese Frau ihren Kummer und die Verluste immer und immer wieder runterschlucken musste, um zu überleben, liegt auf der Hand. Wahrscheinlich ist dies einer der Gründe, wieso ihr Innerstes die Schwere, das alle diese Erfahrungen bedeuteten, nicht mehr ertragen wollte.

Sie war gezeichnet von der Vergiftung, die der politische Diskurs im 20. Jahrhundert in Griechenland mit sich brachte. Sie kam aus dem multikulturellen Schwarzmeerraum in ein von ethnischer Säuberung und superiorem Nationalismus geprägtes Land. Die zutiefst nationalistischen Narrative der ersten Hälfte des 20. Jahrhunderts boten ihr nie eine geistige Heimat. Dafür wusste sie einfach zu viel und hatte zu viel gesehen. Für neu Zugewanderte gab es keinen Platz am großen Tisch und niemanden, der sich ihnen mit Verständnis, Respekt und Akzeptanz widmete. Die einzige Alternative, die sich ihr als Analphabetin bot, war der Kommunismus, den sie dankend und treu bis in den Tod annahm. Was blieb ihr übrig? Woher hätte sie wissen sollen, dass Menschen wie sie, in der von den griechischen Kommunisten vergötterten Sowjetunion, im Zuge der Zwangskollektivierung und der sogenannten Entkulakisierung unter Stalins blutiger Herrschaft nur das Schicksal des Gulag-Systems blieb? Niemand konnte und wollte es ihr erzählen. Sie hätte es nie realisieren können. Folgerichtig starb sie auch kurz bevor die Berliner Mauer fiel, denn das hätte sie vermutlich nie überleben können. Ihr Leben lang schmerzte sie der Verlust ihrer alten Heimat. Sie redete sich ein, dass es ihr in der Sowjetunion viel besser ergangen wäre und hasste Griechenland deswegen. Die kommunistische Propaganda war erfolgreich.

Mein Vater war ihr liebster und jüngster Sohn. Derjenige, der in der Familie am gebildetsten war. Er war, wie viele andere in der Familie, kein glühender Kommunist. Dennoch musste auch er darunter leiden, dass es im nationalistischen Griechenland nur Patrioten oder kommunistische Verräter gab. Als überzeugter Sozialdemokrat ließ er sich nicht von den Extremen beirren. Seine Idole waren Politiker wie Salvador Allende, Willi Brandt, Olof Palme oder andere tragische Helden der gemäßigten Linken. Menschen, die mit ihrer Haltung für eine Politik des Mutes, der Ehrlichkeit und der Uneigennützigkeit standen. Qualitäten, die den meisten griechischen Politikern der Zeit scheinbar fern waren. Er war Parteimitglied der sozialdemokratisch dominierten Zentrumsunion, die im Griechenland der 60er-Jahre es trotz Wahlfälschungen schaffte, die Verhältnisse umzukehren und die politische Rechte, sowie ihren übersteigerten Nationalismus, an den Urnen den Weg auf die Oppositionsbank wies. Er wurde über Nacht aus seinem Traum gerissen und Zeuge einer faschistoiden Militärdiktatur, die so viele Andersdenkende drangsalierte und auch ihn zu ersticken drohte. Mein Vater hasste Griechenland dafür. Ein Teil seines Hasses blieb ein Leben lang erhalten. Das Bild von einer Politik, die keine Kompromisse kennt und Linke an die Wand stellt, ist etwas, das er auch mir weitergab. Ebenso wie das Bild, dass Politik ein schmutziges Geschäft sei, voll von abscheulichen Ellbogen-Menschen, die nur Deutungsmacht und Eigeninteresse kennen. Trotzdem flog er alle vier Jahre zur Wahl nach Griechenland, um das geringste Übel zu wählen. Demokratie fand für ihn nur in Griechenland statt. Und dennoch freute er sich wie ein Kind, als Schröder 1998 die Ära Kohl ein für alle mal beendete.

Geheimer Wunsch meines Vaters war es in der Politik mitmischen zu können. Er war ein wachsamer und guter politischer Kommentator, zugleich ein Mann von Haltung und kritischem Bewusstsein. Glücklicherweise konnte dies auch an mich weitergeben. Leider durfte er nie erleben, wie durch mich ein kleiner Teil seines Traumes Realität wurde.

Sein Sohn sollte in der neuen Heimat Deutschland Politikwissenschaft studieren und im Gegensatz zu den Prognosen so einiger Leute, einen Job mit starkem kommunal- und integrationspolitischem Bezug finden. Einen Job, in dem es nicht darum geht sich zu bereichern oder eigennützige Narrative zu setzen. Einen Job, der nicht im Mittelpunkt parteipolitischer Taktik steht.

Ich bin Koordinator des Projekts Hallo Demokratie in Stuttgart. Ein Projekt, auf das ich mit Stolz blicke, weil ich es von Anfang mit entwickeln durfte. In diesem Projekt unterstütze ich junge Menschen aller Couleur dabei neuzugewanderten Kinder und Jugendlichen Demokratie und die Offenheit ihrer neuen Heimat nahezubringen. Auf dass sie nie Spielball der Extreme werden, wie etwa meine Oma. Ein Job, der allgemeinwohlfördernd ist, einer, der wie meine Vater zu sagen pflegte, den Menschen gut tut und der jeden Cent wert ist.

Es ist eine starke emotionale Verbindung, die ich zu meiner Arbeit habe. Ohne die Geschichte meiner Oma oder meines Vaters völlig undenkbar. In der politischen Bildung verdiene ich mein Geld mit einem Job, der wertvoll für unsere Demokratie und die Offenheit unserer Gesellschaft ist. In gewisser Weise leben die Sehnsüchte meiner Oma nach einer offenen und sie aufnehmenden neuen Heimat und die meines Vaters nach einer fairen Demokratie in mir weiter. Das betrachte ich als transgenerationales Projekt. Ich bin nicht einfach nur ein Individuum, das kontextbezogen und ressoruchenbasiert einen bestimmten Weg eingeschlagen hat. In gewisser Art und Weise haben die Erfahrungen meiner Vorfahren meinen Weg vorherbestimmt.

Glück empfinde ich auch dabei, dass ich meinen beiden Kindern, die noch 5 und 4 Jahre sind, bereits jetzt vermitteln kann, dass ihnen so viele Wege in ihrer Heimat offen stehen und dass die Wahrheit weder schwarz noch weiß kennt. Sie wachsen weit weg von Kriegen und harten Zeiten auf. Corona hin oder her. Vielfalt ist das Element, in dem sie schwimmen lernen und dafür bin ich sehr dankbar.

Die andere Liebesgeschichte

Stefanie Falk

Darling, theytrytobreakus

Eine andere Liebesgeschichte.

Darling, sie versuchen uns zu brechen... : Einer der ersten Sätze meines Mannes nach unser ersten Begegnung. Doch was meinte er damit? Die Realität holte uns schneller ein, als wir dachten.

Vor sechs Jahren durfte ich einen wunderbaren Menschen kennenlernen, der mir eine Sicht auf die Welt schenkte, die ich davor nicht sah und kannte. Das hier ist die Geschichte meines Mannes, aus Westafrika, und mir, aus Deutschland. Eine grenzüberschreitende Liebe.

Kennengelernt in der französischen Schweiz, anschließend ein gemeinsames Jahr in Deutschland verbracht und danach eine erzwungene Fernbeziehung durch ausländerrechtliche Hürden und Behörden in Italien - niemals hast du aufgegeben, hast mir Geduld, Liebe und Hoffnung gelernt und geschenkt.

Sie wollen, wollten uns brechen? Was hast du damals gemeint?:

Wir haben zwei Jahre auf das „Ja" des Standesamtes gewartet für die Erlaubnis unserer Eheschließung. Mein und Dein „Ja" zum Bund der Ehe bestand lange vorher, wurde nicht anerkannt, sondern hinterfragt, geprüft, sogar dreifach abgelehnt. Doch wir haben nicht aufgegeben und haben 2019 einen positiven Bescheid erhalten - wir durften heiraten.

Doch auch weiterhin darfst du nicht nach Hause. Die Hochzeit konnten wir in einem kleinen Dorf in Italien „feiern". Warum „feiern"? Anstatt all unsere Freunde, Familie, Angehörige einzuladen, große Vorbereitungen zu treffen, war unser Anwalt mit Assistenz und Übersetzer vor Ort. Unser Glück war meine Mutter, die trotz Krankheit nach Italien reiste und mit uns feierte, weinte, lachte und bangte. Anstatt dem Wunsch nach einem teuren Kleid, hast du mir gezeigt, was wirklich wichtig ist - Liebe und Zusammenhalt. Mein Kleid kostete 40€, dein Anzug war einer „der dir gefällt und welchen du wieder anziehen kannst". Niemals hätte ich gedacht, dass meine Hochzeit so aussehen würde, aber sie war wunderschön. Jede Sekunde, jeder Sonnenstrahlen, jedes Wort, jedes Lachen hat sich tief in mein Bewusstsein gebrannt. Sie konnten uns nämlich nicht brechen, sondern wir haben jeden einzelnen Tag gekämpft, um JA zu sagen, um unser gemeinsames Leben im Bund der Ehe zu teilen und zu bejahen.

Auch weiterhin bist du nicht zuhause. Der Schmerz, der mich jeden Tag erfüllt, ist unbeschreiblich. Es gibt keine Worte, wie sehr du mir fehlst. Wenn ich das alte Haus von Oma mit deinem Schwiegerpapa renoviere, fehlst du - jede Sekunde. Über Videochat richtest du gedanklich die Gefriertruhe oder den Garten ein. Deine Geduld, Hoffnung und Liebe überwältigt mich jeden Tag. Bin ich aufgebracht und traurig, rufe ich an, höre deine Stimme und höre auf zu weinen. Nein, sie können uns auch weiterhin nicht brechen, Darling.

Grenzen bestimmen unsere Liebesbeziehung seit Beginn an. Grenzen, Rassismus, rechtliche Hürden sind ein Virus, der uns tagtäglich begleitet. Wir führen unsere Beziehung nun im dritten Land, bitte lasse es nicht ein viertes sein, aber lass uns beweisen, dass grenzüberschreitende Liebe echt ist, wahr ist und für immer ist. Lass uns beweisen, dass für die Liebe keine Grenzen bestehen. Denn nicht „einer von 80 Millionen", sonder einer von „7 Milliarden" begegnet und bezaubert uns, zeigt uns Liebe und einen Sinn.

Wenn mir Fremde sagen: Dein Mann kann froh sein, dass er dich hat, werde ich wütend. Es liegt nicht an meinem weißsein, an meinem Bildungsgang - nein. Warum sagt ihr mir nicht: Du kannst froh sein so einen tollen Mann zu haben - warum fragt ihr nicht ? Seht ihr nicht die positive Veränderung meinerseits durch ihn. Er gab mir Lebenslust, Selbstbewusstsein, Wertschätzung, Anerkennung, Unterstützung, Liebe, Geduld und Hoffnung - das konnte nur er. Seine Lebensart ist eine Überlebenskunst, die ich vorher nie erfahren konnte.

Darling, nein sie werden uns nicht brechen. Auch wenn ich schwanger werden sollte, dein Sohn oder deine Tochter die ersten Tage ohne deine Berührung auskommen muss, auch wenn ich wieder 16 Stunden hinter dem Tresen stehe und auf deinen Anruf um 2 Uhr nachts nach Feierabend warte, auch wenn wir schöne Erinnerung nicht persönlich teilen können, auch wenn ich jede Familienfeier ohne dich besuchen muss, auch wenn wir nicht jeden Abend zusammen essen können, auch wenn du traurig bist, da du den guten Kuchen von Mama nicht probieren kannst, auch wenn du nicht weiter weißt und ich die Struktur verliere, auch wenn es schwer, ungerecht und unfair erscheint, auch wenn Behörden, Gesetze und Strukturen entscheiden, wann du endlich heim darfst. Nein, wir geben nicht auf. Nein, sie brechen uns nicht. Denn deine Geduld, Liebe und Hoffnung haben mich gelehrt, dass keine Grenze der Welt meine Liebe zu dir stoppen kann. 1095 Tage erzwungene räumliche Trennung ändern die Liebe nicht.

Darling, nun weiß ich, was du damals meintest. Damals im Sommer, als ich dich kennenlernen durfte. Sie wollen durch eine Grenzziehung versuchen uns zu brechen, damit wir aufgeben uns zu lieben. Die Realität hat mich erreicht, doch nicht sie. Denn sie werden sehen, sobald du ein grenzüberschreitendes Visum in der Hand hast, haben sie den Bund nur gestärkt und die Grenze aufgebrochen. Die Grenze ist dann offen und zwar für immer. Darling, du wolltest mich nur warnen - ich habe es nun verstanden. Darling, ich liebe dich über jede Grenze hinweg, ob konstruiert oder existent.

Darling, nein, sie haben uns und werden uns nicht brechen. Liebe löst die Grenze auf, glaub mir.

Die Hölle

Fatima Al Zahra Ghaben

Dort, wo Sterne dunkel sind,
Und der Fisch schläft einsam blind -
Dort, sind die Blumen nicht mehr bunt.
Der hölzern Spiegel schweigt im Reden,
der Himmel bricht zu dieser Stund.
Die alte Uhr beginnt zu leben,
Und der Elch steht still und leis,
Stört weder Löw noch Bär, noch Meis,
Und wollten nur ihr Leben leben,
Alles hätten sie gegeben,
Doch die Zeit an Eifer reich,
sprach darauf den Wind sogleich -
Diese Eiche lasse stehn,

Nur ganz leicht das Grün verwehn.
Freunde wandern mit dem Wind,
Mütter flüchten samt dem Kind,
Unterm Regen ohne Dach,
Reisen sie - allein, und ach!,
Hinter ihnen, die Stille zu laut!
Sie kannten das Ende...
Mit Blut und Blei gespickt die Haut,
Sie hofften auf die Wende,
Schmerzende Augen und vieles verbaut,
Gebunden waren ihre Hände.
Das Glück lag blank,
Das Leben vergällt,
doch durch Liebe und Dank
erhältst du die Welt.

Gera

Sir Gawain sucht den grünen Ritter

Text: Josah Regenhort | Zeichnungen: Vera Stroblmair

... die Stadt ist groß, aber etwas heruntergekommen ...
... die meisten Leute sind sehr nett ...
Was suchst du hier?
In der Tat bin ich auf der Suche, edler Herr, könnt ihr mir insch'allah, Kunde geben vom Grünen-
Weitergehen. Weitergehen!
Grrr!
POLIZ

BANK
Schon wieder pünktlich ...
Was wollen die bloß von mir?
#Bertilak
Sehr geehrter Freund, ich würde mich gerne für die Zuwendungen erkenntlich zeigen, mich nützlich machen und Sie "Auf der Jagd" begleiten.
seen

Drei Tage später ...
SCHLAND
Bescheinigung über einen bewilligten Aufenthaltstitel
bis zur Aushändigung des elektronischen Aufenthaltstitels)
Geschlecht

... Ich schicke euch noch ein wenig Geld.
In Liebe,
... euer Sir Gawain
seufz
Hey! Du! Ja, Du!

Du hast doch nichts zu tun, oder? Lungerst hier immer rum und guckst uns beim Arbeiten zu. Willst du was verdienen? Schwarz natürlich ... hehe
Hmm? Wieso eigentlich nicht?
Hand drauf!
30
30

Hier, haste dir verdient, bis morgen!
Oh ja, sehr gerne, das ist besser als nichts tun!

Frühlingsbeginn für eine syrische Familie

Helga Zauft

‚Oh', dachte ich, ‚du hast dich übernommen. Eine siebenköpfige Familie, davon fünf Schulkinder! Und das sechste Kind ist unterwegs. „Was hat die Familie durchgemacht? Wie verständigt ihr euch? Wie kommst du mit der islamischen Kultur zurecht? Wie fängst du an?" Nachdem ich mir das innerliche Selbstgespräch mit dem tröstlichen Kehrreim: „Heute hast du ja Helene, die Übersetzerin dabei", mehrmals vorgesprochen hatte, stand ich vor der Tür der Nicolaistraße 10 und drückte auf den Klingelknopf. Ich rückte mich gerade. Von jetzt an wollte ich den Deutschunkenntnissen einer syrischen Familie, die seit August in Gera wohnt, anschaulich, heiter, aber besonders motivierend beikommen.

Als ich nach fast drei Stunden ging, hatten mir nicht nur alle freundlich die Hand geschüttelt, auch auf islamisch unübliche Art der Vater, sondern wir hatten uns auch herzlich gefreut. Das begann schon beim warmherzigen Empfang: Der mit einem Lächeln angebotene heiße Tee zerschmolz unsere anfängliche Zurückhaltung. Weiße Notizblätter füllten sich mit allem, was wir vorgesetzt bekamen in Wort und Bild: Tasse, Tee, Teller, Kekse. Wir stellten uns vor: Helene (die heitere junge Dolmetscherin) und ich, Helga, wobei der Vater „Oma" bevorzugte. Immerhin sein erstes deutsches Wort, das ich von ihm hörte. Die Kinder schrieben ihre ungewöhnlichen Namen, deren Aussprache ich mit ihrer Hilfe übte, und ihr Alter auf, wobei schallendes Gelächter erklang, als ich verkündete: „Alle Kinder sind zusammen 56 Jahre alt." Damit war auch die anfängliche Schüchternheit, besonders der zwei

Mädchen gebrochen. „Bitte schreiben Sie in arabisch die Namen der Kinder dahinter", bat ich Manal, die Mutter. Als würde sie etwas verzieren, schnörkelte sie seltsame Zeichen aufs Papier, von rechts nach links. „Das kann man lesen?" fragte ich Helene. „Ist gar nicht so schwer", antwortete sie. „Dann probiere ich mal meinen Namen in arabisch nachzuschreiben." Alle lasen „Helgi" und lachten.

Eine Bestandsaufnahme der Deutschkenntnisse war nun dringend angebracht. Mutter und Vater schieden aus. „Sie beginnen am Dienstag einen Integrationskurs", erfuhr ich von Helene. Die Kleinen (7, 9 und 11 Jahre alt) schauten mich mit ihren glühenden schwarzbraunen Augen an und konnten es kaum erwarten, mit mir in ein anderes Zimmer zu ziehen. Ihr Lerneifer war so groß, dass sie nicht merkten, dass sie ihre erste Prüfung absolvierten. Die kooperative Mutter hatte uns schon drei Rechenmeister-Urkunden aus der Willkommensschule gezeigt. Da hatte ich durchgeatmet, sie gelobt und gedacht: ‚Die gehen ihren Weg.' „Dareen würde schon fast arabisch vergessen", hatte die Mutter gesagt. Lediglich auf den 11jährigen Kalil muss ich wohl ab und zu einen Blick werfen und natürlich auf Doaa und Bashar, die ohne Deutschkenntnisse in die 6. Klasse kamen.

Nun zu ihnen, Doaa, dem 15jährigen Mädchen und Bashar, dem 14jährigen Jungen, die seit zwei Monaten die sechste Klasse besuchen. Sie zeigten mir einen Text über die vier Jahreszeiten, von dem sie so gut wie gar nichts verstanden hatten. Mit Hilfe des Wörterbuches versuchte ich, in den Text etwas Sinn zu schmuggeln oder geräuschvoll vorzugehen, indem wir alle drei Wind nachahmten. ‚Da musst du weiter vorn anfangen, z. B. Familie, Zimmereinrichtung, Größe, Farben, Körperteile.' Gesagt, geübt und aufgeschrieben. Körperteile, von oben nach unten: „Kopf, Auge, Uhr (Ohr) und Finger". Das waren so ungefähr die deutschen Wörter für ihre äußeren Körperteile. „Und, und - Socken", fiel freudestrahlend Bashar noch ein und sorgte damit für Heiterkeit. Die inneren Körperteile kommen später, sortierte ich, zumal uns die Mutter eine Leistungskontrolle aus dem Biologieunterricht gezeigt hatte, bei der Doaa und Bashar ein Bild der weiblichen Genitalien beschriften mussten. „Undenkbar in Syrien, vielleicht erst kurz vor der Hochzeit", so Manal.

Inzwischen drücke ich den Klingelknopf der neuen Wohnung: 5 Zimmer, großzügig, aber keine Möglichkeit für die Kinder, im Hof zu spielen. Als ich das erste Mal dort hinkam, grüßten bunte Tischdecken am Fenster. Inzwischen kann jeder das, was jetzt an den Fenstern hängt, aussprechen: Rollos. Neben Deutsch, durfte ich zeigen, wie man einen Schrank aufbaut und wo man Teppiche kauft, natürlich so billig wie möglich. „Bashar, du kannst nicht mit dem Auto mitfahren", erklärte ich. „Die Teppiche brauchen Platz und du musst dann aufs Dach!" Scheinbar hatten sie verstanden, denn alle lachten und Bashar ertrug`s gelassen. Die Mutter saß neben mir im Auto mit glänzenden Augen. „Erstes Mal", sagte ihr Mann. „Erstes Mal, Auto?" „Ja." „Auto gut?" „Ja", strahlte sie.

Heute war ich zum fünften Mal in der Familie. Ich weiß, dass Lesen für die zwei Großen am wichtigsten ist. Und ich fand ein prima Lesebuch, so etwa Niveau Ende erste Klasse. Was sie nicht wissen, erfragen sie. Als ich ging, war ich von Dareen gedrückt, von Mohammad umschmeichelt, von dem unbändigen Lesedrang von Bashar fasziniert und von dem dreifachen „Danke" des Vaters erstaunt. Der Mutter setzte ich innerlich ein Denkmal, indem ich auf die Vorderseite: „Optimismus" und auf die Rückseite „Herzlichkeit" schrieb. „Danke", sagte auch ich – beeindruckt von so viel Lebensmut.

Mit Bandmaß, einem Zauberlehrling und zwei syrischen Kindern zur Kalten Eiche

Es war schon November, als ich dachte, ich müsste meinen zwei Förderkindern dieser Familie nicht immer nur unsere schöne deutsche Sprache, sondern auch ein wenig unsere schöne Umgebung beibringen. Ein Besuch der Kalten Eiche? Mit dem Zauberlehrling? Auch etwas Abenteuer? Mit allem waren sie (Doaa, 16 und Bashar, 14 Jahre alt) einverstanden.

Das Abenteuer begann an einem sonnigen Novembertrag mit viel Wald und einer Schlucht in der Fuchsklamm. Bashar interessierte sich lebhaft für die Felsen und die Bäume, am meisten für die moosbewachsenen und einen, der die Schlucht überspannte. Doaa im Moment für noch gar nichts. Vielleicht vermisste sie bequemere Fortbewegungsmittel als ihre Füße. Als Bashar einen großen Pilz fand und wir die Kappe mit Blättern zu einem Gesicht verzierten, fand Doaa auch etwas, nämlich sichtbar mehr Gefallen an der Wanderung. Sie war zuerst auf dem Pfad, der sich an der Schlucht hoch oben entlang hangelte. Als er wieder breiter wurde, verband ich beiden die Augen und führte sie vorsichtig ein Stück weiter. Verband ab und die Überraschung! Vor ihren Füßen begann abrupt eine steile Stiege bis hinunter zu einer kleinen Brücke über einen Bach und auf der anderen Seite wieder hinauf zu führen, jeweils 64 Stufen. Mit Selfie-Pause. Später war Doaa auch diejenige, die am ersten Gebäude, dem wir danach begegneten, stehen blieb und rief: „Seht mal, eine rote Treppe!“ Im Nu besetzten sie die Treppe und bewarfen sich in einem Freudentaumel mit den von einem Baum abgefallenen roten Blättern.

Wo wollten wir doch hin? Ach ja, zur Kalten Eiche. Weil sie allein auf einem Hügel Wind und Wetter ausgesetzt ist, heißt sie so. Wer entdeckt sie zuerst? Während sie im Näherkommen vor uns wuchs und wuchs, hatte jeder eine andere Meinung dazu, ob wir den Baum zu dritt umfassen können. Nein, stand fest, als wir Zwergengleich unter ihm standen. Aber wie viele Menschen sind nötig? Wir maßen den dicken Riesen mit dem Bandmaß: 7,10 m Umfang. Dazu werden 5 Erwachsene oder 7 Kinder gebraucht. „Woher wissen Sie das?“ „Das hat mir eben die Kalte Eiche erzählt, die hat uns nämlich beobachtet, als ich das schon einmal mit einer Schulklasse ausprobiert habe. Na ja, wenn ihr ganz genau hinhört, dann rauscht sie höchstens ein wenig mit den Blättern im Wind. Aber wenn sie sprechen könnte, dann würde sie uns erzählen, wie alt sie ist und was sie alles in dieser langen Zeit erlebt hat.“ Was denkt ihr, wie es war, als sie vor 500 Jahren gepflanzt wurde? Wie werden die Menschen damals gelebt haben? Wie hat sie wohl eine so lange Zeit überdauern können? Wir überlegten staunend und lehnten uns dabei an ihre knorrige Rinde. „Wir könnten ihr ja mal unser Gedicht aufsagen.“ So leicht hatte Bashar den berühmten „Zauberlehrling“ von seinem Lieblingsdichter Goethe, den sie lernen mussten, ins Spiel gebracht. Und mit großer Freude, so phantasierten wir, hörte ihnen die Kalte Eiche beim Aufsagen zu. Eine ältere Frau hatte sich dazugesellt, die spontan Beifallt klatschte. Sie nahm sich auch Zeit, Doaas neugierige Fragen zu beantworten. Gleich neben der Eiche gab es Plätze für unser Picknick, das uns nun doppelt gut schmeckte.

Dann begann unser Rückweg. Welch gute Sicht auf Gera und seine Umgebung schenkte uns dieser Tag! Am Wegrand fanden wir junge Eichen, vielleicht die 7fachen Urenkel der Kalten Eiche. Sie hatten schon ihre Früchte, die Eicheln, abgeworfen, ganz freundlich vor unsere Füße, damit wir sie betrachten und unserer Blatt- und Früchtesammlung hinzufügen konnten. Plötzlich verirrte sich ein Witz aus Doaas Mund, über den wir herzlich lachen mussten: „Wo ist denn hier die Straßenbahn?“ Bashar und ich reagierten fix und bauten aus unseren Händen wenigstens einen Straßenbahnsitzplatz für Doaa, auf den sie sich setzte. Und dann sausten wir als Straßenbahn ein Stück der Stadt Gera entgegen. Dabei bohrte sich unser dreifaches fröhliches Lachen in die Luft.

In 45 Minuten war dann der kürzere Rückweg bezwungen. Was sie dort ihren Eltern und Geschwistern in Arabisch erzählten, blieb mir verborgen. Als ich mich aber verabschiedete und die Ausgangstür öffnete, ging nochmals die Wohnzimmertür auf und eine strahlende Doaa rief mir nach: „Das war mein schönster Tag in meinem Leben!“

Unsere Familie kämpft sich zurück ins Leben

Khetam Sharout und Ahmad Mestow

Über Anstrengungen und Erfolge, auch viele Mühen
berichtet Khetam Sharout

Ich stamme aus einem Ort bei Idlib, der letzten, noch immer umkämpften Rebellenbastion in Syrien.
Mein Mann Ahmed Mestow kommt aus einem Dorf bei Aleppo, der zwei-Millionen-Stadt, die durch den Krieg wertvolle Schätze der Antike verlor. Unsere fünfköpfige Familie floh 2015 von Aleppo nach Deutschland.

Einige Monate nach unserer Ankunft in Deutschland stellten wir fünf, Mutter, Vater zwei Töchter und ein Sohn, uns die Frage: Sind wir nur Flüchtlinge, die vor dem unvermeidlichen Tod in unserer Heimat fliehen? Oder ist es uns bestimmt, dass wir zum Leben zurückkehren, indem wir nach Deutschland kamen, wo menschliche Gesetze herrschen?

Ahmed und ich haben uns beim Studium in Aleppo kennen gelernt. Wir sind beide Vermessungsingenieure. Die Bilder von Aleppo sind um die Welt gegangen. Viele Menschen starben.
Was unsere Vorfahren und wir aufgebaut haben, zerfiel in Trümmer. 33 000 Gebäude unserer Stadt wurden zerstört. Es schmerzt, daran zu denken. Hier in Gera haben wir unser Leben wieder aufgebaut. Unsere Kinder, Rafeef (22), Lara (19) und Rama (17) sind durch den Krieg schnell erwachsen geworden. Rafeef hat die Berufsschule beendet und studiert in Jena Maschinenbau. Er

ist sehr sportlich und zielstrebig. Mir gefällt, dass er seine Zeit genau plant. Lara und Rama besuchen die IGS in Lusan und bereiten sich aufs Abitur vor. Rama spielt Gitarre und Lara Geige. Schlagzeug hat sie sich selbst beigebracht. Rama schreibt und komponiert Songs. Hier in Gera haben beide Mädchen schon auf Konzerten gespielt. Die Musik steckt ganz tief in ihren süßen kleinen Herzen.
Wir Eltern haben Sprach- und Integrationskurse besucht. Das ist nicht einfach, eine völlig andere Sprache zu lernen. Ahmed ist ein guter Vermessungsingenieur, hat in Dubai gearbeitet, spricht sehr gut Englisch. Leider hat er jetzt in Zwickau seine Arbeit verloren. Ich fand in meinem Beruf als Ingenieurin im Tiefbau, wo ich in Syrien 15 Jahre gearbeitet hatte, hier keine Chance. Doch wir wollen arbeiten und ich will unsere große Familie finanziell unterstützen. Nach meiner Tätigkeit in der Altenbetreuung kann ich nun als Anleiterin bei der Otegau meine pädagogischen Talente mit meinem erlernten Beruf sinnvoll einsetzen. Nebenbei studiere ich Mathematik an einer Fernuniversität. Damit erfülle ich mir einen Kindheitstraum, als Lehrerin zu arbeiten, indem ich Flüchtlingskindern an der Otto-Dix-Schule beibringe, was sie verlernt haben, oder weil sie nie die Chance hatten, es zu lernen. Meine Facebook-Seite „Mathe auf Deutsch“ soll arabischen Eltern helfen, ihren Kindern die Mathehausaufgaben zu erklären. Bis jetzt habe ich in ganz Deutschland 12 000 Follower.
Unsere Familie verbringt ihre beste Zeit in dem Garten, den wir bei Wünschendorf gemietet haben.
Wir pflanzen jedes Jahr viele Rosen, Blumen und Gemüse an. Im Garten haben wir einen sehr großen Kirschbaum, von dem wir alle zusammen mit unseren deutschen Nachbarn essen, das gehört zu einer Tradition, die auf unser Land zurückgeht. Wir haben fünf Obstbäume mit den Namen unserer Familienmitglieder gepflanzt. Der Kirschbaum heißt Rama, der Apfelbaum Lara, der Birnbaum Ahmed, der Pfirsichbaum Khetam und unser Sohn Rafeef wollte unbedingt einen Olivenbaum wie in Syrien.

Auf diese Weise haben wir uns mit der großen Traurigkeit befasst, wie Bäume zu sein, die es in den Wind geworfen hat.
Unsere jungen Bäume wachsen gut in unserem Garten, der Teil einer neuen, warmen Heimat ist.

Unsere Kinder strengen sich an für eine gute Zukunft in einem Land des Rechts und der Demokratie.

Wir Eltern wollen ihnen hier weiter alles geben. Aber niemals können wir die Tragödie unseres Volkes in Syrien vergessen.

Wolfsburg

Aïcha

Jasmine Etter

"Des barreaux sont des barreaux, même en or
Je veux les mêmes droits que toi
Du respect pour chaque jour
moi je ne veux que de l'amour."
(Songtext: Khaled - Aïcha)

Ich sitze im feuchten Gras und blicke auf den Bodensee, der so ruhig ist, dass die Oberfläche beinahe einem Spiegel gleicht oder einer Cupcakecreme, die steif und unbeweglich, aber wunderschön die Oberfläche ziert . Nur die vereinzelten Enten, die sich davon nicht beeindrucken lassen, ziehen unentwegt ihre Kreise durch das Wasser. Der Wind fährt mir durch meine Haare und streichelt sanft meine Wange, immer wieder, ohne von der Liebkosung müde zu werden.

Diese Stimmung passt so gar nicht zu meinem Empfinden. Mein Herz ist aufgewühlt, mein Atem lässt sich kaum beruhigen und ich kann einfach nicht glauben, dass der Himmel so blau leuchtet und alles so friedlich ist.

Das kann nicht sein. Das darf nicht sein.

Als ich nach einigen Sekunden wieder auf das zerknüllte Blatt in meiner Hand starre, merke ich, dass meine Wangen inzwischen tränennass sind. Das bringt mich wieder zurück in die Realität und eilig packe ich meine Sachen zusammen und mache mich auf den Weg zu Lukas. Er muss es auch erfahren, auch wenn ich ihm die Nachricht gern erspart hätte. Szenen einer gemeinsamen Zeit blitzen auf; Wasser, diesmal salzig, auf meiner Haut und der Geruch von Algen in der Luft. Das Versprechen von Abenteuer, aber was wir bekommen haben, war viel mehr, als wir es uns in unseren kühnsten Albträumen hätten vorstellen können.

Es war vor über einem Jahr, als Lukas und ich beschlossen, nach Griechenland zu gehen. Lukas und ich waren unzertrennlich seit unserer Kindheit - zuerst waren wir Nachbarn und später im Studium wurde ich seine Mitbewohnerin. Als nun alle Prüfungen beendet und alle Arbeiten abgegeben waren, wollten wir nicht wahrhaben, dass nun ein Leben voller Arbeit und Alltag beginnen sollte und so machten wir uns kurzentschlossen auf den Weg Richtung Sonne und Süden. Wir verbrachten ein paar Wochen in Athen und ich war besonders fasziniert von Exarchia, dem Stadtviertel, das für mich eine unbeschreibliche Lebendigkeit widerspiegelte. Statt langweiligen Büros sah ich die Graffitis an den Wänden und statt Menschen in Anzügen fand ich eine Gruppe junger Aktivist*innen, die Lukas und mich dazu überredeten, mit ihnen nach Lesbos zu kommen - die Insel, auf der so viele Geflüchtete über das Mittelmeer kamen.

Naiv wie wir waren, ließen wir uns von ihrer sprühenden Motivation mitreißen und folgten ohne groß darüber nachzudenken in ein - wie wir dachten - weiteres Abenteuer.
Als wir ankamen, sah ich mit eigenen Augen zum ersten Mal die Szenen, von denen ich gelesen hatte, die ich aber nicht glauben wollte und vor allem nicht konnte, weil sonst mein Vertrauen in die Menschheit unwiederbringlich in die Brüche gegangen wäre. Und genau das passierte in dem Moment, als ich Moria zum ersten Mal erblickte. Benannt nach dem Land, in dem Abraham seinen Sohn Isaak opfern sollte, stand ein Flüchtlingslager, dass mehr Slum als Unterkunft war. Zelte reihten sich aneinander, dazwischen Blechdächer und aufgespannte Planen, die noch mehr Platz zum Leben oder Überleben schaffen sollten. Ich war fassungslos. Über 5000 Menschen lebten hier auf engstem Raum - in Europa unter Bedingungen, die ich nicht einmal meinen ärgsten Feinden gewünscht hätte. Irgendetwas in mir zerbrach in dem Moment, als die Bilder von meinen Augen über meinen Kopf direkt in mein Herz wanderten und sich dort hinein kauerten und mich in dem Wissen ließen, dass sie nie wieder vorhatten, daraus zu verschwinden. Ich weinte einen Tag

und eine Nacht, dann noch einmal einen halben Tag, bis mir klar wurde, dass sich die Bilder und das Elend auch dadurch nicht wegschwemmen ließen.
Also fasste ich den Entschluss, im Norden der Insel mitzuhelfen und eventuell ankommende Boote an Land zu bringen.
Wir beobachteten ununterbrochen das Meer, um in Seenot geratene Boote frühzeitig zu sehen und sie an eine Stelle zu leiten, die besser zugänglich war als die Felsen, an denen ihre Boote zu zerschellen drohten. Wir wechselten uns ab und verbrachten unsere Pausen mit Essen und schlafen, wenn wir es schafften, ein Auge zuzubekommen. Tote hatte ich bisher zum Glück noch nicht gesehen, aber viele Verletzte, Kranke und hoffnungslose Menschen.
Als ich eines Abends einen Spaziergang am Ufer machte, schaute ich auf das Meer hinaus. Es sah aus, als ob ein Gewitter aufziehen würde, die See war rau und das Wasser dunkelgrau. Die Sonne war beinahe verschwunden und der Mond und die Sterne würden ebenfalls Mühe haben, es durch die Wolkendecke zu schaffen. Ich war in Gedanken vertieft und nahm das leise Wimmern zuerst gar nicht war. Erst als es lauter und klagender wurde, hielt ich inne und sah mich um. Ich versuchte, keinen Ton von mir zu geben, da ich nicht wusste, wer oder was mich erwartete und ich allein und ungeschützt war.
Es hörte sich an, als würde ein Mensch große Schmerzen leiden und nach kurzem Überlegen fasste ich den Mut, näherzukommen und der Anblick, der sich mir bot, ließ mich für einen Moment das Atmen vergessen, doch schon im nächsten eilte ich zu der Frau hin, die an einem großen Stein lehnte und sich zu bewegen versuchte. Ich murmelte ein paar beruhigende Worte auf englisch und fragte sie, ob sich aufstehen könne. Sie schüttelte langsam den Kopf und bat mich, bei ihr zu bleiben. Ich versuchte festzustellen, ob sie ernste Verletzungen hatte und sie deutete auf ihren Fuß, der geschwollen und möglicherweise verstaucht oder gebrochen war. “Wie heißt du?”, fragte ich mit heiserer Stimme.
“Aïcha.” Ihre Stimme hörte sich erschöpft und dunkel an. Stockend erzählte sie mir, dass ihr Boot weiter weg von der Küste gesunken war und sie geschwommen sei, bis sie nicht mehr konnte und schließlich das Bewusstsein verlor. Als sie wieder erwacht war, habe sie unten auf den Felsen gelegen und sei nach oben geklettert, wo sie sich auch verletzt habe.
Die Dunkelheit war nun endgültig hereingebrochen, doch wir redeten weiter, weil wir Angst vor der Stille hatten, Angst, was passieren würde, wenn wir

den Augenblick hinter uns lassen und uns bewusst wurden, dass die anderen wahrscheinlich nicht überlebt hatten. Ich dachte zurück an die Nächte, in denen ich hier war, wie ich manchmal zu den Sternen nach oben schaute und mich fragte, ob sie die Grablichter all jener waren, die den Weg übers Mittelmeer nicht überlebt hatten. Wieso war es so schwer zu verstehen, dass Menschen lieber sterben würden, als dort zu bleiben, wo sie verfolgt und gefoltert wurden, wo sie nicht sein konnten, wer sie waren und die Zukunft keine war. Die Zeit schien still zu stehen und Aïcha erzählte mir von ihrem Leben, ihren Träumen und was sie alles hinter sich gelassen hatte. Gitterstäbe blieben eben doch Gitterstäbe, auch wenn sie aus Gold waren, meinte sie trocken und erzählte von ihrer Familie, die zwar reich an Geld, aber arm an Mitgefühl war und sie schon als Jugendliche verheiratet hatte. Der Mann, ein Freund ihres Vaters, war kein guter Mensch und als sie versuchte zu flüchten, wurde sie zum Tode verurteilt und konnte schließlich nur knapp entkommen. Aber das alles nur, um sich anschließend mit zu vielen Menschen zusammen in einem Schlauchboot auf den Weg über das Meer zu machen. Zu viele Menschen. So viele, dass sie abwechselnd sitzen mussten, weil nicht alle gleichzeitig am Boden Platz hatten. So viele, dass sie den Gestank und die verschwitzte klebrige Haut der anderen an ihrer eigen nie mehr vergessen würde. Und so viele, dass das Boot sein Ziel nicht mehr erreichen konnte.
Irgendwann waren wir vor Erschöpfung doch kurz eingeschlafen von Albträumen geplagt, wachte ich erschöpft auf. Gemeinsam machten wir uns zurück auf den Weg zu unserer Unterkunft, ich trug Aïcha halb und sie versuchte mich humpelnd zu unterstützen.
Als wir die anderen erreichten, eilten sofort ein paar von ihnen her und halfen mir, Aïcha in das provisorische Krankenzimmer zu bringen. Lukas sah mir in die Augen und erwiderte meinen fragenden Blick mit einem leichten Kopfschütteln. Müde. Traurig. Ansonsten keine Überlebenden.
Schließlich nahm er mich fest ins seine Arme, doch es würde nichts mehr gut werden.

Ich rufe Lukas an und wir treffen uns am See. Wir sitzen still nebeneinander und ich glaube, er weiß, was ich nicht aussprechen mag. Er sieht das Entsetzen in meinem Gesicht, sieht meine rot verheulten Augen und sieht dann endlich auf meine Hände, die immer noch den zerknüllten Brief in meinen

Händen halten, so fest, dass meine Fingerknöchel weiß hervortreten.
Als wir aus Griechenland zurückkamen, hatte ich noch Briefkontakt mit Aïcha, sie war meine Erinnerung an etwas, an das ich mich nicht erinnern wollte, aber erinnern musste, weil ich sonst nicht geglaubt hätte, dass ich all das tatsächlich erlebt hatte.
Und jetzt als ich hier sitze mit Lukas an meiner Seite und Menschen vorbeispazieren vor der Kulisse des Bodensees und alles so idyllisch wirkt, kann ich mir nicht vorstellen, dass das die gleiche Welt ist. Ich kann mir nicht vorstellen, dass die Menschen hier so ein Unglück auf demselben Planeten zulassen und akzeptieren möchten.
“Aïcha ist tot”, flüstere ich unnötigerweise.

Miniaturgesellschaft

Stephan Gräfe

Eine der beiden großen Pendelleuchten spiegelte sich auf dem lackierten Verkaufstresen. Jürgen hatte ihn gerade erst abgewischt. Die dreizehn Jahre, die er seinen Modellbauladen nun schon besaß, hatte er ihn immer in perfekter Ordnung gehalten: alle zwei Tage wurde gefegt, jeden vierten Tag gewischt, einmal in der Woche abgestaubt, die Fenster monatlich geputzt und der Verkaufstresen jeden Vormittag mit dem Lappen abgegangen. Seit Jahrzehnten verlief der Arbeitsalltag in geregelten Bahnen. Lediglich in den 90ern war der ansonsten konstante Kern seines Käuferkreises kurzzeitig eingebrochen, als Spielekonsolen, Computer und dergleichen populärer wurden. Doch wusste er diesen Umstand aufzufangen indem er eine Bastel- und Kunstbedarfecke einrichtetete, deren Angebot größtenteils von Kunststudenten in Anspruch genommen wurde, da es in der Kleinstadt sonst nirgendwo eine vergleichbar große Auswahl hochwertiger Bleistifte und Pinsel zu kaufen gab. Es war ein Geschäft, das er aus einer merkwürdig peniblen Leidenschaft heraus betrieb. Jürgen selbst besaß in seiner Wohnung eine drei Meter lange Modellbau-Ortschaft, die er als ein riesiges Diorama in die Wand eingelassen hatte, sodass es eigentlich wie ein großes Landschaftsbild oder Fenster aussah: das idealtypische, immergrüne Idyll sauberer Straßenkreuzungen, wie durch ein Metronom getaktet einfahrender Züge und aus Ziegeln gemauerter Kirchtürme an deren Spitzen sich kupferfarben lackierte Wetterhähne im imaginären Wind standen. Harmonische Miniaturgesellschaften, wie sie sich in tausenden Hobbykellern parallel zu unserer finden, auf Klebstoff rieselnde Streurasen-Utopien, die von großen Krisen verschont geblieben zu sein schienen. Jürgens Modell-Landschaft war zu großen Teilen einer Kleinstadt in der Steiermark nachempfunden, die er als Jugendlicher mit seinen Großeltern besucht hatte. Unter Graz, nahe an der slowenischen Grenze, mündete der Ort in einen Berghang. Es war eine Mischung verschiedenster Kulturen gewesen: italienische, tschechische, österreich-deutsche und slowenische Sprachfetzen waberten während des Wochenmarktes zwischen den Ständen. Menschen aus allen Regionen, so war es Jürgen damals vorgekommen, schienen sich geeinigt zu haben, dass dies die ideale Stadt zum leben sei. Es war das erste Mal in seinem Leben gewesen, dass er sich um nichts Sorgen machte. Diese Erinnerungen rekonstruierte und modifizierte er nun seit Jahren anhand alter Fotografien kleinteilig aus Kunststoff. Seine Version reichte allerdings nie an das Original heran, obwohl er sich alle Mühe mit dem aufwendigen Bau gab. Sogar Rigipsplatten hatte er vor Jahren einziehen müssen. Das nahm dem Wohnzimmer an der rechten Außenwand sechs Quadratmeter, was seiner Frau überhaupt nicht gefiel. Zur Besänftigung bot er an, dass er mit ihr im darauffolgenden Spätsommer an die Amalfi-Küste fahren würde, ein kleines Ferienhaus mieten, den Urlaub nachholen, welchen er seit Jahren konsequent verschoben hatte. Als Resultat dieses Kompromisses war bei ihm zuhause nun dieses Diorama in die neue Wand eingefasst an dem er hin und wieder etwas bastelte, um den Stress des Alltags zu pausieren und seine Frau war mittlerweile auch wieder besserer Laune, der Urlaub schön gewesen, man hatte beisammen gesessen und den regionalen Zitronenwein getrunken.

Der frische Glanz auf dem Tresen hatte sich schon etwas verflüchtigt und Jürgen prüfte gerade sein Kassenbuch, da schob sich ein Schatten über die Additionen, er blickte auf und schaute in ein unbewegtes Gesicht: ein schmaler Mann mit schwarzem, kräftigen Haar und intensiven Augen, der in seinem karierten Anzug wie ein aus der Zeit gefallener Vertreter der späten 60er- oder frühen 70er-Jahre aussah. Nachdem Jürgen ihn fragte, wie er denn helfen könne, schlug sein Gesichtsausdruck in ein freundliches Lächeln um. Er wolle ihm etwas zum Verkauf anbieten, sagte der Mann, welcher sich mit einem Händeschütteln als Bakir Isovic vorstellte, und griff in die Innentasche seines Sakkos. Auf dem Tresen stand nun eine kleine Schachtel deren Deckel er behutsam abhob. Im Inneren fanden sich zwölf kleine, in Schaumstoff gebettete Figuren, die Bakir auf der Holzplatte aufstellte. Sie waren von

normalen Format, also N-Spur, was der genormten Baugröße für Modelleisenbahnen entsprach deren Maßstab üblicherweise 1:160 beträgt. Jürgen wandte gleich ein, dass er seinen Modellbestand eigentlich ausschließlich von Großhändlern beziehen würde, Figuren hätte er außerdem genug. Aber er solle doch einmal ganz genau hinsehen, sagte Bakir mit Nachdruck. Erneut fiel der Blick auf die Miniaturmenschen: ein Postbote, ein Mädchen, das Rollschuh fuhr, ein Spaziergänger mit einem kleinen Hund, vier Kleinkinder, die Fußball spielten, eine ältere Frau mit Einkaufstüten, ein Mann im Anzug und zwei untergehakt spazierende Frauen. Es dauerte einige Sekunden, dann fiel es Jürgen erst auf.
Lange Zeit, bis in die späten 90er hinein, fing Bakir zu erzählen an, war es die pure sozialromantische Nostalgie gewesen, die da überwiegend von Männern mit der Präzision eines Uhrmachers in ihren Modellbauwelten zusammenmontiert wurde. Nur allmählich fanden Skateboard fahrende Teenager, Punks, Obdachlose und ähnliche Figuren in kleiner Verkaufsauflage Eingang in die bürgerlich genormten Dörfer und Kleinstädte, die bis dahin hauptsächlich von Hut, Anzug wie Aktentasche tragenden Geschäftsmännern, Frauen mit und ohne Kinderwagen, ein paar Brause trinkenden Jugendlichen, urigen Landwirten und noch in grün-weißer Uniform gekleideter Polizeibeamten bevölkert gewesen waren. Das hatte Bakir beobachtet, als er als Neunjähriger nach Deutschland gekommen war. In Tuzla hatte es das nicht gegeben, weswegen er umso faszinierter Jürgens Laden betreten hatte. Besonders beeindruckt, wäre er auch von der Eisenbahn gewesen, die damals noch in der Mitte des Ladens auf einem großen Tisch um ein kleines Dorf gekreist war. Er hatte diesen Wandel der Figuren miterlebt; die Modellbauwelten verschoben sich von eskapistischen Gesellschaftsträumen hin zur dicht gedrängten Imitation. Immer noch eine Utopie, aber orientiert an der Wirklichkeit. Er selbst hatte nach seinen zahlreichen Besuchen auch begonnen in wochenlanger Feinarbeit ein überschaubares Dorf zu bauen, doch irgendetwas störte ihn immer und erst Jahre später, nach Abschluss des Studiums, verstand er, was es gewesen war. Bakir hatte sich dann, erzählte er, Figurenrohlinge gekauft, hunderte nicht kolorierte aus Kunststoff gegossene Menschen, die er selbst bemalte. Denn ein Rest des deutschen Idylls war in den Modellbau-Ortschaften und -Kleinstädten, selbst nach dem Einzug von Skateboard fahrenden Teenagern, Punks und Obdachlosen, immer haften geblieben - ein

unheimlicher Rest, wie Bakir fand. Wenn man nicht speziell darauf achtete, fiel es einem vielleicht gar nicht auf, aber die Bastlerwelten tausender Hobbykeller waren ausschließlich mit Menschen weißer Hautfarbe bevölkert. Besaßen Figuren einen anderen Teint, waren es eigentlich immer gebräunte Wanderer und Badegäste. Deswegen hatte er begonnen, selbst Figuren zu bemalen, deren Hautfarbe eine große Palette verschiedenster Variationen umfasste. Und diese Figuren, von denen nun zwölf Ansichtsexemplare auf dem Tresen standen, wollte er nun an verschiedenste Modellbauläden verkaufen damit die Miniatur-Orte endlich ohne blinde Flecken vollständig die Realität abbilden können.

Erneut blickte Jürgen auf die Figuren. Er wusste nun endlich, was dem Marktplatz seiner Miniatur-Kleinstadt gefehlt hatte.

Das „Andersseinkleid"

Agnes

„Faschist!! Gitler kaputt!!", der Junge dürfte nicht älter als 10 Jahre alt gewesen sein, der es mir laut über die Straße zurief. Ich war damals ungefähr 9 Jahre und mein Selbstbewusstsein war nicht besonders groß.

Ich senkte den Kopf und ging schweigend weiter, schämte mich zu einer Nation zu gehören, die wie ich aus dem Geschichtsunterricht wusste, etwas sehr schreckliches getan hat. Als Deutsche in Kasachstan gehören auch solche Erinnerungen zu meiner Kindheit dazu.

Schon als Kind habe ich immer gewusst und auch gefühlt, dass wir anders sind. Nicht nur weil wir Plattdeutsch geredet haben, sondern auch weil unsere Eltern uns christlich erzogen haben und das in einem kommunistischen Land, wo Glaube an Gott mit Haftstrafen, sogar mit dem Tod bestraft werden konnte. Unter den roten Holzdielen im Haus, versteckte mein Vater manchmal Bibeln oder andere christliche Literatur.

Einmal, als ich in der dritten Klasse war, holte mich meine Lehrerin aus dem Unterricht und sagte mir, dass ich zur Direktorin ins Büro kommen soll. Voller Angst stand ich im Büro und traute mich nicht sie anzusehen.

Mit einer lieben Stimme sagte meine Direktorin:

„Du brauchst keine Angst zu haben", und lächelte mich mit einem falschen

Lächeln an.

„Du gehst doch mit deinen Eltern zur Versammlung, richtig? Sag mir wo ihr euch trefft."

Sie meinte damit, den Ort, an dem die Christen der Stadt, sich heimlich zum Gottesdienst trafen. Ich war innerlich sehr aufgeregt, fühlte den Druck in mir ihr es zu sagen und gleichzeitig Angst, welche Folgen es haben könnte. Zu meinem Glück, konnte ich ihr den genauen Ort nicht sagen, da ich die Adresse nicht wusste.

Ausgegrenzt zu sein von Veranstaltungen der Pioniere, als einziges Kind kein rotes Halstuch zu tragen, war als Kind oft schwer für mich. Einmal wöchentlich fand auf dem Schulhof eine Versammlung aller Schüler statt und es wurden Reden von den Lehrern bzw. Rektoren gehalten. Alle sahen identisch aus, mit Schuluniform und knallrotem Tuch um den Hals. Ich versuchte mich immer so unsichtbar wie es nur möglich war zu machen, weil mein Hals mir nackt vorkam ohne das Tuch.

Ich war 11 Jahre alt, als es dann plötzlich hieß, wir gehen zurück in unser Heimatland Deutschland.

Ich konnte mir unter Deutschland nichts vorstellen und hatte dementsprechend keine Erwartungen. Mein Opa Heinrich dagegen, der kurz vor uns aus Sibirien nach Deutschland gegangen ist, hatte sich vorgestellt, dass wenn er in „Dietschlond" lebt, er in einem Schaukelstuhl sitzt und ein Fräulein ihn nach seinen Wünschen fragt. In Wahrheit hat er seinen eigenen Hof in Sibirien gegen eine 2 Zimmerwohnung im dritten Stock in Gummersbach eingetauscht und ein Fräulein war auch nicht da um ihn nach seinen Wünschen zu fragen, sondern Nachbarn, die sich im Block darüber beschwerten, dass die Russen mal wieder zu laut sind.

In Kasachstan kam ich mir sehr deutsch vor und in Deutschland sehr russisch. Deutschrussen, Russlanddeutsche..

Im Deutschunterricht musste ich aus einem Buch etwas vorlesen und das laute Lachen der Mitschüler, machte mir deutlich, dass Plattdeutsch eben nicht Deutsch ist. Das Gefühl des Anderssein und auch ausgegrenzt zu sein, fühlte sich wie Kleid an, welches ich schon in Kasachstan trug, nur hatte es jetzt eine andere Farbe.

Mittlerweile lebe ich seit 30 Jahren in meinem geliebten Deutschland, aber dieses Kleid werde ich wohl nie mehr ganz abstreifen können. Ich weiß genau, wie weh es tut, wenn man von anderen nicht angenommen und ausgegrenzt wird, deswegen ist das Mitgefühl für alle, die unfair behandelt werden, extrem stark in mir.

Ich wünsche mir sehr, dass niemand auf dieser Welt dieses Kleid anziehen muss.

Danke

Ein großer persönlicher Dank geht an die Volkswagen AG, deren Beitrag zum StadtLesen Schreibwettbewerb 2020 sich nicht nur verbal äußerte.
Danke an die zahlreichen Jurymitglieder, die viele Stunden damit verbrachten, insgesamt 675 Textwerke zu bepunkten und schlussendlich die Siegertexte herauszufiltern. Danke an die Honoratioren, die sich bereit erklärten, die Siegertexte einzulesen.

Sebastian Mettler

Nachzusehen,
nachzuhören und
nachzulesen

auf dem YouTube-Channel von StadtLesen und
auf der Webseite www.stadtlesen.com

Danke

Auinger Bernhard | Bauer Renate | Belz Stefan | Bothe Iris | von Dassel Stephan | Fügener Katrin | Fuschlberger Maria | Geisen Martin | Gögele Kathrin | Habenschaden Katrin | Hille André | Holzmeister Stephan | Imholz Marco | Jankovic Patrizia | Jenewein Julia | Jung Thomas | von Kirchbach Ulrich | Korpan Stefan | Köster Nicole | Lachnit Rosa | Langner David | Lechleitner Thomas | Leibe Wolfram | Luger Klaus | Lung Christoph | Mathiaschitz Maria-Luise | Mettler Christine | Mitarbeiterinnen und Mitarbeiter der Stadt Freiburg im Breisgau | Mitarbeiterinnen und Mitarbeiter der Volkswagen AG | Mohrs Klaus | Neuhaus Stefan | Nieraad-Schalke Nicole | Oder Sophie | Paier Margit | Preuner Harald | Primas Heidrun | Raab Sylvia | Rajakovics Wolfgang | Reck Robert | Reker Henriette | Remelé Sebastian | Ritsch Michael | Rougelis Moritz | Schauspielerinnen und Schauspieler des Koblenzer Theaters |Schelhorn Rebecca | Schelhorn Ute | Schlögl Brigitte | Standl Elisabeth | Steffens Marco | Vonarb Julian | Weiß Paul-Gerhard | Winkler Ramona | Wörter Barbara